玉嬌梨

天花藏主人　編撰
石昌渝　校注

三民書局

玉嬌梨　總目

引言

石昌渝

玉嬌梨是古代才子佳人小說的代表作之一，它在藝術上與好逑傳等同代表了才子佳人小說的最高水平，而且對於才子佳人小說類型的產生作出了歷史性貢獻。清代以前，小說以男女情愛婚姻為題材的作品數不勝數，唐傳奇鶯鶯傳、元傳奇嬌紅記，明代文言中篇小說賈雲華還魂記、鍾情麗集等等，以及話本小說中的婚戀作品，早已膾炙人口，這類作品為才子佳人小說的形成提供了藝術生長元素，但它們還不是作為一種文學類型的才子佳人小說。作為一種小說類型，不僅在題材上有所規定，而且在題旨、人物配置、情節套路、敘事方式和語言風格等方面也都有規定性。玉嬌梨和好逑傳等一經問世即不脛而走，其主題、人物、情節、敘事，乃至於篇幅，都成為當時和後來一些小說摹擬的對象，相當數量具有與玉嬌梨、好逑傳相類文學特徵的作品出現，便宣告了才子佳人小說的成立。

玉嬌梨二十回，日本內閣文庫藏本正文卷首署「荑秋散人編次」，玉嬌梨敘末署「素政堂主人題」。另一部才子佳人小說平山冷燕順治十五年（一六五八）刊本序末署「天花藏主人題於素政堂」，其後的玉嬌梨、平山冷燕合刊只署「天花藏主人」之名，可知「荑秋散人」即「天花藏主人」。「天花藏主人」的真實姓名至今仍是一個未解之謎，學術界有幾種意見，但還不能定論。我們從他的平山冷燕序中獲知他是明末清初人，自負有才卻大半生窮途潦倒，不得已以寫小說為業，寫小說時已「淹忽老矣」。

玉嬌梨成書和刊刻的確切時間雖不可考，但它早於成書在順治十五年的平山冷燕則可以肯定。玉嬌梨如果不是才子佳人小說的第一部，也是第一批才子佳人小說的一部。這部小說在初刊的時候卷首有緣起一文，緣起稱此書為明代王世貞及其門客所作，是金瓶梅的兩部續書之一。兩部續書都名玉嬌梨。一部的主角是沈六員外和黎氏，「邪淫狂亂，刻畫市井之穢，百倍瓶梅」。有論者謂此指丁耀亢的續金瓶梅，續金瓶梅確有一個財主叫沈越，號「黃表沈三」，西門慶轉世做了他的兒子「金哥」，沈越很快破產，金哥兩眼皆盲，父子淪為乞丐；也確有一個黎氏，是潘金蓮轉世，卻與沈員外沒有任何關係。看來與緣起所說的續書對不上號。再說續金瓶梅成書在順治十七年（一六六〇），順治十五年前玉嬌梨已經成書，緣起當然不可能預知續金瓶梅的創作。緣起所指續書玉嬌梨當是明代沈德符（一五七八—一六四二）萬曆野獲編卷二十五所說的玉嬌李，玉嬌李與玉嬌梨有一字之差，沈德符說它是金瓶梅續書，「穢黷百端，背倫滅理，幾不忍讀」，以文中簡述之情節對照續金瓶梅，兩書絕對不是一書。沈德符當年在邱志充那裡只讀到玉嬌李首卷，其後此書下落不明，玉嬌梨緣起作者也未必見到過該書，大概是憑耳聞杜撰的。緣起說二十回的玉嬌梨是金瓶梅續書的另一種「秘本」，「蘊藉風流」，斷與前一種淫穢續書不同，此書稿逃過兵火一劫，幸而付梓公諸於世。玉嬌梨二十回與金瓶梅，除了書名由女人的三個名字合成這一點相同之外，人物情節沒有絲毫的牽連，說它是金瓶梅的續書，實在無根無影。如此之說，也許是書商借金瓶梅吸引讀者，這種營銷策略也反映出作者和刊行者對本書的不夠自信。他們未曾料到此書問世即風行天下，不但翻刻蜂起，而且模仿之作絡繹不絕，所以後來的刊本便都刪去了這篇緣起，作者署名改為當時知名度很高的「天花藏主人」，總算是正本清源了吧。

玉嬌梨書名合小說中兩位佳人的三個名字中的各一個字而成。白紅玉的「玉」，白紅玉隱蔽在姑父家改名「無嬌」的「嬌」，盧夢梨的「梨」。這兩位美貌的才女，再加上充當「紅娘」的紅玉的俏麗婢女嫣素，經過了坎坷曲折最終都嫁給了英俊倜儻的才子蘇友白。這部作品的題旨、人物設計和配置、情節構思、敘事方式、語言風格以及審美趣味，由於次後許多作品模仿，而形成了才子佳人小說的類型模式。

素政堂主人玉嬌梨敘論及本書的題旨是要演述一段純正的「風流」佳話。他說男女「悅慕」不等於「風流」，「風流」者，必須是「郎挾異才，女矜殊色，甚至郎兼女色，女擅郎才」，絕不是「無賴市兒、泛情閨婦」所能妄稱。才子佳人相互悅慕，纏綿悱惻，「明明色界，卻非慾海」，大體不能越出禮教的軌道。結局一定是大團圓，「為人欣羨，始成佳話」。

玉嬌梨的主人公蘇友白出場時是一位窮秀才，但才貌過人，其貌，潘安恐不及，論才，比曹植而過之；不只才貌相兼，更有超凡氣質，修身如玉，光明磊落。女主人公白紅玉和盧夢梨都是名門閨秀，姿若天仙，詩賦之才不讓晉代才女謝道韞，更難得的是溫柔多情，有一雙辨貞奸、知窮通的慧眼。蘇友白誓言非佳人不娶，白紅玉、盧夢梨則執著非才子不嫁。

才子佳人遇合，在封建禮教社會中良非易事。男女婚姻皆由父母作主包辦，稍有身份的青年男女難有謀面的機會，更談不上有擇偶的權利。玉嬌梨於是設計了一位開明的沒有道學氣味的家長白太玄，他雖不能縱由女兒走出閨閣，卻容許女兒通過詩賦選擇夫婿，對他的姪女盧夢梨女扮男妝私會蘇友白的行為，也只是一笑了之。如果是一位死守禮教的家長，蘇友白、白紅玉、盧夢梨的故事就根本不能開展。當然，家長的開明和寬容是有限度的，才子佳人的思想也不可能超越禮教的範疇，他們不大可能卿卿我我，連見面也是難得的，於是又必要安排一個在才子佳人之間傳遞信息的「紅娘」，這就是紅玉貼身婢女嫣素。才子佳人如果順利結合，那也就稱不上佳話，其間必須有阻礙和干擾，使得這個結合過程波浪起伏、曲曲彎彎。這阻礙因素有可能是戰亂匪患，也有可能是偏執的家長，但更多的是企圖奪占鵲巢的拙鳩，玉嬌梨裡剽竊蘇友白詩作的張軌如、冒名頂替的蘇有德，以及為醜陋兒女謀求佳偶的陰險的楊御史，就是這種角色。

玉嬌梨第二十回白太玄知曉女兒與蘇友白經歷的曲折後，感慨地說：「小人播弄如此，可恨可恨。」然而假若沒有小人的多番播弄，才子佳人沒有經受多番考驗，才之奇、情之貞則都無從表現。才子佳人小說立意單純，所有情節都指向才子佳人的姻緣好合。人物雖有主有賓，但均為才子佳人姻緣而設，情節雖然曲折，但頭緒十分簡單，一線到底，絕無旁枝末節。

玉嬌梨寫的是男女情愛，但這是公子小姐在禮教世界裡的情愛，不是市兒閭婦的情愛，與世情小說、青樓小說、艷情小說判然有別。蘇友白與紅玉以詩相會，心儀久久，但婚姻的締結還是要家長認定，如玉嬌梨敘所說，他們「婉轉作緣，時露悄心，忽呈嬌慧，不弄癡柔，即吐香艷。明明色界，卻非慾海。遊心其際，覺寤寐河洲之遺韻尚存，而衫衣鼓琴之流風不遠」，情愛始終在禮教的規範之中。第十回蘇友白請求嫣素趁昏夜無人約紅玉一會，嫣素立即正色相告：「郎君此言差矣。小姐乃英英閨秀，動以禮法自持。即今日之舉，蓋為百年大事選才，並非怨女懷春之比。郎君若出此言，便是有才無德，轉令小姐看輕，此事便不穩了。」蘇友白聞言頓然羞慚，連連謝罪。才子佳人受情愛驅動，舉止卻沒有越禮教雷池一步。在他們的故事裡，含有情、才、禮三大要素，情是基礎，才是條件，禮是原則。這三種要素自然是體現在故事情節中和人物性格上，情和才顯而易見，禮則表現為由禮教規範的道德操守。

不單是玉嬌梨，幾乎所有的才子佳人小說都具有三種要素，只不過不同的作者和作品所要演繹的重點有所不同罷了。有的作品重才，有的作品重德，有的作品重情，從而形成才子佳人小說的三種流派。

玉嬌梨重才。全書情節圍繞「才」而展開。白家父女擇婿的標準，不在門第富貴，只要才學出眾，所以是以詩選人，故事情節由此展開和發展。玉嬌梨所重之才，是詩賦之才。第十三回蘇友白赴京途中遭劫，不得不賣文換取盤纏，當地的一位張老說：「不瞞蘇相公說，我這山東地方，讀書的雖不少，但只曉得在舉業上做工夫，至於古文詞賦，其實沒人。」作者大概是瞧不起那些金榜題名但卻毫無才氣的舉人進士們的，沒有功名的士人，當然不乏儒林外史的范進之流，但也確有才華橫溢文章雋美的蒲松齡這類人物，天花藏主人或者屬於這一類，至少是以這一類自命，所以他要輕視舉業而重詩才。才子佳人小說的作者多是沉鬱下層的士人，這個觀念是共同的，也都反映在小說的人物情節中。重詩才當然並不排斥舉業的本事，盧夢梨就語重心長地勸誡蘇友白，「千秋才美，固不需於富貴，然天下所重者功名也」，提醒他科舉成名則婚姻有望。舉業是「才」中應有之義，但不是「才」之核心內容，玉嬌梨看重和演繹的是詩賦之才。白紅玉測試求婚者才之高低的依據是詩賦而不是八股，張軌如告訴蘇友白，白紅玉「誓不嫁俗子，只要是個才子，詩詞歌賦敵得他過，方纔肯嫁」。白紅玉的父親和姑父吳翰林擇婿，也都是尋訪清新俊逸的少年詩人。楊御史攜子楊芳上門求親，楊芳在酒令上露怯，又在「弗告軒」三字上犯錯，測試不及格，再無挽回的餘地。吳翰林受姐夫之託為紅玉擇婿，在金陵靈谷寺看到蘇友白的詠梅詩，立即尋覓作詩者，並遣媒說親。無奈忙中出錯，蘇友白以為「無艷」就是「無嬌」，眼見連上的紅絲由是中斷。紅絲再連是和韻白紅玉的新柳詩，以及白紅玉命題限韻的送鴻、迎燕二詩，而盧夢梨相中蘇友白也是因為蘇友白為錦屏四幅美人畫作詩，白太玄在山陰道上與蘇友白相遇，分題作詩，對酒論，測試滿意後遂將女兒、姪女許嫁。詩才取人，貫穿了全部情節。

儘管玉嬌梨立意單純，犧牲了生活的多面性和人物關係的複雜性，缺乏歷史厚度和思想深度，但故事輕鬆且可讀性強，在很大程度上反映了廣大中下層士人的夢想，故頗受讀者歡迎。作者接著又創作二十回的平山冷燕，此書重才且更讚賞女子之才。其後又作兩交婚，作者天花藏主人說：「自古才難，從來有美。然相逢不易，作合多奇，必結一段良緣，定歷一番妙境，傳作美觀，流為佳話。故平山冷燕前已播四才子之芳香矣，然芳香不盡，躍躍筆端，因又采擇其才子占佳人之美，佳人擅才子之名，甘如蜜、辛若桂薑者，續為二集。」（兩交婚第一回）這種重才派的才子佳人小說，或為天花藏主人所作，或由天花藏主人作序，或借天花藏主人之名的作品還有錦疑團、麟兒報、畫圖緣、飛花詠、定情人、人間樂、玉支璣等，順康年間，天花藏主人成了享譽南北的小說家。重才派的作品，作者別署他名的有春柳鶯、飛花艷想、宛如約等等。這些作品的篇幅都在十六回至二十回之間，大抵成為一種定式。

才子佳人小說還有重德、重情二派，清初重德派的代表作是好逑傳，重情派的代表作有「煙水散人」的合浦珠、鴛鴦配以及署「煙水散人較閱」的賽花鈴等，這一派作品在情、才、德三者中強調「情」的重要，才子佳人私訂終身，婚前雖不及於亂，然而才子與丫鬟、妓女之間卻不受此限。這派小說距離艷情僅一步之遙。

本書的整理以日本內閣文庫所藏清初寫刻本為底本，參校了振賢堂等較晚刊本。不同版本的文字略有差異，脫漏誤訛的情況也不盡相同，但情節沒有出入，文字也沒有繁簡之別，整理時文字擇善而從，不出校記。

二〇一九年十月　北京

敘

世於男女悅慕，動稱風流。不知西隣之子❶亦有窺樓，東里之施❷不無挑達❸，止堪俎豆登徒❹，烝嘗嫫母❺，題曰「風流」，斯云辱矣。必也琴心逗卓❻，眉膴畫張❼，長生殿內深盟❽，玳瑁筵❾前醉

❶西隣之子：宋玉登徒子好色賦序謂東隣之美女愛慕宋玉，登牆窺視宋玉三年，宋玉始終不為所動。這裡翻用此典。

❷東里之施：傳說春秋越國美女西施住諸暨縣巫里之西，巫里之東有女醜陋，因摹仿西施捧心皺眉之態，被人嗤笑為東施效顰。東里之施，這裡指醜女。

❸挑達：儇薄無禮。

❹俎豆登徒：崇奉登徒子。俎豆，俎，置肉的几；豆，盛乾肉一類食物的器皿，皆為古代祭祀的禮器。在這裡名詞用作動詞，意為崇奉。登徒，戰國時楚國宋玉曾作登徒子好色賦，說登徒子「其妻蓬頭攣耳，齞脣歷齒，旁行踽僂，又疥且痔，登徒子悅之，使有五子」。由是後世稱好色而不擇美醜者為「登徒子」。

❺烝嘗嫫母：崇奉醜女。烝嘗，指祭祀，這裡有崇奉之意。烝，冬祭。嘗，秋祭。嫫母，古代傳說黃帝時的醜女。

❻琴心逗卓：漢司馬相如與卓文君的婚戀佳話。史記司馬相如列傳載卓王孫宴請司馬相如，卓有女文君新寡，宴席上兩人一見鍾情，相如以琴傳遞愛意，文君遂夜間私奔相如寓所，結為夫婦。

❼眉膴畫張：眉膴，又作眉憮、眉嫵，形容雙眉嫵媚可愛。眉膴畫張，張敞為妻畫眉。張敞為漢河東平陽人，

態，白公之柳腰櫻口⑩，崔君之人面桃花⑪，他如溫詐乎妹⑫，阮哭諸隣⑬，荀倩中庭熨冷⑭，朝雲湖上參禪⑮，紅線⑯宵征俠氣，綠珠⑰曉墜貞心，方足膾炙閨帷，誇揚婚好。使談者舌涎，聞者夢喜，何

宣帝時官太中大夫、京兆尹等，為妻畫眉，時長安有「張京兆眉憮」之說，成為夫妻恩愛的典故。見漢書張敞傳。

⑧ 長生殿內深盟：指唐明皇與楊貴妃的愛戀情深。白居易長恨歌有「七月七日長生殿，夜半無人私語時：在天願作比翼鳥，在地願為連理枝」之句。

⑨ 玳瑁筵：以玳瑁裝飾坐具的宴席，指盛宴。

⑩ 白公之柳腰櫻口：白公，唐代詩人白居易。柳腰櫻口，白居易的侍姬小蠻和樊素。孟棨本事詩：「白尚書姬人樊素善歌，妓人小蠻善舞，嘗為詩曰：『櫻桃樊素口，楊柳小蠻腰。』」

⑪ 崔君之人面桃花：崔君，唐代詩人崔護。相傳崔護清明郊遊，至村求飲，有女持水至，含情倚桃樹佇立，綽有餘妍，明年清明再訪，則門庭如故，人去室空。因題詩曰：「去年今日此門中，人面桃花相映紅。人面不知何處去，桃花依舊笑春風。」見孟棨本事詩。

⑫ 溫詐乎妹：溫，晉代人溫嶠，官至驃騎大將軍。傳說他的從姑囑他為覓婿，溫嶠詐稱他人下玉鏡臺為聘禮，成婚時，方知新郎就是溫嶠自己。事見世說新語假譎。

⑬ 阮哭諸隣：阮，晉代人阮籍。王隱晉書：「籍鄰家處子有才色，未嫁而卒。籍與無親，生不相識，往哭，盡哀而去。」

⑭ 荀倩中庭熨冷：荀倩即荀奉倩，世說新語惑溺：「荀奉倩與婦至篤，冬月婦病熱，乃出中庭自取冷，還以身熨之。」

⑮ 朝雲湖上參禪：王朝雲原為宋代杭州名妓，篤信佛法，蘇軾納為侍姬。蘇軾被貶惠州，姬妾皆散去，獨朝雲依依嶺外。相從蘇軾二十三年，忠敬如一，卒於惠州，年三十四。臨終誦金剛經四句而絕。蘇軾悼詩謂：「駐

哉？蓋郎挾異才，女矜殊色，甚至郎兼女色，女擅郎才，故其姤遇作合，為人欣羨，始成佳話耳。非盡人有求，即盡人風流也。小說家艷風流之名，凡涉男女悅慕，即實其人其事以當之。遂令無賴市兒、泛情閨婦，得與「鄭」、「衛」並傳。無論獸態顛狂，得罪名教，即穢言浪籍，令儒雅風流幾於掃地，殊可恨也。每欲痛發其義，維挽淫風，其道末由。適客攜玉嬌梨秘本示余，余讀之，見蘇友白才而美，白紅玉美而才，盧夢梨才美而俠，三人婉轉作緣，時露悄心，忽呈嬌慧，不弄癡柔，即吐香艷。明明色界，卻非慾海。遊心其際，覺寤寐河洲之遺韻尚存，而袗衣鼓琴之流風不遠。正砭世之針，醫俗之竹。故不惜木災，用代絲繡，以一洗淫污之氣。使世知風流有真，非一妄男女所得浪稱也，何其快哉！客曰：「白描繪事，遜色牡丹；無絃焦桐，讓聲羯鼓。倘優俳操去取之權，牙儈秉春秋之筆，則子將奈何？」予曰：「不然。是非，識者定之。方今文人才女滿天下，風流之種不絕。當有子雲其人者，謂予知言，子其俟之。」

素政堂主人題

景恨無千歲藥，贈行惟有小乘禪。傷心一念償前債，彈指三生斷後緣。」又傳有西江月詞詠梅花亦為悼朝雲作。參見馮夢龍情史類略卷十三「情憾類」朝雲。

⑯ 紅線：古代傳說中的俠女。據唐袁郊甘澤謠紅線記，紅線為唐潞州節度使薛嵩的內記室，能文善武，時魏博節度使田承嗣將併潞州，薛嵩日夜憂悶，紅線於是夜奔魏博，潛入田承嗣寢所，取其枕前之金合，以示儆戒，一夜往返七百里。田承嗣大驚失色，薛嵩遣使送還金合，田氏遂斷兼併之念。

⑰ 綠珠：晉代石崇之姬妾，極美艷，趙王倫求之不得，遂殺石崇強奪之，綠珠不屈墜樓死於石崇之前。

緣起

玉嬌梨與金瓶梅，相傳並出弇州❶門客筆，而弇州集大成者也。金瓶梅最先成，故行於世。玉嬌梨久而始就，遂因循沉閣，是以耳名者多，親見者少。客有述其祖曾從弇州遊，實得其詳。云玉嬌梨有二本。一曰續本，是繼金瓶梅而作者。男為沈六員外，女為黎氏，其邪淫狂亂，刻畫市井之穢，百倍瓶梅。蓋有意醜詆故相，痛詈佞人，故一時肆筆，不覺已甚。弇州怪其過情，不忍付梓。然遞相傳寫者有之。一曰秘本，是懲續本之過而作者。男為蘇友白，女為紅玉，為無嬌，為夢梨。細摹文人才女之好色真心，鍾情妙境，蓋欲形村愚之無恥，而反刺之者也。弇州深喜其蘊藉風流足空千古，急欲繡行。惜其成獨後，弇州遲暮不及矣。故不但世未見其書，并秘本之名亦無識之者。獨客祖受而什襲至今，近緣兵火，岌岌乎灰燼之餘，客懼不敢再秘，因得購而壽木❷。續本何不並梓？曰：畏其淫甚，得罪名教，且非弇州意，故不敢耳。今秘本告竣，因述其始末如此。

❶ 弇州：王世貞（一五二六－一五九〇），字元美，號鳳洲，又號弇州山人，故也省稱「弇州」。明嘉靖二十六年（一五四七）進士，官至南京刑部尚書。以詩文著稱於世。

❷ 壽木：原指生長年歲長久的樹木，這裡指版刻，有刻板即可長久保存之意。

回目

第一回　小才女代父題詩

詩曰：

六經原本在人心，笑罵皆文好細尋。
天地戲場觀莫矮，古今聚訟眼須深。
詩存鄭衛非無意，亂著春秋豈是淫。
更有子雲千載後，生生死死謝知音。

話說正統年間，有一甲科太常正卿❶，姓白名玄，表字太玄，乃金陵人氏。因王振❷弄權，挂冠而歸。這白太常上無兄，下無弟，只有一個妹子，又嫁與山東盧副使遠去，止得隻身獨立。他為人沉靜寡欲，不貪名利，懶於逢迎，但以詩酒自娛。因嫌城市中交接煩冗，遂卜居于鄉，去城約六七十里，地名

❶ 甲科太常正卿：甲科，明清進士的通稱，舉人為乙科。太常，官名，為九卿之一，掌管禮樂郊廟社稷等事宜，有正卿、少卿各一人。

❷ 王振：明英宗時太監，掌司禮監，權傾一時。正統十四年（一四四九）挾持英宗親征瓦剌，兵敗土木堡，英宗被俘，王振亦被士兵所殺。

喚做錦石村。這村裏青山環四面，一帶清溪直從西過東，曲曲回抱，兩堤上桃柳芳菲，頗有山水之趣。這村中雖有千餘戶居民，若要數富貴人家，當推白太常為第一。這白太常官又高，家又富，才學政望又大有聲名，但只恨年過四十，卻無子嗣。也曾蓄過幾個姬妾，可煞作怪，留在身邊三五年，再沒一毫影響。及遣去嫁人，不上年餘，便人人生子。白公歎息，以為有命，以後遂不復買妾。夫人吳氏，各處求神拜佛，燒香許願，直到四十四上，方生得一個女兒。臨生這日，白公夢一神人賜他美玉一塊，顏色紅赤如日，因取乳名叫做紅玉。白公夫妻因晚年無子，雖然生個女兒，卻也十分歡喜。

這紅玉生得姿色非常，真是眉如春柳，眼湛秋波，更兼性情聰慧，到八九歲便學得女工針指件件過人，不幸十一歲上，母親吳氏先亡過了，就每日隨著白公讀書寫字。果然是山川秀氣所鍾，天地陰陽不爽，有百分姿色，自有百分聰明。到得十四五歲時，便知書能文，竟已成一個女學士。因白公寄情詩酒，日日吟詠，故紅玉小姐于詩詞一道，尤其所長。家居無事，往往白公做了，叫紅玉和韻；紅玉做了，與白公推敲。白公因有了這等一個女兒，便也不思量生子，只要選擇一個有才有貌的佳婿配他，卻是一時沒有，因此耽閣到一十六歲，尚未聯姻。

不期一日朝廷遭土木之難，（土木，地名。也先南犯至此。）正統北狩，（正統皇帝被擄北去。）景泰登極，王振伏辜，起復舊臣。白公名係舊臣，吏部會議，仍推白公為太常正卿。不日命下，報到金陵。白公本意不願做官，只為紅玉姻事未就，因想道：「吾欲選擇佳婿，料此一鄉一邑人才有限，怎如京師，乃天下人文聚處，豈無東床❸俊彥，何不借此一行，倘姻緣有在，得一美婿，也可做半子之靠。」主意定了，遂不推辭，擇個吉日，

❸ 東床：指女婿。典出王羲之坦腹東床被選中女婿的故事。

帶著紅玉小姐，同上京赴任。到了京師，見過朝，到了任，尋一個私宅住下。

這太常寺乃是一個清淡衙門，況白公雖然忠義，卻是個疏懶之人，不肯攬事，就是國家有大事著九卿❹會議，也只是兩衙門與該部做主，太常卿不過備名色，唯諾而已，那有十分費心力處。每日公事完了，便只是飲酒賦詩。

過了數月，便有一班好詩酒的僚友，或花或柳，遞相往還。時值九月中旬，白公因一門人送了十二盆菊花，擺在書房堦下，也有雞冠紫，也有醉楊妃，也有銀鶴翎，盆盆俱是細種，深香疏態，散影滿簾，何減屏列金釵十二。白公十分喜愛，每日把酒玩賞。

這一日正吟賞間，忽報吳翰林❺與蘇御史❻來拜。原來這吳翰林就是白公的妻舅，叫做吳珪，號瑞庵，與白公同里，為人最重義氣。這蘇御史名喚蘇淵，字方回，雖是河南籍中的進士，原籍卻也是金陵，又與白公是同年，又因詩酒往來，因此三人極相契厚。每每於政事之暇，不是你尋我，便是我訪你。白公聽見二人來拜，慌忙出來迎接。三人因平日來往慣了，情意浹洽，全無一點客套。一見了，白公便笑說道：「這兩日菊花開得十分爛熳，二兄為何不來一賞？」吳翰林道：「前日因李學臺點了南直隸學院，與他餞行，不得工夫。昨日正要來賞，不期剛出門，撞見老楊厭物，拿一篇壽文，立等要改了與石都督❼

❹ 九卿：明清中央政府的九個高級官職。明朝九卿為六部尚書以及都察院都御史、通政司使、大理寺卿。清朝以都察院、大理寺、太常寺、光祿寺、鴻臚寺、太僕寺、通政司、宗人府、鑾儀衛為九卿。

❺ 翰林：對翰林院官員的稱呼。翰林院掌管編修國史及草擬制誥等事宜。

❻ 御史：監察御史，掌管糾察彈劾。

夫人上壽，又誤了一日工夫。今早見風日好，恐怕錯過花期，所以約了蘇老兄不速而至。」蘇御史道：「小弟連日也要來，只因衙門中多事，未免辜負芳辰。」三人說著話，走到堂上。相見過，更了衣，待茶過，遂邀入書房中看菊。果然黃深紫淺，擺列兩隅，不異兩行紅粉，吳翰林與蘇御史俱誇獎好花不絕。三人賞玩了一會，白公即令家人排上酒來同飲。飲了數杯，吳翰林因說道：「此花秀而不艷，美而不妖，雖紅黃紫白，顏色種種鮮妍，卻終帶幾分疏野瀟灑氣味，使人愛而敬之。就如二兄與小弟一般，雖然在此做官，而日日陶情詩酒，與林下無異，終不似老楊這班俗吏，每日趨迎權貴，只指望進身做官，未免為花所笑。」白公笑道：「雖然如此說，只怕他們又笑你我不會做官，終日只好在此冷曹與草木為伍。」蘇御史道：「他們笑我，殊覺有理。我們笑他，便笑差了。」吳翰林道：「怎麼我們笑差？」蘇御史道：「這京師原是個名利場，他們爭名奪利，正其宜也。你我既不貪富，又不圖貴，況白年兄與小弟又無子嗣，何必溷跡于此，以博旁人之笑。」白公歎一口氣道：「年兄之言最是，小弟豈不曉得。只是各有所圖，故苟戀于此，斷非捨不得這一頂烏紗帽耳。」蘇御史又道：「吳兄玉堂，白兄清卿，官閒政簡，尚可以官為家，寄情詩酒。只是小弟做了這一個言路，當此時務，要開口又開不得，要閉口又閉不得，實是難為。只等聖上冊封過，小弟必要討個外差，離此方遂弟懷。」吳翰林道：「唐人有兩句詩道得好，說：『若為籬邊菊，山中有此花』，恰似為蘇兄今日之論而作。你我既樂看花飲酒，自當歸隱山中，最是最是。」三人一邊談笑，一邊飲酒，漸漸說得情投意洽，便不覺詩興發作。白公便叫左右，取過筆硯來，與吳翰林、蘇御史即席分韻作賞菊詩。

❼ 都督：明制設都督府，置左右都督及諸官，分領全國衛所。都督是高級武官。

三人纔待揮毫，忽長班❽來報，楊御史老爺來了。三人聽了，都不歡喜。白公便罵長班道：「蠢才，曉得我與吳爺蘇爺飲酒，就該回不在家了。」長班稟道：「小的已回出門拜客，楊爺的長班說道：『楊爺在蘇爺衙裏問來，說蘇爺在此喫酒，故此尋來。』又看見二位爺轎馬在門前，因此回不得了。」白公猶沉吟不動身，只見又一個長班慌忙進來，稟道：「楊爺已到門，進廳來了。」白公只得起身，也不換冠帶，就是便衣迎出來。

原來這楊御史叫做楊廷詔，字子獻，是江西建昌府人，與白公也是同年。為人言語粗鄙，外好濫交，內多貪忌，又要強作解事，往往取人憎惡。這日走進廳來，望著白公便叫道：「年兄好人，一般都是朋友，為何就分厚薄？既有好花在家，邀老吳、老蘇來賞，怎就不呼喚小弟一聲，難道小弟就不是同年？」白公道：「本該邀年兄來賞，但恐年兄貴衙門事冗，不得工夫幹此寂寞之事。就是蘇年兄與吳舍親，俱偶然小集也，非小弟邀來。且請寬了尊袍。」楊御史一面寬了公服，作過揖，也不等喫茶，就往書房裏來。

吳翰林與蘇御史看見，只得起身相迎，同說道：「楊老兄今日為何有此高興？」楊御史先與蘇御史作揖道：「你一發不是人，這樣快活所在，為何瞞了我，獨自來受用？不通，不通。」又與吳翰林作禮，因致謝道：「昨賴老先生大才潤色，可謂點鐵成金，今早送與石都督，十分歡喜，比往日倍加敬重。」吳翰林笑道：「石都督歡喜，乃感老先生高情厚禮，未必為這幾句文章耳。」楊御史道：「敝衙門規矩，只是壽文，到也沒有甚麼厚禮。」蘇御史笑道：「小弟偏年兄看花，年兄便怪小弟，像年兄登貴人之堂，

---

❽ 長班：官員隨身侍候的僕人。

拜夫人之壽，抛撇小弟，就不說了！」說罷，眾人都大笑起來。

白公叫左右添了鐘筯，讓三人坐下飲酒。楊御史喫了兩杯，因與蘇御史道：「今日與石都督夫人上壽，雖是小弟背兄，也是情面上卻不過，未必便有十分陞賞。還有一件事，特來尋年兄商議，若是年兄肯助一臂之力，管取有些好處。」蘇御史笑道：「甚麼事？有何好處？乞年兄見教。」楊御史道：「汪貴妃冊封皇后，已有成命。都督汪全，眼見得便擅戚畹❾之尊，近日聞知離城二十里有一所民田，十分膏腴，彼甚欲之，竟叫家人奪了。今日衙門中紛紛揚揚，都要論他，第一是老朱出頭。汪都督曉得風聲，也有幾分著忙，今日央人來求小弟，要小弟與他周旋。小弟想衙門裏眾人都好說話，只是老朱有些任性，敢作敢為，再不思前慮後，小弟每每與他說好話，他再不肯聽。我曉得他與年兄甚好，極信服年兄。年兄若肯出一言止了此事，汪都督自然深感，不獨有謝，你我既在這裏做官，這樣人終須惡識他不得，況又不折甚本，不知年兄以為何如？」蘇御史聽了，心下有幾分不快，因正色道：「若論汪全倚恃戚畹，白占民間田土，就是老朱不論，小弟與年兄也該論他。年兄為何還要替他周旋？未免太勢利了些。」楊御史見蘇御史詞色不順，便默默不語。白公因笑道：「小弟只道楊年兄特來賞菊，原來卻是為汪全說人情。這等，便怪不得小弟不來邀兄賞菊了。」吳翰林也笑道：「良辰美景，只該飲酒賦詩。若是花下談朝政，頗覺不宜。楊老先生該罰一巨觴，以謝唐突花神之罪。」楊御史被蘇御史搶白了幾句，已覺抱愧，又見吳翰林與白公帶笑帶戲譏刺他，甚是沒意思。只得勉強說道：「小弟因蘇年兄說起，偶然談及，原非有心，為何就要罰酒？」白公道：「這個定要罰。」隨叫左右斟上一大犀杯，送與楊御史。楊御史拿

---

❾ 戚畹：外戚親貴。

著酒說道：「小弟便受罰了。倘後有談及朝政者，小弟卻也不饒他。」吳翰林道：「這個不消說了。」

楊御史喫乾酒，因看見席上有筆硯，便說道：「原來三兄在此高興做詩，何不見教？」吳翰林道：「纔有此意，尚未下筆。」楊御史道：「既未下筆，三兄不可因小弟打斷了興頭，請傾珠玉，待小弟飲酒奉陪，何如？」白公道：「楊年兄既有此興，何不同做一首，以紀一時之事。」楊御史道：「這是白年兄明明奈何小弟了，小弟于這些七言八句實是來不得。」白公笑道：「年兄長篇壽文，稱功頌德，與權貴上壽偏來得，為何這七言八句，不過數十個字兒，就來不得？想是知道此菊花沒有陞賞了。」楊御史聽了便嚷道：「白年兄該罰十杯！小弟談朝政便該罰酒，像年兄這等，難道就罷了？」隨叫左右也篩了一大犀杯，遞與白公。吳翰林道：「若論說壽文，也還算不得朝政。」蘇御史笑道：「壽文雖是壽文，卻與朝政相關，若不關朝政，楊年兄連壽文也不做了。白年兄該罰該罰。」白公笑了笑，將酒一飲而乾，因說道：「酒便罰了，若要做詩，必須分韻同做。如不做，并詩不成者，俱罰十大杯。」吳翰林道：「說得有理。」楊御史道：「二兄不要倚高才欺負小弟。若像前日聖上要差人迎請上皇，無一人敢去，這便是難事了。若只將做詩喫酒來難人，這也還不打緊。」蘇御史道：「楊年兄又談朝政了，該罰不該罰？」白公見楊御史說的話太卑污厭聽，不覺觸起一腔忠義，便忍不住說道：「楊年兄說的話，全無一毫丈夫氣。你我既在此做官，便都是朝廷臣子，東西南北，一惟朝廷之使，怎麼說無一人敢去。倘朝廷下尺一之詔，明著某人去，誰敢推托不行。若似年兄這等說來，朝廷終日將大俸大祿養人何用！」楊御史冷笑了一聲道：「這些忠義話兒人都會說，只怕事到臨頭，未免又要手慌腳亂了。」白公道：「臨時慌亂者，只是愚人無肝膽耳。」

吳翰林與蘇御史見二人話不投機，只管搶白起來，一齊說道：「已有言在先，不許談朝政，二兄故犯，各加一倍，罰兩大杯。」因喚左右每人面前篩了一杯，楊御史還推辭理論，白公因心下不快，拿起酒來，也不候楊御史，竟自一氣飲乾。又叫左右篩上一杯，復又拿起幾口喫了。說道：「小弟多言，該罰兩杯，已喫完了。楊年兄這兩杯喫不喫，小弟不敢苦勸。」楊御史笑道：「年兄何必這等使氣，小弟再無不喫之理，喫了還要領教佳章。」吳翰林道：「年兄既有興做詩，可快飲乾。」楊御史也一連喫了兩杯，說道：「小弟酒已乾了，三兄有興做詩，乞早命題，容小弟慢慢好想。」吳翰林道：「也不必別尋題目，就是『賞菊』好了。」白公道：「小弟今日不喜作詩，三兄有興請自做，小弟不在其數。」楊御史聽了，大嚷道：「白年兄太欺負人，方纔小弟不做，你又說定要同做，若不做罰酒十杯。及小弟肯做，你又說不做。這是明欺小弟不是詩人，不屑與小弟同吟。小弟雖不才，也忝在同榜，便胡亂做幾句歪詩，未必便玷辱了年兄。今日偏要年兄做，年兄若不做，是自犯自令，該倍罰二十杯，就醉死也要年兄喫！」白公道：「要罰酒，小弟情願。若要做詩，決做不成。」楊御史道：「既情願喫酒，這就罷了。」就叫人將大犀杯篩上。

蘇御史與吳翰林還要解勸，白公拿起酒來，便兩三口喫乾。楊御史又叫斟上，吳翰林道：「白太玄既不做詩，罰一杯就算了。」楊御史道：「這個成不得，定要喫二十杯。」白公笑道：「花下飲酒，弟所樂也。何關年兄事，而年兄如此著急。」拿起來又是一大杯喫將下去。楊御史也笑道：「小弟不管年兄樂不樂，關小弟事不關小弟事，只喫完二十杯便罷。」又叫左右斟上。

白公一連喫了四五杯，因是氣酒，又喫急了，不覺一時湧上心來，便有些把捉不定。當不得楊御史在傍絮絮聒聒，只管催逼，白公又喫得一杯，便坐不住，走起身，竟往屏風後一張榻床上去睡。楊御史看見那裏肯放，便要下席來扯。蘇御史攔住道：「白年兄酒忒喫急了，罰了五六杯，也夠了，等他睡一睡罷。」楊御史道：「他好不嘴強，這是一杯也饒他不過！」吳翰林道：「就要罰他，也等你我詩成。你我俱未做，如何只管罰他。」蘇御史道：「這個說得極是。」楊御史纔不動身，道：「就依二兄說，做完詩不怕他不喫。他若推醉不喫，小弟就潑他一身。」說罷，三人分了紙筆，各自對花吟哦，不題。正是：

酒欣知己飲，詩愛會家吟。
不是平生友，徒傷詩酒心。

且說白公自從夫人死後，身邊並無姬妾，內中大小事俱是紅玉小姐主持。就是白公外面有甚事，也要與小姐商量。這日白公與楊御史爭論做詩之事，早有家人報與小姐。小姐聽了，曉得楊御史為人不端，恐怕父親任性，搶白出禍來，因問家人道：「如今老爺畢竟還做詩也不做？」家人道：「老爺執定不肯做詩，被楊爺灌了五六大杯酒，老爺因賭氣喫了，如今醉倒在榻床上睡哩。」小姐又問道：「楊爺與蘇爺、舅老爺如今還是喫酒，還是做詩？」家人道：「俱是做詩。楊爺只等做完了詩，還要扯起老爺來灌酒哩。」小姐道：「老爺是真醉，是假醉？」家人道：「老爺因喫了幾杯氣酒，雖不大醉，也有幾分酒了。」小姐想了想說道：「既是老爺醉了，你可悄悄將分與老爺的題目紙，拿進來我看。」家人應諾，隨即走到席前，趕眾人不留心，即將一幅寫題的花箋拿進來遞與小姐。小姐看了，見題目是「賞菊」，便叫侍兒嫣素取過筆硯，信手寫成一首七言律詩。真個是：

墨雲挾雨須臾至，腕兒驅龍頃刻飛。
不必數莖兼七步❿，烏絲⓫早已滿珠璣⓬。

紅玉小姐寫完了詩，又取一個帖子，寫兩行小字，都付與家人，吩咐道：「你將此詩此字暗暗拿到老爺榻前伺候，看老爺酒醒時，就送與老爺。切不可與楊爺看見。」

家人答應了，走到書房中，只見吳翰林纔揮毫欲寫，蘇御史正注目向花，搜索枯腸，楊御史也不寫，也不想，且拿著一杯酒，口裏唧唧噥噥的吟哦。家人走到白公榻前伺候。

原來白公酒量原大，只因賭氣一連喫急了，所以有些醉意，不料略睡一睡，酒便醒了。不多時醒將來要茶喫，家人忙取了一杯茶，遞與白公。白公就坐起來接茶喫了兩口，家人即將小姐詩箋與小帖暗暗遞與白公。白公先將帖子一看，只見上面寫著兩行小字道：「長安險地，幸勿以詩酒賈禍。」白公看畢，

❿ 七步：傳說三國時魏文帝曹丕令其弟曹植七步中作詩，若不成即行大法。曹植七步成詩，有「本是同根生，相煎何太急」之句。後用七步成詩喻文思敏捷。
⓫ 烏絲：有墨線格子的卷冊稿紙之類。
⓬ 珠璣：比喻華美的詩文。

暗點點頭兒。又將花箋打開，卻是代他做的賞菊詩，因會過意來，將茶喫完了，隨即立起身，仍舊走到席上來。

蘇御史看見道：「白年兄醒了，妙，妙。」白公道：「小弟醉了，失陪。三兄詩俱完了麼？」楊御史道：「年兄推醉得好，還少十四杯酒，只待小弟詩成了，一杯也不饒。」吳翰林向白公道：「吾兄才極敏捷，既已酒醒，何不信筆一揮，不獨免罰，尚未知鹿死誰手！」白公笑道：「小弟詩到做了，只是楊年兄在此，若是獻醜，未免遺笑大方。」楊御史道：「白年兄不要譏誚小弟，年兄縱然敏捷，也不能神速如此。如果詩成，小弟願喫十杯；倘竟未做，豈不是取笑小弟，除十四杯外，還要另罰三杯。年兄若不喫，便從此絕交。」白公笑道：「要不做就不做，要做就做，怎肯說謊。」即將詩稿拿出與三人看。蘇御史接在手中道：「年兄果然做了，大奇，大奇！」吳翰林與楊御史都挨攏來看，只見上寫著：

紫白紅黃種色新，移來秋便有精神。
好從籬下尋高士，漫向簾前認美人。
處世靜疏多古意，傍人閒冷似前身。
莫言門閉官衙冷，香滿床頭二十辰。

三人看了，俱大驚不已。蘇御史道：「白年兄今日大奇，此詩不但敏捷異常，且字字清新俊逸，饒有別致，似不食煙火者。大與平日不同，敬服！敬服！小弟輩當為之擱筆矣。」白公道：「小弟一來恐拂了楊年兄之命，二來要奉楊年兄一杯，只得勉強應酬，有甚佳句。」楊御史道：「詩好不必說，只是小弟有些疑心。白年兄恰纔酒醒，又不曾動筆，如何就出之袖中？就寫，也要寫一會。」吳翰林將詩拿在手中，又細細看了兩遍，會過意來，認得是紅玉所做，不覺微微失笑。楊御史看見道：「吳老先生為何笑？其中必有緣故。不說明，小弟決不喫酒。」吳翰林只是笑，不做聲。白公也笑道：「小弟為不做詩罰了許多，今詩既做了，年兄自然要飲。有甚疑心處，難道是假的不成？」楊御史道：「吳老先生笑得古怪，畢竟有些緣故。」蘇御史因看著吳翰林道：「這一定是老先生見白年兄醉了，代做的了。」吳翰林道：「愧死，小弟如何做得出？」楊御史道：「若不是老先生代做，白年兄門下又不見有館客，是誰做的？」吳翰林只不做聲，但是笑。白公笑道：「難道小弟便做不出，定要別人代筆？」楊御史道：「怎敢說年兄做不出，只是吳老先生笑得有因，你們親親相護，定是做成圈套，哄騙小弟喫酒。且先罰吳老先生三大杯，然後小弟再喫。」一面叫人篩一大杯送與吳翰林。吳翰林笑道：「不消罰小弟。小弟也不知是不是，據小弟想來，此詩也非做圈套騙老先生，決是舍甥女恐怕父親醉了，故此代為捉刀耳。」

楊蘇二御史聽了，俱各大驚。因問白公道：「果是令愛佳作否？」白公道：「實是小女見小弟醉了，代做聊以塞責。」楊蘇二御史驚嘆道：「原來白年兄令愛有如此美才！不獨閨閫所無，即天下所稱詩人韻士，亦未有也。小弟空與白年兄做了半生同年，竟不知令愛能詩識字如此。可敬！可敬！」吳翰林道：「舍甥女不但詩才雋美，且無書不讀，下筆成文，千言立就。」蘇御史道：「如此可謂女中之學士也。」白公道：「衰暮獨夫，有女雖才，卻也無用。」蘇御史道：「小弟記得令愛今年只好十六七歲。」白公道：「今年是一十六歲。」楊御史道：「曾許字人否？」白公道：「一來為小弟暮年無子，二來因老妻去世太早，嬌養慣了，所以直至今日尚未許聘。」楊御史道：「男大須婚，女大須嫁。任是如何嬌養，也不可愆于歸之期。」吳翰林道：「也不是定要愆期，只為難尋佳婿。」楊御史道：「偌大長安，豈無一富貴之子可嫁？小弟明日定要作伐。」白公道：「閒話且不要說，三兄且請完了佳作。」蘇御史道：「珠玉在前，自慚形穢，其實完不得了。每人情願罰酒三杯何如？」楊御史道：「說得有理，小弟情願喫。」吳翰林詩雖將完，因見他二人受罰，也就不寫出來，同罰了三大杯。

只因這一首詩使人敬愛，大家談笑歡飲，直至上燈纔散。正是：

白髮詩翁吟不就，紅顏閨女等閒題。
始知天地山川秀，偏是娥眉⑬領略齊。

三人散去，不知又作何狀，且聽下回分解。

---

⑬ 娥眉：原指女子的秀眉，後為美女的代稱。

第二回　老御史為兒謀婦

詩曰：

憑君傳語寄登徒，只合人間媚野狐。
若有佳人懷吉士❶，從無淑女愛金夫❷。
甘心合處錦添錦，強得圓時觚不觚。
再莫鑿空施妄想，任他才與色相圖。

話說楊御史自從在白公衙裏賞菊飲酒，見了白小姐詩句，便思量要求與兒子為妻。原來楊御史有一子一女，兒子叫做楊芳，年纔二十歲，人物雖不甚醜，只是文章學問難對人言，賴楊御史之力，替他貪緣，到中了江西鄉試，因會試不中，就隨在任上讀書。楊御史雖懷此心，卻知道白公為人執拗，在女婿上留心選擇，輕易開口決不能成。再三思想，並無計策。

忽一日拜客回來，剛到衙門首，只見一個青衣人，手捧著一封書，跪在路傍，稟道：「浙江王爺有

❶ 吉士：古代對男子的美稱。詩召南野有死麕：「有女懷春，吉士誘之。」
❷ 金夫：指多金的男子。

書候問老爺。」楊御史看見，便問：「是吏部王爺麼?」青衣人答道：「正是吏部王爺。」楊御史隨叫長班接了書，吩咐來人伺候。遂下馬進到私衙內，一面脫去官服，一面就拆開書看，只見上面寫著：

年弟王國謨頓首拜。弟自讓部歸來，不獲與年臺聚首於京師者，春忽冬矣。年臺霜威嚴肅，百僚不振而清，遠人聞之，曷勝欣仰。茲者同鄉友人廖德明，原係儒者，既精風鑑，復善星平，往往有前知之妙，弟頗重之。今挾術遊長安，敢獻之門下，以為蓍龜❸之一助。幸賜盼睞而吹噓焉，感不獨在廖生也。草草奉瀆不宣。

楊御史看完了書，知道是薦星相之士，撇不過同年面情，只得吩咐長班道：「你去看王爺薦的那位廖相公可在外面，如在，可請進來。」

長班出去不多時，先拿名帖進來稟道：「廖相公請進來了。」須臾，只見一人從階下走進來。怎生模樣，但見：

頭戴方巾，身穿野服。頭戴方巾，強賴作斯文一脈；身穿野服，假裝出隱逸三分。髭鬚短而不長，有類蓬蓬亂草；眼睛大而欠秀，渾如落落彈丸。見了人前趨後拱，渾身都是謙恭；說話時左顧右盼，滿臉盡皆勢利。雖然以星相為名，倒全靠逢迎作主。

---

❸ 蓍龜：卜筮。古代卜筮，筮用蓍草，卜用龜甲。

楊御史見了，即迎進廳來，見畢禮，分賓主坐下。

廖德明先開口說道：「久仰台光，無緣進謁。今蒙王老先生介紹，得賜登龍，喜出望外。」楊御史道：「王年兄書中，甚稱兄高明有道，今接芝宇，果是不凡。」須臾茶罷，楊御史又問道：「兄抱此異術而來，京師中相知必多。」廖德明道：「晚生素性硜守，懶於干人，雖還有幾封薦書，晚生恐怕賢愚不等，為人所輕，也未必去了。今日謁過老先生，明日也只好還去見見敝鄉的陳相公、余少保、石都督、白太常，三四位賢卿相罷了。」楊御史聽見說要見白太常，便打動心事，因問道：「白太常，莫不就是敝同年白太玄麼？」廖德明答道：「正是貴同年白老先生。」楊御史聽了，心中暗想道：「這段姻緣，要在此人身上做得過脈。」因吩咐左右擺飯，一面就邀廖德明往書房中去坐。廖德明辭道：「晚生初得識荊，尚未獻技，怎麼就好相攪。」楊御史道：「若是他人，我學生也不輕留。兄乃高明之士，正有事請教，到不必拘禮。」遂同到書房中坐下。

坐了一歇，廖德明就說道：「老先生請轉正尊容，待晚生觀一觀氣色何如？」楊御史道：「學生倒不消勞動，到是小兒有一八字求教求教罷。」廖德明道：「這個當得。」楊御史隨叫左右取過文房四寶，寫了四柱，遞與廖德明。廖德明細細看了一遍道：「令公子先生這尊造，八字❹清奇，五行相配，真如桂林一枝，崑山片玉，又兼計羅截出恩星，少年登科自不必說。目下二十歲，尚在酉限，雖見得頭角崢嶸，猶不為奇。若到了二十五歲，運行丙子南方，看鳳池獨步，翰苑遨遊，方是他得意之時。只是妻宮不宜太早，早了便有刑剋。」楊御史笑道：「算得准，算得准。小兒自會試❺不曾中得，發憤在衙讀書，

---

❹ 八字：星相家以人出生的年、月、日、時的干支為八字。

每每與他議親，他決不肯從，直要等中了進士，方肯議親。我只道他是痴心妄想，原來命中原該如此。」廖德明道：「富貴皆命裏帶來，豈人力所能強求。」又問道：「令公子難道從未曾娶過？」楊御史道：「曾定過敝鄉劉都堂❻的孫女，不料未過門就死了，所以直蹉跎至此。」廖德明道：「既然剋過，這命纔准。只是後來這頭親事，須選一個有福的夫人之命，方配得過。」

正說著，左右擺上酒來。楊御史遜了坐，二人坐下，一邊飲酒，一邊廖德明又問道：「令公子近日有甚宅院來議親麼？」楊御史道：「連日來議親者頗多，說來皆是富貴嬌癡，多不中小兒之意。近聞得白年兄有一令愛，工容與才華俱稱絕世。前日學生在白年兄衙中飲酒，酒後分韻做詩，白年兄醉了，未曾做得，他令愛就暗暗代他做了一首，清新秀美，使我輩同年中幾個老詩人，俱動手不得。」廖德明道：「白小姐既有如此才華，可謂仕女班頭矣。令公子又乃文章魁首，自是天地生成一對好夫妻，況老先生與白公又係同年，正是門當戶對，何不遣媒一說？」楊御史道：「此雖美事，只是敝同年這老兒，生性有些古怪。他要求人，便千肯萬肯。若是你去求他，便推三阻四，偏有許多話說，所以學生不屑下氣先去開口。這兩日聞知他擇婿甚急，若得其中有一相知，將小兒才學細細說與此老知道，使此老心肯意肯，然後遣媒一說，便容易成了。」廖德明道：「老先生所見最高，只怕晚生人微言輕，不足取信。明日往候白公時，倘有機會，細細將令公子這等雄才大志說與他知。」楊御史道：「既有此高情，切不可說出是學生之意。」廖德明笑道：「這個晚生知道。這也不獨為令公子求此淑女，送這等一個佳婿與白公，

❺ 會試：明清科舉制度規定每三年春季在京師舉行的考試，亦稱春試、春闈，應試者為各省的舉人。

❻ 都堂：明制都御史、副都御史、僉都御史為御史衙門堂官，故稱都堂。

還是他得便宜。」

二人話得投機，又飲了數杯，方纔喫飯。喫完飯，廖德明就辭起身，楊御史道：「尊寓在何處？尚未曾奉拜。」廖德明道：「小寓暫借在浙直會館中，怎敢勞重台駕。」說畢，送出廳來，到了門前，楊御史又囑咐道：「此事若成，決當重謝。」廖德明連道：「不敢」，方纔別去。正是：

曲人到處皆奸巧，詭士從來只詐謀。
豈料天心原有定，空勞明月下金鉤。

楊御史送了廖德明，回衙不題。且說廖德明受了楊御史之托，巴不得成就此事，就有托身之地。回到館中宿了一夜，次早起來梳洗畢，收拾些飯喫了，依舊叫家人拿了王吏部的薦書，竟望白太常私衙而來。

到了衙前，先將王吏部的書投進去。等了一會，方見一個長班出來相請。廖德明進到廳上，又坐了一歇，白公方纔出來相見。敘過了來意，喫了茶，白公便問道：「王年兄稱先生風鑑❼如神，但學生衰朽之夫，豈足以當大觀。」廖德明道：「老先生道光德譽，天下景仰，非晚生末術所能淺窺。倘不鄙棄，請正台顏，容晚生仰測一二。」白公將椅向上移了一移，轉過臉來道：「君子問災不問福，請先生勿隱。」廖德明定睛細細看了一晌，因說道：「觀公神凝形正，巖巖有山岳之氣象，更兼雙眉分聳入鬢，

❼ 風鑑：以風貌品人，這裡指相人之術。

兩眼炯炯如寒星，為人一生高傲，行事清奇古怪，處艱難最有擔當，遇患難極重義氣。最妙在準頭隆直，五岳朝歸，這富貴只怕今生享他不盡。只恨神太清了，神清則傷子嗣。說便是這等說，卻喜地閣豐厚，到底不是個孤相，將來或是猶子，或是半子，當有一番奇遇，轉高出尋常箕裘❽之外。」白公嘆道：「學生子息上久已絕望，若得個半子相依，晚年之願足矣。若說眼前這些富貴，不瞞先生說，真不異浮雲敝屣。」廖德明道：「據老先生之高懷，雖不戀此，若據晚生相中看來，這富貴正無了期。子息上雖非親生，定有一番奇遇。目下印堂紅黑交侵，若不見喜，必有小災，卻不妨。老先生可牢記此言，到明日驗了，方知晚生不是面欺。」白公道：「多承指迷敢不心佩。」正相完，左右又換了一道茶來。

喫了茶，白公又問道：「先生自浙到京師，水陸三千餘里，閱人必多。當今少年才士，曾看得幾人中意？」廖德明道：「晚生一路看來，若論尋常科甲，處處皆有。倘要求曠世奇才，名重天下之人，惟有御史楊公令公子，方纔當得起。」白公驚問道：「是那個楊公？難道就是敝同年楊子獻？」廖德明道：「是江右諱廷詔的，倒不知可是貴同年？」白公道：「正是，他止得一位乃郎，前年中了鄉榜❾。學生曾見過，其人也只尋常，就是硃卷❿，也不見怎麼過人，為何先生獨取此子？」廖德明道：「若論文章

---

❽ 箕裘：繼承父業。禮學記：「良冶之子，必學為裘；良弓之子，必學為箕。」

❾ 中了鄉榜：鄉試榜上有名。明清科舉制度每三年秋季在各省的省城舉行的考試，亦稱秋試、秋闈，應試者為省內地方的生員，中式者為舉人。

❿ 硃卷：明清科舉制度規定，鄉試、會試的試卷，考生用墨筆書寫，此為墨卷；考生墨卷再由專門謄錄的人用硃筆謄寫，不書考生姓名，只編號碼，使閱卷者不能識認筆跡，此為硃卷。

一道，晚生不敢深辯。若從他星命看來，文昌纏斗，當有蘇學士之才華。異日自是第一人，玉堂金馬。不但星命，就是他已叨鄉薦，今年二十歲，終日藏修，尚未肯議親。只這一段念頭，也不可及。老先生莫要等閒錯過。」白公道：「原來如此，學生到也不知。」

二人又說了些閒話，廖德明就起身告辭。白公道：「本該留先生在此小酌三杯，奈一個敝相知見招在李皇親莊上，來催早去，有慢先生，多得罪了。」隨叫家人封了一兩代儀，送與廖德明。廖德明打一恭受了，再三致謝出門，隨即將此說話報與楊御史去了，不題。

且說白公自聽了廖德明一席話，心下就有幾分打動了，便要訪問楊公子消息，又不好對外人說。恰好吳翰林來訪他，白公就留在書房中小飲。二人飲到半酣，白公因問道：「楊子獻的乃郎，你曾見麼？」吳翰林道：「你為何問他？」白公道：「前日敝同年薦了一個相士來，我偶問及他京師中誰家子侄多才而賢，他就盛稱老楊的乃郎，以為後來第一才人，且以鼎甲相期。小弟因為紅玉親事，恐怕當面錯過，所以問他。不知他的文字如何？」吳翰林道：「他是詩二房陸知縣的門生，文字雖未曾見，人是見過的，卻也不曾留心。如今細細想起來，也不像個大才之人。就是老楊，從也不見誇獎，若果好時，他怎肯自家埋沒了？」白公道：「我也是這等疑心。那相士又說他今年二十歲，尚未議婚，說他立志必要登了甲榜，方肯洞房花燭。若果有此志，便後生可畏，定他不得了。」吳翰林道：「這也不難，到等小弟明日設一席，請他父子來一敘，再面觀其動靜，才不才，便可知矣。」白公道：「此最有理。」二人商量定，又喫了半日酒，方纔別去。

到次日，吳翰林就差長班下兩個請帖，去請楊御史父子，即日私衙小敘。這日楊御史因得了廖德明的信，知道白公已有幾分心允，正要央人去說親，忽見吳翰林來請他父子喫酒，便滿心歡喜。暗想道：「若不是白家老兒聽了廖德明之言，老吳為何請我父子兩個，親事必定有幾分妥帖。倒只愁兒子無真實之才，恐怕一言兩語露出馬腳。欲待托故不去，又恐怕老白生疑。」又想道：「就去也不妨，他人物也還充得過。況他已是舉人，料不好席上考他。」就答應了都來。打發來人去了，就叫兒子楊芳打扮得齊齊整整，又吩咐道：「你到那裏須要謙遜，不可多言。倘若要你作文成詩，你只回說：『父執在上，小侄焉敢放肆。』」楊芳應諾。原來這楊芳生得人物到也豐厚，只是禀性愚蠢，雖僥緣做了個舉人，若重新問他七個題目，只怕還有一半記不清白。

這日到了午後，吳翰林著人來邀，楊御史就領了楊芳騎馬而來。此時白公已先在衙中多時了。左右報楊御史來了，吳翰林就出來迎接進廳。先是白公與楊御史相見，楊御史要讓白公，白公再三不肯道：「小弟今日特來奉陪，又是舍親處，決無此理。」遜了一會，還是楊御史僭了。吳翰林也見過。就是楊芳與白公見禮，白公也還要遜讓楊芳，楊芳忙推讓道：「年伯在上，小侄焉敢放肆。」楊御史就用手扯過白公到左邊來，說道：「年兄這就不是了，子侄輩當教之以正。」白公不得已，只得僭了。相見畢，讓坐。楊御史在東邊第一，白公是西邊第一，楊芳轉在前面朝上而坐，吳翰林就並在白公一帶，略將椅子扯斜些相陪。一面茶來，一面楊御史就向吳翰林說道：「小弟屢屢欠情，今日為何反辱寵招？」吳翰林道：「自從令郎到京，從不曾申敬，今日治杯水酒，聊表微意，到不是為老先生。」楊御史道：「子侄輩怎敢當此盛意。今日小兒因貪讀書，再不肯來。小弟因說他，豈有個父執呼喚不來之理？況又有老年伯在此，領教得一日，勝似讀十年書，所以纔來了。」白公道：「令郎如此用功，難得難得！」楊御史道：「自小就是如此。他母親恐他費精神，常常勸戒他，也不聽。就是前秋僥倖了，人家要來與他結親，他決意都辭了。每日只守定幾本書，連見小弟也是疏的。小弟常戒他道，書不是這等讀的，他總理會不來。」吳翰林道：「這等高才，又肯如此藏修，其志不小。老先生有此千里駒，弟輩亦增光多矣。」閒話了一會，左右報酒席齊備，吳翰林就起身遞酒定席，大家仍舊照位坐了。喫了半日，白公與吳翰林留心看楊芳舉止動靜，再不見楊芳開口說話，但問他話，就是楊御史替他答應，一時看不出深淺。又喫了一會，吳翰林便送楊御史行令，楊御史謙遜了一會，方纔受了。因說道：「酒也多了，只取紅罷，一紅一杯自飲。」吳翰林道：「太容易了，還要另請教嚴些。」白公道：「令既出了，如何又改，只是求添一底罷。」楊御史道：「這也使得。」因擲下，卻只得一個紅，止該一杯酒。左右斟上，楊御史喫乾道：「就說一個紅字罷，『霜葉紅于二月花。』」此時是十月初旬，正是白雲紅樹，故楊御史說此一句，蓋為時景而發。說完，就送盆與白公。白公要遜楊芳，楊芳不肯，白公只得擲了，卻是兩個紅。白公喫一杯，說道：「『萬綠叢中紅一點。』」蓋默喻紅玉之美，又喫一杯，說道：「『紅紫不以為褻服。』」又喻婚姻非等閑可求也。說完，即送楊芳。楊芳欲推吳翰林，吳翰林笑說道：「難道教主人僭客？」楊芳推辭不過，只得受了，因說道：「父執之前，小侄告飲一杯，不敢放肆。」吳翰林道：「豈有此理，自然要領教。」白公道：「通家之飲，何必太拘！」楊御史料推辭不過，只得說道：「倒不如從命罷。」楊芳沒奈何，立起身來一擲，卻不湊巧，倒是三個紅。左右斟上一杯，楊芳喫了說道：「『一色杏花紅十里。』」白公心下暗想道：「雖然不暗時景，或者自道其少年志氣，倒也使得。」第二杯，楊芳酒便喫了，酒底卻費思量，假推未乾，捱了一會，忽想起說道：「『御水流紅葉⓫。』」楊御史聽了，自覺說得不雅，又不好說不好，又不好不說，只得微笑了一聲。白公也不做聲，轉疑是楊芳有意求親，故說此語，反不覺其窘而偶然撞著。到了第三杯，楊芳實實沒了酒底，只推醉喫不得，再三告免。吳翰林原自有心，那裏肯聽，白公又在旁幫勸，楊芳推不脫，只得拿起酒來，顛倒在千家詩上搜索。楊御史初意，只道紅字酒底容易，一兩個也還說得來，不料擲了三個，見楊芳說不來著急，又不好替他說，要提醒他一個經書與唐詩中的，知他不曉得，只得在千家詩上想了一句，假做說閒話道：「如今朝廷多事，你我做侍臣的，日日隨朝，淡月疏星，良不容易。到不如那些罷歸林下的，甚是安閒。」此乃是楊御史以「淡月疏星」一詩提醒楊芳，口中雖然說著，卻以目視楊芳。白公與吳翰林一時解不出，因葫蘆答道：「正是如此。」楊芳見父親以目看他，知是提醒，又聞「淡月疏星」「侍臣」之言，一時想起，滿心歡喜。因將酒喫乾，說道：「『一朵紅雲捧玉皇。』」白公會過意來，轉贊一聲：「好！」楊芳見白公贊好，遂欣欣然將盆送與吳翰林。吳翰林擲下，轉是一個紅，也喫了一杯，說道：「『酒入四肢紅玉軟。』」令完了，吳翰林便斟一大杯送楊御史謝令。

楊御史接了酒，一面飲，一面看著楊芳，說道：「詩詞一道，固是風雅，文人所不可少，然最於舉業有妨，必功成名立乃可游心寄興。似汝等小生後進，只宜專心經史，斷不可因看見前輩名公淵博之妙，便思馳騖。此心一放，收斂便難。往往見人家少年俊才而不成器者，多坐此病痛也。最宜戒之。」因回顧白公道：「年兄，你道小弟之言是否？」白公道：「年兄高論，自是少年龜鑑⑫。然令郎天姿英邁，

⑪ 御水流紅葉：唐人小說敘某士人偶於御溝拾得紅葉，葉上有題詩，後來宮中放出部分宮女許配與人，拾紅葉者所娶宮女恰是題紅葉者。

才學性成，又非年兄所限也。」吳翰林見楊御史酒喫完了，就要送令與楊芳。楊御史見了，慌忙立起身來說道：「要送令自是白年兄，然酒多了，且告少停。」白公亦立起身說道：「也罷，且從命撤了，換過席再坐罷。」吳翰林不敢強，遂邀三人過廳東一個小軒子裏來閒步。

這軒子雖不甚大，然圖書四壁，花竹滿階，殊覺清幽，乃是吳翰林習靜之處。大家到了軒子中，四下裏觀看了一回。楊御史與白公就往階下僻靜處去小便，惟吳翰林陪楊芳在軒子邊立著。楊芳擡頭，忽見上面橫著一個扁額，題的是「弗告軒」三字。楊芳自恃認得這三個字，便只管注目而視。吳翰林見楊芳細看，便說道：「此三字乃是聘君吳與弼所書，點畫遒勁，可稱名筆。」楊芳要賣弄識字，便答道：「果是名筆。這『軒』字也還平常，這『弗告』二字寫得入神。」卻將「告」字讀了常音，不知「弗告」二字，蓋取「詩經」上「弗諼弗告」之義，這「告」字當讀與「谷」字同音。吳翰林聽了，心下明白，便模糊應道：「正是。」有詩道得好：

> 穩口善面，龍蛇難辨。
> 只做一聲，醜態盡見。

正說完，楊御史同白公小便完走來，大家又說些閒話。吳翰林就復邀上席，又要送令。楊芳讓白公，白公又推楊芳，兩下都不肯行。楊御史也恐行令弄出

⑫ 少年龜鑑：少年之鏡鑑。

醜來，便乘機說道：「年兄既不肯行，小兒焉有僭妄之理，倒不如淡淡領一杯為妙。只是小弟不該獨僭。」白公道：「見教得是，但酒卻要喫得爽利。」楊御史道：「知己相對，安敢不醉。」吳翰林遂叫左右各奉大杯。四人一頭說，一頭喫，又喫了半日，大家都微有醉意。楊御史恐怕白公酒酣興起，要作詩賦，遂裝作大醉，同楊芳力辭，起身而別。正是：

客有兩雙手，主有四隻目。
掩雖掩得神，看亦看得毒。

楊御史父子別去不題。卻說吳翰林復留白公重酌，就將楊芳錯念「弗告」之言說了一遍。白公道：「我見他說酒底艱難，已知其無實學。況他又是詩經『弗告』二字再讀差了，其不通可知。星相之不足憑如此。」吳翰林笑道：「你又來愚了，相士之言未必非，老楊因甥女前日題詩，故特遣來作說客耳。」白公連連點頭道：「是，是，是。非今日一試，幾乎落他局中。」二人又說了一會，又飲了幾杯，方纔別去。正是：

他人固有心，予亦能忖度。
千機與萬關，一毫不差錯。

且說楊御史自從飲酒回來，只道兒子不曾露出破綻，心下暗喜道：「這親事大約可成，但只是央誰人為媒方好？」又想道：「此老倔強，若央了權貴去講，他又道我以勢壓他。莫若只央蘇方回去，彼此同年，又是相知，再沒得說了。」主意已定，正要去拜蘇御史，忽長班來稟道：「昨日都察院有傳單，今日公堂議事，此時該去了。」楊御史道：「我倒忘了。」又想道：「蘇方回少不得也要來。」遂叫左右備馬，竟到都察院公堂來。

此時眾御史已有來的，蘇御史恰好亦到，大家見過。卻原來是朝廷要差一官往北迎請上皇，兼送寒衣，因吏部久不推上，故有旨著九卿科道會議薦舉。故都察院先命眾御史私議定了，然後好公議。眾御史議了一回，各有所私，不敢出口，都上堂來打一恭道：「迎請上皇，要隻身虜庭，不辱君命，必須才幹智略、膽氣骨力兼全之人，方纔去得，一時恐難亂舉。容各職回去，細思一人報堂，以憑堂翁⓭大人裁定。」堂上應了，大家遂一鬨散去。正是：

公事當庭議，如何歸去思？
大都臣子意，十九為存私。

眾御史散了，楊御史連忙策馬趕上蘇御史，說道：「小弟正有一事相求，要到尊寓。」蘇御史道：「年兄有何事，何不就此見教。」楊御史道：「別的事路上好講，此事必須要到尊寓說，方纔是禮。」

⓭ 堂翁：對都御史的尊稱。都御史為御史衙門堂官，也稱都堂。見第二回注❻。

二人一面說，一面並馬而行。不多時到了蘇御史私衙，二人下馬，同進廳來坐下。蘇御史問道：「年兄有何見教？」楊御史道：「別無他事，只因小兒親事，要求年兄作伐。」蘇御史道：「令郎去秋已魁鄉榜，為何尚未畢姻？」楊御史道：「小兒今年是二十歲，前年僥倖，敝鄉爭來議親，只因他立志要求一個賢才之女，所以直遲至今。前日同年兄在白太玄家飲酒，見他令愛能代父吟詩，則賢而有才可知。小弟歸家與小兒說知，小兒大有懷求淑女之意。小弟想白年兄性氣高傲，若央別人去說，恐言語不投，不能成事。同年中惟年兄與彼相契，小弟又叨在愛下，故敢斗膽相求。不知年兄肯周旋否？」蘇御史道：「此乃婚姻美事，小弟自當贊襄。但只是白年兄性情耿直，年兄所知，他若肯時，不論何人，千肯萬肯；他若不允，任是相知，也難撮合。但年兄此事，在令郎少年高才，自是彼所深慕，必無不允之理。今日遲了不恭，明早小弟即去道達年兄之命，看他從違，再來奉復。」楊御史打一恭道：「多感多感！」說罷了，就起身別去。

只因這一說，有分教：塞北馳孤飛之客，江南走失旅之人。正是：

意有所圖，千方百計。

成敗在天，人謀何濟。

蘇御史去說，不知允與不允，且聽下回分解。

第三回　白太常難途托嬌女

詩曰：

緩急人生所不無，全憑親友力相扶。
蘇洪❶大節因為使，嬰杵❷高名在立孤。
仗義終須收義報，弄讒到底伏讒辜。
是非豈獨天張主，人事從來不可誣。

卻說蘇御史因楊御史托他向白太常求親，心下也忖知有萬分難成，卻不好徑自回復。到次日只得來見白太常。此時白太常尚未起身，叫人請蘇御史書房中坐下，忙忙梳洗出來相見。因問道：「年兄今日為何出門太早？」蘇御史道：「受人之托，又有求于人，安得不早？」白太常問道：「年兄受何人之托，

---

❶ 蘇洪：蘇武、洪皓。蘇武，西漢人，武帝天漢元年出使匈奴被扣不屈，在漠北牧羊十九年，昭帝與匈奴和親始得歸。事見漢書蘇武傳。洪皓，宋朝人，南宋初年出使金國被扣不屈，十五年後才返回宋國，時人比之漢蘇武。事見宋史洪皓傳。

❷ 嬰杵：春秋時的程嬰、公孫杵臼，二人合謀保全了趙氏遺孤。事見史記趙世家，元雜劇趙氏孤兒搬演其事。

又求於何人？」蘇御史道：「小弟受了楊子獻之托，要求於年兄。」白公見說話有因，已知來意，便先說道：「楊子獻既托年兄要求小弟，只除了親事，餘者再無不領命之理。」蘇御史大笑道：「年兄通仙了，正為此事。昨日老楊同在公堂議事，議完了，他就同到小寓，說道，因前日見令愛佳章，知賢淑多才，甚生欣慕，意欲絲蘿❸附喬，故以斧柯❹托弟。小弟也知此事未必當年兄之意，無奈他再三懇求，不好率爾回他，只得來告之年兄。允與不允，一聽年兄上裁，小弟也不敢勸勉。」白公道：「此事小弟幾乎被他愚了。」蘇御史道：「卻是為何？」白公遂將相士廖德明之言，與吳翰林請酒，及錯讀「弗告軒」之事，細細說了一遍，道：「若不是小弟與舍親細心，豈不落彼局中乎。」蘇御史道：「他乃郎之事，小弟盡知，他是詩二房金谿知縣陸文明取的。前年江西劉按臺❺要參陸知縣，卻得老楊之力，為他周旋，故此陸知縣即以此相報。前日老楊尚要為陸知縣謀行取，卻是朱英不肯而止。由此看來，他乃郎無真才可知，如何配得令愛。」白公道：「這些事俱不必題，年兄復他，只道小弟不允便了。」蘇御史道：「小弟知道。」說罷，就要起身。白公那裏肯放，只留下小酌數杯，喫了早膳，方纔放去。正是：

道義原相合，邪正自不投。
人生當見諒，何必強相求。

❸ 絲蘿：菟絲和女蘿均為蔓生植物，纏繞於草木不易分開，故比喻結為婚姻。
❹ 斧柯：斧柄，借指媒人。語出詩齊風南山：「析薪如之何？匪斧不克。取妻如之何？匪媒不得。」
❺ 按臺：對巡按御史的尊稱。明制，朝廷派遣御史至各地巡察，稱巡按御史。

卻說蘇御史別了白公，也不回寓，就竟到楊御史家來。楊御史接著道：「重勞年兄，何以圖報？」蘇御史道：「勞而無功，望年兄勿罪。」楊御史道：「難道白年兄不允？」蘇御史道：「小弟今日往見白年兄，即以年兄之命達上。他說道，本當從命，一者令郎高才，柔弱小娃豈堪作配？二者白年兄無子，父女相依久矣，況貴省懸遠，亦難輕別；三者年尚幼小，更欲稍待，故不能從教。」楊御史道：「這些話俱是飾詞，小弟知他意思，大都是嫌小弟窮官，門戶不當對耳。既不肯，便也罷了。小兒雖庸才，未必便至無婦。他令愛十六歲，也不小了。江西雖遠，難道終身留在家裏不成？只看他嫁何等人家，甚麼才子！」蘇御史道：「年兄不必動氣。白年兄愛女之心，一時固執，又兼小弟不善詞令，未能開悟。或者有時回思轉念，亦未可知。年兄既為令郎選求賢助，不妨緩緩再煩媒妁。」楊御史道：「年兄之言不聽，再有何人可往？也罷，小弟求他，既不允，然天下事料不定，或者他倒來求小弟也不可知。只是重勞年兄為不當耳。」蘇御史見楊御史發急，因說道：「小弟極力撮合，爭奈此老執拗，叫小弟也無法，只得且告別，容有機會，再當勸成。」楊御史道：「重勞重勞，多感多感！」說罷，蘇御史遂作別而去。正是：

喜非容易易於怒，恩不能多多在仇。
半世相知知不固，一時懷恨恨無休。

卻說楊御史送了蘇御史出門，自家回進內廳坐下，越想越惱：「這老兒這等可惡，你既不肯，為何前日又叫老吳治酒請我父子？這不是明明奚落我了！況他往往恃有才情，將我傲慢。我因念是同年，不與他計較。就是前日賞菊做詩，喫酒，不知使了多少氣質，我也忍了他的。就是這頭親事，我來求你，也不辱沒了你，為何就不允？我如今必尋一事處他一處，方纔出我之氣。」又想了一會道：「有計在此。前日我說皇上要差人迎請上皇，便是難事，他卻笑我沒丈夫氣，昨日朝廷著我衙門中會議，要各人薦舉，我正無人可薦，何不就將他薦了上去，等他這有丈夫氣的且往虜庭去走一遭。況他又無子息，看他將此弱女托與何人，只恐到那時節，求我做親也是遲了。」

算計已定，便寫一揭說：「太常正卿白玄，老成歷練，大有才氣，若充迎請上皇之使，定當不辱君命。伏乞奏請定奪。」暗暗的送上堂來。都察院❻正苦無人，得了此揭，即知會九卿，恰好六科❼也公薦了都給事中李實，大家隨將二人名字薦上。到次日旨意下，將二人俱加部堂❽職銜，充正副使，候問上皇，兼講和好，限五日即行，俟歸另行陞賞。

旨意下了，早有報人報到白太常私衙來。白太常聞知，心下呆了一呆，暗想道：「這是誰人陷我？」又想想道：「再無他人，定是楊廷詔這老賊，因親事不遂，故與我作對頭耳。雖然他懷私陷我，然我想如今上皇困身虜庭，為臣子的去候問一番，或乘此講和，迎請還朝，則我重出來做官一場，也不枉然。但只是我此去虜情難測，歸來遲速不可知，紅玉一弱女如何可以獨住？況楊家老賊，既已與我為難，我

---

❻ 都察院：官署名，負責監察彈劾官吏，參與審理重大案件等。

❼ 六科：明制，給事中分吏、戶、禮、兵、刑、工六科，掌侍從規諫，稽察六部之弊誤，有駁正制勅之違失章奏封還之權。清代隸屬都察院，給事中與御史同為諫官。

❽ 部堂：吏、戶、禮、兵、刑、工六部首長為尚書、侍郎，部堂是對尚書、侍郎的稱呼。

去之後，必然另生風波，防範不謹，必遭他毒手。」

正躊躕間，忽報蘇御史來拜。白公忙出來相見。蘇御史揖也不作完，就說道：「有這等事，老楊竟不成人。為前日婚事不成，竟瞞著我，將年兄名字暗暗揭上堂去，今早命下，我方曉得。小弟隨即尋他去講，他只躲了不見。小弟沒法，方纔只得約了幾個同寅，去見王相公，備說他求親年兄不肯，故起此釁的緣故。王相公聽了，也覺不平。他說道：『但是命下了，不可挽回。除非是年兄出一紙病揭，待敝衙門再公舉一人，方好于中宛轉。』故此小弟來見年兄，當速圖之，不可緩了。」白公道：「深感年兄盛意。但此事雖是老楊陷我，然聖旨既下，即是朝廷之事，為臣子者豈可推托？若以病辭，不獨得罪名教，亦為老楊所笑也。」蘇御史道：「年兄之論固正，但只是年兄遲暮之年，當此嚴冷之際，塞外驅馳，良不容易。」白公道：「上皇且陷窮廬，何況微臣，敢惜勞苦。」蘇御史慘然嘆息道：「年兄忠義之心，可質鬼神矣。不獨老楊禽獸作千古罪人，即弟輩以小人之心推測君子，亦應抱愧。然良友犯難遠行，而弟輩惓惓之衷，終不能釋然。奈何，奈何！」白公亦慘然道：「年兄骨肉之愛，弟非草木，豈不知感。然此身既在名教中，平生所學，何事敢不以孤忠自矢；若當顛沛，而只以死生恩怨為心，則與老楊何異！」蘇御史道：「年兄高懷烈志，弟輩不及多矣。然天相吉人，自當乘危而安。但弟輩局量偏淺，不能與此等小人為伍，況長安險地，年兄行後，小弟決要討一差離此矣。」白公道：「討得一差，倒強如在此。」說罷，就要邀蘇御史書房去坐。蘇御史不肯道：「此何時，尚可閒坐耶。」遂起身辭出。正是：

愛飲只宜為酒客，喜吟盡道是詩人。

何期使命交奴虜，不避艱難一老臣。

白公送了蘇御史出門，即進內衙，將前事與紅玉小姐說知。小姐聽了，嚇得面如土色，不覺樸簌簌淚如雨下，連連頓足，說道：「此事怎了，此事怎了？倒是孩兒害了爹爹。兒聞奴因沙漠之地，寒冷異常，況當此隆冬霜雪載道，雖壯年之人亦難輕往，何況爹爹偌大年紀，如何去得？這明明是楊家老畜生，因孩兒姻事不成，故把爹爹陷害。爹爹何不上一疏，將此事細細奏知，就告病棄官。或者聖明憐念，也不見得。」白公道：「方纔蘇方回也是你一般意思，已替我在閣中說明，叫我出揭告病，他好替我挽回。但我想此事，關我一生名節，我若告病，知道的說是楊廷詔害我，不知道的，只道我臨難退縮了。我想我為王振弄權，挂冠林下，誰不欽敬，故有今日之起。今日既來做官，當此國步艱危，出使乏人，若再四推卻，便是虎頭蛇尾，兩截人了，豈不成千古之笑，如何使得。」小姐掩淚道：「爹爹所言，俱是為臣大義，非兒女所知。只是此一去，塞北寒苦，暮年難堪。且聞逆奴狼子野心，倚強恃暴，素輕中國，上皇且不知生死，況一介使臣乎！爹爹身入虎口，豈無不測之慮。」

白公道：「也先(虜名)。雖是夷虜，尚知禮義。近聞我中國有主，每每有悔禍之心。況上皇在彼，屢現靈異，不能加害。昨日北使來要講和，似是真情，我為使臣往答，亦彼此常禮，決不至于加害。但只是我行之後，汝一孤弱之女，豈可獨處于此。況楊家老賊其心不死，必來羅致，叫我如何放得心下？」小姐道：「爹爹一大臣，奉王命出使，家眷封鎖在此，彼雖奸狡，亦無可奈何。」白公道：「奸人之心，如鬼如蜮，豈可以平常意度。若居于此，縱然無事，未免亂我心曲。莫若先送你回去，若慮路遠，一時去不及，或者暫寄居山東盧姑娘處，我方放心前往。」小姐道：「回去與寄居固好，但二處皆道路遙遠，非一蹴可到。楊賊為人奸險，探知孩兒南回，無非婢僕相隨，或于途中生變，反為不美。即使平安到家，去爹爹愈遠，那得消息，叫孩兒如何放心。依孩兒想來，莫若將此宅仍舊封鎖，只說家眷在內，卻將孩兒悄悄寄居舅舅寓處，如此可保無虞，孩兒且可時常打探爹爹消息。」白公道：「此算甚好。」

正欲打發人去接吳翰林來商議，恰好吳翰林聞知此信，特來探望。白公就邀進內衙相見，叫紅玉小姐也過來見了。吳翰林道：「我這兩日給假在家，此事竟不知道。方纔中書科會寫勅書，我纔曉得，到把我嚇了一驚，有這樣事！老楊何一險至此。」白公道：「總是向日『賞菊』一首詩起的禍根。小弟此去，到也不打緊。方纔與小女商議，只是他一幼女，無人可托，心下甚是不安。」吳翰林道：「弟所慮者，只怕邊塞風霜，憚於前往。姊丈既慨然而行，不以為慮，此正吾輩一生立名節之處。至於甥女之托，有小弟在此，怕他怎的。吾兄只管放心前去，小弟可以一力擔當。」白公聞言大喜道：「適纔與小女商議，小女之意亦是如此。但弟思老楊奸惡異常，弟行之後，必要別生事端。弟欲托於仁兄，恐怕遺累，不好啟齒。既吾兄有此高誼，弟可安心而往矣。」吳翰林道：「老楊雖奸惡，一大臣之女，況有小弟在此，安敢無禮。」小姐道：「孩兒既蒙舅舅應許看顧，爹爹可放心矣。但爹爹去的事情，也須打點。」白公笑道：「你既有托，我的事便已打點完了。我北去的事情，七尺軀即此便是，三寸舌現在口中。他欽限五日要行，不知我要今日行就今日，要明日就明日，更有何事打點！你且去看酒來，我與母舅痛飲幾杯，以作別耳。」

小姐聞命，慌忙去叫侍女，備了些酒餚擺上來，與白公同吳翰林對飲。白公就叫小姐也坐在傍邊。

白公喫了數杯，不覺長嘆一聲，說道：「我想從來君子多受小人之累。小弟今日與吾兄、小女，猶然對飲，明日就是匹馬胡沙，不知死生何地。仔細思之，總是小人作祟耳。」吳翰林道：「小人雖能播弄君子，而天道從來只福善人。吾兄此一行，風霜勞苦，固所不免，然臣子的功名節義，當由此一顯，未必非盤根錯節之見利器也。」白公道：「仁兄之言，自是吾志。但恨衰邁之年，子嗣全無，止一弱女，又要飄流，今日雖有吾兄可托，而玉鏡未歸，當此之際，未免兒女情長，英雄氣短矣。」小姐坐在旁邊，淚眼不乾，聽了父親之言，更覺傷情。說道：「爹爹也只是為著孩兒，惹下此禍，今到此際，猶繫念孩兒，攪亂心曲，是孩兒之罪，上通於天矣。恨不得一死，以釋爹爹內顧之憂。但恐孩兒一死，爹爹愈加傷心，又恐有日歸來，無人侍奉，益動暮年之感，叫孩兒千思萬想，寸心如裂。孩兒既蒙嫡親舅舅收管，就如母親在的一般，料然安妥。只望爹爹努力前途，盡心王事，早早還鄉，萬勿以孩兒為念。況孩兒年紀尚小，婚姻未至愆期，何須著急。爹爹若只管痛念孩兒，叫孩兒置身何地。」

白公一邊說話，一邊喫酒，此時已是半酣，心雖激烈，然見小姐說到傷心，也不覺掉下幾點淚來。說道：「漢朝蘇武，出使匈奴，拘留一十九年，鬢髮盡白，方得歸來。宋朝富弼❾與契丹講和，往返數四，得了家書不開，恐亂人意。這都是前賢所為。你為父的雖不才，也讀了一生古人書，做了半世朝廷官，今日奉命而往，豈盡不如前賢，而作此兒女態乎。只是你爹爹這番出山，原為擇婿而來，不料佳婿未逢，而先落奸人之局。況你自十一歲上母親亡後，那一時一刻不在我膝下，今日忽然棄汝遠行，心雖鐵石，寧不悲乎。雖然如此，也只好此時此際，到明日出門之後，致身朝廷，自然將此等念頭放下了。」

❾ 富弼：北宋人，仁宗時曾兩度出使契丹，力拒契丹主提出的割地要求。見宋史富弼傳。

吳翰林道：「父女遠別，自難為情，然事已至此，莫可奈何。況吾兄素負丈夫之骨，甥女亦是識字閨英，若作楚囚⑩之態，聞之楊賊，未免取笑。姊丈既以甥女見托，甥女即吾女也，定當擇一佳婿報命。」白公聞言，連忙拭淚改容說道：「吾兄之言，開我茅塞。若肯為小女擇一佳婿，則小弟雖死異域，亦含笑矣。」因看著紅玉小姐說道：「你明日到舅舅家去，不必說是舅甥，只以父女稱呼，便好為你尋親。」小姐再要開口，恐怕打動父親悲傷，只得硬著心腸答道：「謹領爹爹嚴命。」大家又嘆了一會，不覺天晚，左右掌上燈來，又飲了一回，吳翰林方纔起身別去。正是：

江州衫袖千秋濕，易水衣冠萬古悲。
莫道英雄不下淚，英雄有淚只偷垂。

到次日，白公纔起來，只見長班來報道：「吏部張爺來拜。」白公看名帖，卻是吏部文選司郎中張志仁。心下想一想道：「此人與楊御史同鄉，想必又為他來。」隨出來相見，敘了禮，讓坐，左右獻茶。張吏部先開口道：「昨日老先生有此榮陞遠行，都出自兩衙門薦舉，並非本部之意。」白公道：「學生衰朽之夫，無才無識，久當病請，昨忽蒙欽命，不知是何人推轂，以誤朝廷。」張吏部道：「老先生，你道是誰？」白公道：「學生不知。」張吏部道：「不是別人，就是貴同年楊子獻之薦。」白公道：「原來就是楊年兄！學生無才，楊年兄所知，為何有此美意？在學生固叨同年之惠，只恐此行無濟於事，反

⑩ 楚囚：本指被晉國俘虜的楚國人。事見左傳成公九年。後借指處境窘迫的人。

辱了楊年兄之薦。」張吏部道：「連學生也不知道，因聖旨要擬部銜，是敝衙門之事，楊老先生見教，細細說起，學生纔知。今日特來奉拜，不知老先生此行，還是願去，還是不願去？」白公笑道：「老先生何出此言，學生在此做的是朝廷的官，朝廷有命，東西南北唯命是從，怎麼說得個願去不願去。」張吏部道：「學生素仰清德，此來倒是一片好意。老先生當以實心見教，不必諱言。」白公道：「學生既蒙老先生垂念，安敢隱情。且請教老先生，願去是怎麼說，不願去是怎麼說？」張吏部道：「願去別無他說，明日領了敕書便行。若是不願去時，學生就實對老先生說了，此事原是楊老先生為求令愛姻事不成，起的釁端。俗說『解鈴人還是繫鈴人』，莫若待學生作伐，老先生曲從了此段姻事，等他另薦一人替了老先生，老先生就可不去了。況且這段婚姻，同年家門當戶對，未為不可，老先生還當細細上裁。」

白公笑道：「學生倒不知敝同年有如此手段。」張吏部道：「楊老先生他官雖臺中，卻與石都督最厚，又與國戚汪全交好，內中線索甚靈。就是陳、王兩相公，凡他之言，無有不納。老先生既然在此做官，彼此倚重，也是免不得的。就是此段姻事，他來求老先生，自是美事，何故見拒？」白公道：「若論處世做官，老先生之教，自是金玉。只是學生素性疏懶，這官做也可，不做也可，最不喜與權貴結納。就是今日之行，雖出楊年兄之意，然畢竟是朝廷之命。學生既做朝廷之官，只奉朝命而行。楊年兄之薦，為公乎，為私乎，學生所不問也。至於姻事，學生一冷曹，如何敢攀。」張吏部道：「老先生雖無心做官，卻也須避禍。此一行，無論奴虜狡猾，未必便帖然講和；即使和議可成，而上皇迎請回來好，是不迎請回來好？為功為罪，都出廷臣之口。況老先生行後，令愛一弱女守此，虎視眈眈，能保無他變乎？」

白公聽了，勃然變色，說道：「古人有言：『匈奴未滅，何以家為！』且死生禍福，天所定也，君所命也。今日既奉使虜庭，此七尺軀已置之度外，何況功罪，何況弱女！學生頭可斷，斷不受人脅制。」張吏部道：「學生原是為好而來，不知老先生執意如此，倒是學生得罪了。」遂起身辭出，白公送出大門。正是：

勢傾如壓卵，利誘似吞醇。
除卻英雄骨，誰能不失身！

白公送了張吏部出門，心下愈覺不快，道：「楊家老賊，他明明做了手腳，又叫人來賣弄，又要迫脅親事，這等可惡。只是我如今與他理論，人都道我是畏懼北行，借此生釁。且等我去了回來，再講未遲。但紅玉之事，萬不宜遲。」即寫一札，先送與吳翰林，約他在家等候。隨與小姐說道：「楊賊奸惡異常，須要早早避他。如今也等不得我出門了，你須快快收拾些衣物，今夜就要送你到舅舅家去了。」小姐聽了，不敢違拗，即忙打點。

捱到晚，白公悄悄用二乘小轎，一乘擡小姐，一乘自坐，暗暗送到吳翰林寓所來。此時吳翰林已有人俟候，接進後衙。白公先叫小姐拜了吳翰林四拜，隨即自與吳翰林也是四拜，說道：「骨肉之情，千金之托，俱在於此。」吳翰林道：「姊丈但請放心，小弟決不辱命！」小姐心中哽咽，只是掩淚低頭，一聲也說不出。吳翰林還要留白公飲酒，白公說道：「小弟倒不敢坐了，恐人知道。」因對小姐說：「爹爹與你此一別，不知何日再得相逢。」就要出來，小姐忍不住，扯著白公拜了四拜，不覺嗚嗚咽咽哭將起來，白公亦泫然淚下。吳翰林連忙止住，父女二人無可奈何，只得吞聲而別。正是：

世上萬般哀苦事，無非死別與生離。

白公送了小姐回來，雖然傷心，卻覺得身無挂礙，轉獨喫了一醉。睡到次日，早起到館中領了敕書回來，將內衙一應盡行封鎖，吩咐家人看守，只說小姐在內。自家只帶了兩個能幹家人，并鋪陳行李，竟辭了朝，移出城外館驛中住下，候正使李實同行。

原來白公是九卿，原該充正使，李實是給事，原該充副使，因白公昨日唐突了張吏部，故張吏部倒將李實加了禮部侍郎之銜，充作正使，白公止加得工部侍郎之銜，作了副使，這也不在白公心下。此時衙門常規，也有公餞的，也有私餞的，大家亂了兩日，白公竟同李實往北而去。不題。

卻說楊御史初意也只要白公慌了，求他挽回，就好促成親事。不料白公傲氣，竟挺身出使，姻事必不肯從，到也無法。卻又思量道：「親事不成，明日白老回來，空作這場惡，如何相見？俗說『一不做，二不休』，莫若乘他不在，弄一手腳，把這親事好歹成了。到他回來，那時已是親家，縱然惱怒，也不妨了。是便是，卻如何下手？」又想想道：「有計在此。前日張吏部蘇御史二人，都曾去為媒，他雖然不允，如今央他二人，只說是親口許的，再叫楊芳去拜在汪全門下，求他內裏賜一吉期，竟自成親。白老不在，誰好管他閒事。」算計已定，便暗暗先與張吏部說知，張吏部與楊御史志同道合，一說便肯。倒轉央張吏部與蘇御史說。

蘇御史聞知，也不推辭，也不承應，含糊答應。恰好湖廣巡按有缺，他便暗暗央人與堂翁說，討了此差。命一下，即慌忙收拾起身。吳翰林聞知，連忙備酒趕出城外來作餞，因問道：「蘇老先生為何忽有此命，又行得如此之速？」蘇御史歎口氣，說道：「對別人，小弟也不好說，吳老先生不是外人，便說也不妨。」就將楊御史要他與張吏部二人做硬媒，又要叫兒子拜汪全求內助的事，細細說了一遍，道：「吳老先生，你道此事行得否？白年兄又去了，誰好與他出頭作對。小弟故急急討得此差，只是避了他罷。」吳翰林道：「原來為此。」此時送行人多，蘇御史喫不上三五杯，便起身去了。

吳翰林回來，因想道：「楊家老賊，如此妄行。他內裏有人，倘或弄出一道旨意來，追求將來，甥女現在我家，就不怕他，也要與他分辯。況太玄臨行再三托我，萬一失手，悔之晚矣。倒是老蘇脫身之計甚高，我明日莫若也給一假，趁他未動手，先去為妙。」算計定了，次日即給了一假。原來這翰林院本來清閒，此時又不經講，給假甚是容易。

吳翰林既給了假，又討了一張勘合，發些人夫，擇一吉日，打發家眷出城。原來吳翰林止帶得一個妾在京，連白小姐共二人，妾便當了夫人，白小姐便認作親女，其餘婢僕不過十數餘人，趕早出城，無人知覺。正是：

> 觸鋒北陷虜庭去，避禍南逃故里來。
> 誰為朝廷驅正士，奸人之惡甚於豺。

吳翰林不知回去畢竟何如，且聽下回分解。

第四回　吳翰林花下遇才人

詩曰：

高才果得似黃金，買賣何愁沒處尋。
雷煥❶精誠因寶劍，子期❷氣味在瑤琴。
夫妻不少關雎❸韵，朋友應多伐木❹音。
難說相逢盡相遇，遇而不遇最傷心。

卻說吳翰林因楊御史作惡，只得給了假，暗帶白小姐出京回家，脫離虎口。且喜一路平安，不一月，回到金陵家裏。原來吳翰林也有一女，叫做無豔，年十七，長紅玉一歲，已定了人家，尚未出嫁。雖是

❶ 雷煥：晉代人，武帝（司馬炎）時雷煥觀天象發現斗牛間有紫氣，知豐城有寶劍，遂掘得龍泉、太阿二劍。事見晉書張華傳。

❷ 子期：春秋楚國人，精於音律。能從伯牙的琴聲中知道伯牙志在高山流水，伯牙視他為知音。子期死，伯牙稱世上再無知音，絕絃破琴，終身不再彈琴。

❸ 關雎：詩周南首篇名關雎，有「窈窕淑女，君子好逑」之句，後用來指君子淑女的愛情。

❹ 伐木：詩小雅伐木序云：「伐木，燕朋友故舊也。」後用以比喻友誼深摯。

宦家小姐，人物卻只中中。他與紅玉原是姑舅姊妹，吳翰林因受了白公之托，怕楊御史根尋，就將紅玉改名無嬌，竟與無艷做嫡親姊妹稱呼。又吩咐家下人，只叫大小姐、二小姐，「白」之一字，竟不許提起。

吳翰林到得家已是殘冬，拜拜客，喫得幾席酒，轉眼已是新春。一心只想著為無嬌覓一佳婿，四下訪問，再無一人當意。忽一日，合城鄉宦，有公酒在靈谷寺看梅。原來這靈谷寺看梅，是金陵第一盛景，近寺數里皆有梅花，或紅或白，一路冷香撲鼻。寺中幾株綠萼，更是茂盛，到春初開時，詩人遊客無數。這一日吳翰林也隨眾同來，到了寺中一看，果然好花。有前人高季迪❺詩二首，單道那梅花之妙：

瓊姿只合在瑤臺，誰向江南處處栽。
雪滿山中高士臥，月明林下美人來。
寒依疏影蕭蕭竹，春掩殘香漠漠苔。
自去何郎無好詠，東風愁寂幾回開。

其二：

淡淡霜華濕粉痕，誰施綃帳護香溫。
詩隨十里尋春路，愁在三更待月村。

❺ 高季迪：元末明初文學家，名啟，字季迪，自號青丘子。後犯朱元璋忌被殺，死時三十九歲。

飛去只憂雲作伴，銷來肯信玉為魂。
一尊欲訪羅浮客，落葉空山正掩門。

吳翰林同眾鄉宦喫酒，賞看了半日，到得酒酣換席，大家起身各處頑耍。吳翰林自來兩壁上看那些題詠，也有先輩鉅公，也有當時名士，也有古詩，也有詞賦。細細看來，大都泛泛，並無出類之才。忽轉過一個亭子，只見粉壁上一首詩，寫得龍蛇飛舞。吳翰林近前一看，上寫著：

靜骨幽心古澹姿，離離畫出一庭詩。
有香贈我魂銷矣，無句酬他酒謝之。
雪壓倒疑過孟❻處，月昏莫憶嫁林❼時。
於斯想見閨人品，妾視桃花婢柳枝。

金陵蘇友白題

❻孟：指唐孟浩然，他酷愛梅花，張岱夜航船說他常冒大雪騎驢尋找梅花。
❼林：指宋林逋，隱居杭州西湖，酷愛梅花、仙鶴，人稱其「梅妻鶴子」，曾寫山園小梅，中有「疏影橫斜水清淺，暗香浮動月黃昏」之詠梅名句。

吳翰林吟詠了數遍，深贊道：「好詩，好詩！清新俊逸，有庾開府❽、鮑參軍❾之風流。」又見墨迹未乾，心下想道：「此必當今少年名士，決非庸腐之徒。」遂將蘇友白名字記了。

正徘徊間，忽寺僧送上茶來，吳翰林因指著問道：「你可知這首詩是甚麼人題的？」寺僧答道：「適纔有一班少年相公在此飲酒，想必就是他們寫的。」吳翰林道：「他們如今到那裡去了？」寺僧道：「因列位老爺有公宴在此，恐不便，是小僧邀到觀音院去隨喜了。」吳翰林道：「如今還在麼？」寺僧道：「不知在也不在。」吳翰林道：「你可去一看，若是在，你可與我請那一位題詩的蘇相公，說我要會他一會。」寺僧領命，去不多時，忙來回復道：「那一班相公方纔都去了，要著人趕，還趕得上。」吳翰林聽見去了，心下悵然道：「此生才雖美矣，不知人物如何？早一步見一見，倒也妙。既去了，叫人趕轉，便非體矣，不必趕了。」此時日已平西，眾鄉宦又請坐席，大家又喫不多一會，就散了，各自歸家。

吳翰林坐在轎上，叫手下將轎簾捲起，傍著夕陽，一路看梅而回。行不得一二里，只見路傍幾株大梅樹下，鋪著紅氈毯子，擺著酒盒，坐著一班少年，在那裡看花作樂。吳翰林心下疑有蘇友白在內，叫把轎子歇下，假做看花，卻偷眼看那一班年少，共有五六人，雖年紀俱在二三十之間，然酸的酸，腐的腐，俱只平平。內中惟一生，片巾素服，生得：

美如冠玉，潤比明珠。山川秀氣直萃其躬，錦繡文心有如其面。宛衛玠❿之清癯，儼潘安⓫之妙

❽ 庾開府：南北朝時北周詩人庾信，曾官開府儀同三司，世稱庾開府。

❾ 鮑參軍：南北朝時南朝宋詩人鮑照，曾官前軍參軍，世稱鮑參軍。

麗。並無紈褲行藏，自是風流人物。

吳翰林看在眼裏，心下暗想道：「此生若是蘇友白，則內外兼美，誠佳婿也。」因悄悄吩咐一能事家人道：「你暗暗去訪那一起飲酒的相公，那一位是蘇相公？」家人領命，慢慢沿將過去，問那挑酒盒的人，問得明白，即回復道：「那一位穿素衣戴片巾的，便是蘇相公。」吳翰林聞言，心中暗喜道：「好一個人物。若得此生為無嬌之婚，不負太玄所托矣。」因又吩咐家人道：「我先回去，你可暗暗在此等那蘇相公回去時，你便跟他去，訪他是何等之人，住在何處，家中父母在否，有妻子無妻子，必要問個的確來回我。」家人應諾。吳翰林就叫起轎，依舊一路看花回去。

到次日，家人來回復道：「小人昨日跟了蘇相公回去，卻住在烏衣巷內。小人細細訪問，蘇相公是府學生員⓬，父母俱已亡過，家下貧寒，尚未娶妻，祖籍不是金陵人，也沒甚麼親戚。」吳翰林聽了，心下愈加歡喜，暗想道：「此生既處貧寒，又無妻室，這段婚姻唾手成矣。況他又無父母，即贅於太玄亦無不可。」又想一想道：「人物固好，詩才固美，但不知舉業如何？若只曉得吟詩喫酒，而於舉業生疏，後來不能上進，漸漸流入山人詞客，亦非全璧。」因又吩咐家人道：「你還與我到府學中去，查訪那蘇相公，平素有才名沒才名，還是考得高考得低？」家人訪了半日，又來回復道：「這蘇相公是十七

⓾ 衛玠：晉代人，風姿秀異，有玉人之稱。

⓫ 潘安：晉代人潘岳，字安仁，省稱潘安。容貌俊美，後成為美男子的代稱。

⓬ 生員：明清科舉制度，凡經過本省各級考試取入府、州、縣學的，都稱生員，俗稱秀才。

歲上進的學，進學後就歿了娘，整整丁了三年憂。舊年是十九歲，纔服滿。舊年冬底，李學院老爺歲考，纔是第一次，案尚未發，不知考的如何。今年是二十歲了，說才名是有的。」吳翰林道：「正是，宗師的案也好發了。」家人道：「學裡齋夫說，發案只在三五日了。」吳翰林道：「你再去打聽，一出案，即查他等數來報我。」過了十數日，吳翰林正放心不下，忽見家人在學中討了全案來。吳翰林打開一看，蘇友白恰恰是府學第一名。喜的個吳翰林滿心快暢，道：「少年中有如此全才，可喜，可喜。這段姻緣，卻在此處。」

隨即叫人去喚了一個的當做媒的張媒婆來，吩咐道：「我有一位小姐，名喚無嬌，今年十七歲，要你去說一頭親事。」張媒婆道：「不知老爺叫媒婆到那一位老爺家去說親？」吳翰林道：「不是甚麼老爺家，卻是府學中一位相公，他姓蘇，住在烏衣巷內，是新考案首的。」張媒婆道：「聞得前日張尚書家來求親，老爺不允。」吳翰林道：「我不慕富貴，只擇佳婿。這蘇相公才貌兼全，我故轉要與他。」張媒婆道：「老爺裁鑒不差，媒婆就去，自然一說便成。只是媒婆還要進去見見夫人。」吳翰林道：「這也使得。」就叫一個小童領了，竟進內廳來。

原來吳夫人因無嬌小姐日夕思想父親，心中愁苦，故同他到後園散悶，卻不在房裏。小童忙問丫鬟，丫鬟道：「夫人同小姐在後園樓上看花去了。」小童即引張媒婆同到後園樓上來。果然夫人同無嬌小姐在那裡憑著樓窗，看碧桃花哩。張媒婆連忙替夫人小姐見個禮，夫人便問道：「你是那家來的？」張媒婆道：「媒婆不是別家來的，就是老爺叫來，要與小姐說親。」夫人道：「原來是老爺喚來的，正是，昨日老爺對我說，有位蘇相公，才貌兼全，後來必定發達。你替小姐說成這頭親事，自重重謝你。」張媒婆道：「老爺夫人吩咐，敢不盡心！」一邊說，一邊就將小姐細看，果然生得美貌，正是：

花柳雖妖冶，終含草木形；
何如閨裏秀，絕色自天生。

張媒婆見小姐美麗異常，因問道：「可就是這位小姐？」夫人道：「正是。」張媒婆笑道：「不是媒婆誇口，這城中宦家小姐，也不知見了多少，從不曾見有小姐這般標致的。不知這蘇相公，是那裡造化！」夫人道：「城中那個鄉宦不來求過，老爺只是不允。因在郊外看見蘇相公，道他是個奇才，倒要扳他，這也是姻緣分定。只要你用心說成。」張媒婆笑道：「老爺夫人這等人家，小姐這等美貌，他一個秀才家，有甚不成？連媒婆也是造化。老婦人就去。」夫人叫丫鬟拿了些點心茶與張媒婆喫。

張媒婆喫了，辭了夫人小姐下樓來，依舊要往前邊去。小童道：「前邊遠，後門去罷。」張媒婆道：「不管，只檢近些罷。」小童就領他轉過墻來，竟出花園後門。原來這花園與城相近，人家甚少，四面都是喬木疏林，城外又有許多青山環繞，甚是幽靜。故吳翰林蓋這一個樓，時常在此賞玩。張媒婆出得後門，回頭一望，只見夫人小姐尚在樓上。遠遠望見小姐，容光秀美，宛然仙子。心下暗羡道：「好一位小姐，不知那蘇秀才何如。」因轉出大街，竟往烏衣巷來。尋到蘇友白家，恰好蘇友白送出客來。

原來這蘇友白表字蓮仙，原係眉山蘇子瞻之族，只因宋高宗南渡，祖上避難江左，遂在金陵地方成了家業。蘇友白十三歲上，父親蘇浩就亡過了，多虧母親陳氏賢能有志，苦心教友白讀書，日夜不怠。

友白生得人物秀美，俊雅風流，又且穎悟過人，以此十七歲就進了學。不幸一進學後，母親陳氏就亡過了。友白煢煢一身，別無所倚。雖御史蘇淵就是他親叔，卻又寄跡河南，音信稀疏，此時彼此俱不知道，家事漸漸清乏。喜得蘇友白生來豪爽，只以讀書做文為事，貧之一字，全不在他心上。友白原名良才，只因慕李太白風流才品，遂改了友白，又取青蓮謫仙之意，表字蓮仙，閒時也就學他做些詞賦，同輩朋友都嘖嘖稱羨。這一年服滿，恰值宗師歲考，不想就考了個案首，人都來賀他。這一日送了客去，就要進內。張媒婆見他少年標致，人物風流，料是蘇友白，連忙趕進門道：「蘇相公恰好在家，我來得湊巧。」蘇友白回頭看時，卻是一個老婦人，因問道：「你是何人？」張媒婆笑嘻嘻說道：「我是報喜的。」蘇友白道：「小考何喜，媽媽又來報我。」張媒婆笑道：「蘇相公考的高，自是小喜，已有人報了。老身來報的，卻是一件天大的喜事。」蘇友白笑道：「原來如此。請裏面來坐了好講。」

張媒婆隨蘇友白進到堂中坐下，喫了茶。蘇友白便問道：「我窮秀才家，除了考案，再有何喜？」張媒婆道：「蘇相公這等青年獨居，我送一位又富貴又標致的小姐與相公做夫人，你道可是天大的喜事麼！」蘇友白笑道：「據媽媽說來，果然是喜。但不知是真喜，是假喜？」張媒婆道：「只要相公重重謝我，包管是真。」蘇友白道：「你且說是那家？小姐卻生得如何？」張媒婆道：「不是甚過時的鄉宦，卻是現任在朝，新近暫給假回來的吳翰林家。他的富貴是蘇相公曉得的，不消老身細說。只說他這位小姐，名喚無嬌，今年纔十七歲，真生得天上有，地下無，就畫也畫不出的標致。蘇相公若見了，只怕要風魔哩。」蘇友白道：「既是吳翰林家小姐，貌又美，怕沒有一般鄉紳人家結親，卻轉來扳我一個窮秀才，其中必有緣故。只怕這小姐未必甚美。」張媒婆道：「蘇相公原來不知道，這吳翰林生性有些古怪，城中大鄉宦，那家不來求，他都不允，說是這些富貴人家子侄，不通的多。前日不知在那裡看見了蘇相公的詩文，道是奇才，十分歡喜，故反要來相扳。這乃是相公前生帶來的福蔭造化，怎麼到疑心小姐不美，卻也好笑。若論城中鄉宦，要像吳翰林的還有。若要如小姐這般標致，莫說城中，就是天下也沒有這等十全的。蘇相公不要錯了主意。我張媒婆是從來不說謊的，相公只管去訪問。」

蘇友白笑道：「媽媽說來儘是中聽，只是我心下不能深信，怎能夠見得一面，我方纔放心。」張媒婆道：「蘇相公又來取笑了，他一個鄉宦人家小姐，如何肯與人見？」蘇友白道：「若不能見，只煩媽媽回復他罷。」張媒婆道：「我做了半生媒，從不見這等好笑的事。那吳老爺有這等一位美麗小姐，憑他甚麼富貴人家不嫁，偏偏的要與蘇相公；蘇相公你從天吊下這件喜事，卻又推三阻四不肯受。你道好笑不好笑！」蘇友白道：「非我推阻，只恐婚姻大事為人所愚，是以不敢輕信。媽媽若果有好意，怎生設法使我一窺，倘如媽媽所說，莫說重謝，便死生不敢忘也。」張媒婆想了想，說道：「蘇相公這等小心，我若不指一條路與你見見，你只道我哄騙你。也罷，我一發周全了你罷。」蘇友白道：「若得如此用情，感激非淺。」張媒婆道：「吳老爺家有一所後花園，直接著東城灣裏。園中有一高樓，帖著園墻，看那城裏城外的景致。若往城灣裏走過，卻明明望見樓上。目今園內碧桃花盛開，夫人與小姐不時在樓上賞玩。相公若要偷看，除非假作樓下往來，或者該是天緣，得見一面。只是外人面前，一句也說不得，若傳得吳老爺知道，老身卻禁當不起。」蘇友白道：「蒙媽媽美情，小生怎敢妄言。既是這等，媽媽且不要回復吳老先生，稍緩一二日，再來領信，何如？」張媒婆道：「這個使得。相公如今便有許多做作，只怕偷看見了，那時來求老身，老身也要做作起來，相公卻莫要怪。」蘇友白笑道：「但願如此，便是萬幸了。」張媒婆道：「蘇相公上心，老身且去，隔三兩日再來討信。」蘇友白道：「正是，正是。」張媒婆起身去了，不題。

卻說蘇友白聽了張媒婆的說話，心下也有幾分動火。到次日，便瞞了人，連小廝也不帶，獨自一個，悄悄踅到吳翰林後花園邊來窺探。果然有一座高樓，紗窗掩映，朱簾半垂。不期來得太早了，悄無人聲。立了一歇，恐不穩便，只得又踅回來。捱了一會，喫過午飯，心下記挂，仍又踅來。這遭卻巧，剛剛走到，恰聞得樓上有人笑語。蘇友白恐怕被人看見，知他窺探，便要迴避，卻將身子閃在一株大榆樹影裏，假做尋採那城陰的野花，卻偷眼覷著樓上。

不多時只見有兩個侍妾，把中間一帶紗窗都推開，將繡簾捲起兩扇。此時日色平南，微風拂拂，早有一陣陣的異香吹到蘇友白的鼻中來。蘇友白聞了，不覺情動。又立了一歇，忽見有一雙紫燕從畫梁上飛出來，在簾前翻舞，真是輕盈裊娜，點綴得春光十分動蕩。只見一個侍兒立在窗邊，叫道：「小姐快來，看這一雙燕子，倒舞得有趣。」說不了，果見一位小姐，半遮半掩，走到窗前，問道：「燕子在那裏？」一邊說，那燕子見有人來，早飛過東邊柳中去了。那侍兒忙用手指道：「這不是！」那小姐忙忙探了半截身子在窗外，來看那燕子飛來飛去不定。這小姐早被蘇友白看個盡情。但見：

滿頭珠翠，遍體綾羅，意態端莊。雖則是閨中之秀，面龐平正，絕然無迴出之姿。眼眼眉眉，悄不見嬌羞作態；脂脂粉粉，大都來膏沐為容。總是一施，東西異面；誰知二女，鳩鵲同巢。

原來這一位小姐是無艷，不是無嬌。蘇友白那裡知道，只認做一個。未見時精神踴躍，見了後不覺情興索然。心下暗想道：「早是有主意，來偷看一看，若竟信了張媒婆之言，這一生之事怎了。」遂慢慢走出樹來。那小姐見樹裏有人，慌忙避入窗內去了。蘇友白心下已冷，不復細察，遂踅身回去。正是：

尋花誤看柳，逐燕錯聽鶯。
總是春風面，妍媸卻異情。

過了兩日，張媒婆來討信，說道：「前日說的，蘇相公曾看見麼？」蘇友白暗想道：「吳翰林乃詞林先達，頗有聲名，若說窺見他小姐醜陋，不成親事，他便沒體面，怪我輕薄了。我如今只朦朧辭他便了。」因對張媒婆說道：「前日說的，我並不曾去，如何得見？」張媒婆道：「相公為何不去？」蘇友白道：「我想他一個鄉宦人家，我去偷看，有人撞見，彼此不雅。況且早晚伏候，未必便能湊巧。只煩媽媽替我回復了罷。」張媒婆道：「看不看憑相公，但只是老身說的斷不差池，相公還要三思。」蘇友白道：「我也不獨為此，他一個翰苑人家，我一個窮秀才，如何對得他來？」張媒婆道：「他來扳你，又不是你去求他，有何不可？」蘇友白道：「雖蒙他錯愛，我自反於心不能無愧，這決決不敢奉命。」張媒婆再四勸美，蘇友白只是不允，張媒婆無可奈何，只得辭了蘇友白，來回復吳翰林。

這一日吳翰林不在家，張媒婆竟入內裏來見夫人。夫人一見便問道：「勞你說的親事如何？」張媒婆搖頭道：「天下事再也料不定，這等一頭親事，十拿九穩，誰知他一個窮秀才，倒做身分不肯。」夫人道：「老爺說他有才有貌，為何性情這等執拗？」張媒婆道：「莫怪我說他，他才是有的，貌是有的，卻只是沒福。媒婆倒有一頭好親事在此，乃是王都堂的公子，今年十九歲，若論他的人物才學，也不減於蘇秀才。況且門當戶對，夫人做主，不可錯過了。」夫人道：「我知道，等老爺回來，我就對老爺說。」張媒婆去了。吳翰林回家，夫人即將張媒婆的言語，細細說了。吳翰林沉吟半晌道：「那有個不允之理？還是這些媒婆說得不的確。我有道理。」隨叫家人，吩咐道：「你拿個名帖去學裏，請了劉玉成相公來。」家人領命，去不多時，就請將來了。

原來這劉玉成也是府學一個時髦，一向拜在吳翰林門下，故一請就來。二人相見過，劉玉成就問道：「老師呼喚門生，不知有何吩咐？」吳翰林道：「不為別事，我有一個小女，名喚無嬌，今年一十七歲，性頗聰慧，薄有姿色，不獨長於女紅，即詩賦之類，無不工習，是我老夫妻最所鍾愛者。雖有幾個宦家來求，我想這些富貴人家的子侄，那有十分真才。前日因看花，偶然見了新考案首的蘇友白，人才俊秀，詩思清新，我意欲招他東坦。昨日叫一個媒婆去說，他反推辭，不知何故。我想此一定是這媒婆人微言輕，不足取信，因此欲煩賢契與我道達其意。」劉玉成道：「蘇蓮仙兄，才貌果是衛家玉潤，前日宗師發案時，大加贊賞。老師略去富貴而選斯人，誠不減樂廣之冰清⓭矣。門生得為斧柯，不勝榮幸。明早即往達台命，想蘇生素仰老師山斗⓮，未有不願附喬⓯者。」吳翰林道：「得如此，足感大力。」因問

⓭ 樂廣之冰清：樂廣，晉代人，官太子舍人、尚書令。崇尚清談。一女嫁給衛玠，時有「婦翁冰清，女婿玉潤」之語。

⓮ 山斗：泰山、北斗的簡稱，或稱泰斗，喻指德高望重或有卓越成就而為眾所敬仰之人。

道：「前日賢契考案，定居前列？」劉玉成道：「門生不才，蒙列二等。」吳翰林道：「賢契高才，宜居一等，怎麼屈了？明日會李學臺時，還要與他講。」劉玉成道：「宗師考案甚公，門生心服。倘蒙垂青，這又是老師薦拔之私恩矣。」二人說罷，劉玉成遂告辭起身。正是：

相逢皆有托，有托便相知。
轉轉開門戶，難分公與私。

不知劉玉成去說親事如何，且聽下回分解。

⑮ 附喬：聯姻高攀。

第五回　窮秀才辭婚富貴女

詩曰：

閒探青史吊千秋，誰假誰真莫細求。
達者鬼談皆可喜，癡人夢說亦生愁。
事關賢聖偏多闕，話到齊東❶轉不休。
但得自留雙耳在，是非朗朗在心頭。

卻說蘇友白自從考得一個案首，又添上許多聲名，人家見他年少才高，人物俊秀，凡是有女之家，無不願他為婿。蘇友白常自歎道：「人生有五倫，我不幸父母早亡，又無兄弟，五倫中先失了兩倫。君臣朋友間，遇合有時，若不娶一個絕色佳人為婦，則是我蘇友白為人在世一場，空讀了許多詩書，就做一個才子，也是枉然，叫我一腔情思，向何處去發泄，便死也不甘心。」因此人家來說親的，訪知不美，便都辭去。人家見他推辭，也都罷了。只有吳翰林，因受白太玄之托，恐失此佳婿，只得又央劉玉成來說。

❶ 齊東：齊東野語的省稱，指不足徵信之言。語出孟子萬章上：「此非君子之言，齊東野人之語也。」

這劉玉成領了吳翰林之命，不敢怠慢，即來見蘇友白，將來意委委曲曲說了一遍。蘇友白道：「此事前日已有一媒婆來講過，弟已力力辭了，如何又勞重仁兄。仁兄見教本不當違，但小弟愚意已定，萬萬不能從命。」劉玉成道：「吳老師官居翰苑，富甲一城，愛惜此女如珍如寶，郡中多少鄉紳子弟求他，他俱不肯。因慕兄才貌，反央人苦苦來說，此乃萬分美事，兄何執意如此？」蘇友白道：「婚姻乃人生第一件大事，若才貌不相配，便是終身一累，豈可輕易許人。」劉玉成笑道：「莫怪小弟說，兄今日雖然考得利，有些時名，終不免是一個窮秀才，怎見得他一個翰林之女，便配兄不過？且不要說他令愛如花似玉，就是他的富貴，吾兄去享用一享用，也強似日日守著這幾根黃虀。」蘇友白道：「這富貴二字，兄到不消提起。若論弟輩，既已受業藝林，諒非長貧賤之人，但不知今生可有福消受一個佳人。」劉玉成道：「兄說的話一發好笑，既不憂富貴，天下那有富貴中人求一個佳人不得的？」蘇友白笑道：「兄不要把富貴看得重，佳人轉看輕了。古今凡博金紫❷者，無不是富貴，而絕色佳人，能有幾個？有才無色，算不得佳人；有色無才，算不得佳人；即有才有色，而與我蘇友白無一段脉脉相關之情，亦算不得我蘇友白的佳人。」劉玉成大笑道：「兄癡了，若要這等佳人，只好娼妓人家去尋。」蘇友白道：「相如與文君，始以琴心相挑，終以白頭吟相守，遂成千古佳話，豈盡是娼妓人家。」劉玉成道：「兄不要談那千古的虛美，卻誤了眼前實事。」蘇友白道：「兄只管放心，小弟有誓在先，若不遇絕色佳人，情願終身不娶。」劉玉成遂大笑起身道：「既是這等，便是朝廷招駙馬，也是不成的了。好個妙主意！這

❷ 金紫：金印紫綬，指高官。漢代相國、丞相皆金印紫綬。魏晉以降，左右光祿大夫，光祿大夫、皆銀章青綬，其重者，詔加金章紫綬。

樣妙主意，只要兄拿得定，不要錯過機會，半路裏又追悔起來。」蘇友白道：「決不追悔。」劉玉成只得別了蘇友白，來回復吳翰林。

吳翰林聞知蘇友白執意不允，便大怒罵道：「小畜生這等放肆！他只倚著考了一個案首，便這等狂妄，看他這秀才做得成，做不成！」隨即寫書與宗師細道其詳，要他黜退蘇友白的前程。

原來這學院姓李名懋學，與吳翰林同年同門❸，見吳翰林書來，欲要聽了，卻憐蘇友白才情，又無罪過；欲待不聽，又撇吳翰林面情不過。只得暗暗叫學官傳語蘇友白，微道其意，叫他委曲從了吳翰林婚姻，免得於前程有礙。學官奉命，遂請了蘇友白到衙中，將前情細說一遍。蘇友白道：「感宗師美情。老師台命，門生本該聽從，只是門生別有一段隱衷，一時在老師面前說不出。只求老師在宗師處，委曲方便一辭，便感恩無盡。」學官道：「賢契差矣。賢契今年青春已是二十，正當授室之時，吳公雅意相扳，論起來也是一樁美事。若說吳公富貴，以賢契高才，自然不屑；況聞他令愛十分才美，便勉強應承，也不見有甚喫虧。為何這般苦辭？」蘇友白道：「不瞞老師說，他令愛門生已細細訪過，這是斷然不敢奉命。」學官道：「賢契既不情願，這也難強。只是吳公與宗師同年同門，未免有幾分情面，這事不成，恐怕於賢契的前程有些不妙。」蘇友白微笑道：「門生這一領青衿❹，算得甚麼前程！豈肯戀此而誤終身大事，但聽宗師裁處罷了。」遂起身辭出。學官見事不成，隨即報知宗師。宗師聽了，也不喜道：「這生胡狂至此。」便要黜退他，卻又回想道：「這一樁美事，若在別一個窮秀才，便是夢見也快活不了，

---

❸ 同年同門：科舉同榜中式的人稱同年，互相稱「年兄」。受業於同一老師的同學稱同門。

❹ 青衿：青領，學子的服裝，此為生員資格的代稱。

他卻抵死不允，也是個有志之士。」又有幾分憐他，尚不忍便行。

正躊躇間，忽一聲梆響，門上傳進一本報來。李學院將報一看，只見一本敘功事：原任太常正卿新加工部侍郎銜白玄，出使虜營，迎請上皇，不辱君命，還朝有功，著實授工部侍郎。又告病懇切，准著馳驛還鄉，調理痊可，不時召用。又一本敘功事：御史楊廷詔薦舉得人，加陞光祿寺❺少卿。又一本翰林院乏人事：目今經筵舉行，兼鄉會在邇，乞召在告諸臣吳珪等，入朝候用。俱奉聖旨是。李學院見吳翰林起陞入朝，又見白玄是他親眷，正在興頭時節，便顧不得蘇友白，隨即行一面牌到學中來，上寫道：

提學察院李，訪得生員蘇友白，素性狂妄，恃才倚氣，凌傲鄉紳，不堪作養。本當拿究，姑念少年，仰學即時除名，不許赴考。特示。

牌行到學中，滿學秀才聞知此事，俱紛紛揚揚，當一段新聞傳講。也有笑蘇友白獃的，也有羨蘇友白高的。又有一班與蘇友白相好的，憤憤不平道：「婚姻事，要人情願，那有為辭了鄉宦親事，便黜退秀才的道理！」便要動一張公呈，到宗師處去講。倒是蘇友白再三攔阻，道：「只為考了一個案首，惹出這場事來。今日去了這頂頭巾❻，落得耳根清淨，豈不快活！諸兄萬萬不消介意。」眾人見蘇友白如此，只得罷了。正是：

❺ 光祿寺：掌管皇室祭祀、膳食及酒宴的機構，首長為正卿、少卿。

❻ 頭巾：又稱方巾，明代有生員（秀才）以上功名的人所戴的方形軟帽。這頭巾代表生員資格。

三分氣骨七分癡，釀就才人一種思。
說向世人都不解，不言惟有玉人知。

按下蘇友白不題，卻說吳翰林見黜退了蘇友白前程，雖出了一時之氣，然心下也有三分不過意，還要過幾日仍舊替他挽回。只因聞了白公榮歸之信，與自家欽召還翰之報，與無嬌小姐說知，大家歡喜，便將蘇友白之事忘懷了。吳翰林奉詔，即當進京，因要會白公，交還無嬌小姐，只得在家等候，一面差人迎接。

此時白公實授了工部侍郎之職，奉旨馳驛還鄉，一路上好不興頭。不月餘到了金陵，竟到吳翰林家來。吳翰林接著，不勝歡喜。白公向吳翰林致謝，吳翰林向白公稱賀，二人交拜過，即邀入後堂。隨即喚無嬌小姐出來拜見父親，大家歡喜無盡。

此時吳翰林已備下酒席，就一面把盞與白公洗塵，二人對酌。吳翰林因問出使之事，白公歎一口氣道：「朝廷之事，萬不可為。前日小弟奉命是迎請上皇，而敕書上單言候問，并送進衣物，絕無一字及於迎請。上皇聞知，深為不樂。也先見了，甚加詰問，叫小弟無以措詞，只得說迎請自是本朝之意，然不知貴國允否，故不敢見之敕書，只面諭使臣懇求太師耳。也先方回嗔作喜，允了和議，說道：『雖是面諭，然敕書既不迎請，我如何好送還。若竟自送還，也使中國看輕了。須另著人來，我再無改移。』弟輩昨日復命，朝議不得已，只得又遣楊善去了。」吳翰林道：「不知也先許諾送還，果是實意否？」白公道：「以弟看來，自是實意。楊善此去，上皇決定還朝。但恐上皇回來，朝廷尚有許多不妥，故小弟忙忙告病回來，以避是非，非敢自愛。然事勢至此，決非一人所能挽回也。」吳翰林道：「吾兄歷此一番，風霜勞苦固所不免，然成此大功，可謂完名全節矣。但小弟奉欽命進京，未免又打入此網，卻是奈何！」白公道：「吾兄翰苑，可以養高，又兼鄉試在邇，早晚奉差，何足慮也。」吳翰林道：「賴有此耳。但不知後來老楊可曾相會？」白公笑道：「有這樣無氣骨之人！小弟一回京時，即來再三謝罪，後因旨意說他薦舉有功，陞了光祿，愈加親厚，請了又請，小弟出京時，公餞了又私餞。小弟見他如此，到不好形之顏色，只得照舊歡飲，惟以不言愧之而已。」吳翰林笑道：「只不言愧之，勝於撻辱多矣。」二人歡飲了半日方住，吳翰林就留白公宿了。

到次日，白公就要起身，說道：「小弟告病回家，不敢在京久停，恐生議論。」吳翰林道：「雖然如此，就暫留兩三日也不妨，況此別又不知後會何日。」白公道：「既如此，只好再留一日，明日准要行了。」吳翰林因說道：「前日還有一件好笑的事，未曾對吾兄說。」白公道：「甚麼事？」吳翰林道：「前日小弟因在靈谷寺看梅，遇見一少年秀才，叫做蘇友白，人物聰俊，詩思清新，甚覺可人。隨著人訪問，恰恰李學臺又考他作案首。小弟意欲將甥女許他，因遣媒并友人再三去說，不知何故，他反抵死不允。小弟無法，只得寫書與李學臺，要他周旋。李學臺隨喻意學官傳語蘇生，叫他成就此事。誰想那狂生執意不從。後來李學臺無以復弟，因把他前程黜了，他也竟自不悔。你道有這等好笑的事麼。」白公驚訝道：「有這等事！此生不獨才貌，其操行愈可敬矣。士各有志，不必相強。吾兄明日見李學臺，還該替他復了前程纔是。」吳翰林道：「這也是一時之氣，他的前程，自然要與他復。」二人說些時務，又過了一日。到第三日，白公決意要行，遂領了紅玉小姐，謝了吳翰林，竟回錦石村去。吳翰林亦打點進京，不題。正是：

只道琉璃碎，翻成畫錦衣。
前程暗如漆，誰識是耶非！

卻說蘇友白自從黜退秀才，每日在家只是飲酒賦詩，尋花問柳，雖不以功名貧賤動心，每遇著好景關情，自恨不能覓一佳偶，往往獨自感傷，至於墮淚。人家曉得他要求美色，自知女兒平常，便都不來與他講親。他又諒郡中必無絕色，更不提起。

一日，春光明媚，正要早到郊外行吟取樂，纔走出門前，忽見幾個人青衣大帽，都騎著驛馬，一路問將來，道：「此間有一個蘇相公家，住在那裏？」有人指道：「那門前立的不是！」那幾個人慌忙下馬，走到面前問道：「敢請問相公，不知可就是蘇浩老相公的大相公？」蘇友白驚答道：「正是。但不知列位何來？」眾人道：「我們乃河南蘇御史老爺差來的。」蘇友白道：「這等想是我叔父了。」眾人道：「正是。」蘇友白道：「既如此，請到裏面說話。」眾人隨蘇友白進到堂中，便要下禮相見。蘇友白問道：「且住，列位還是老爺家中人，還是衙門執事？」眾人答道：「小人等皆是承差。」蘇友白道：「既是公差，那有行禮之事。」只是長揖，相見過，又讓眾人坐了。問道：「老爺如今何在？」眾人道：「老爺巡按湖廣回來，進京復命，如今座船現在江口，要請大相公同往上京，故差小的們持書迎接。」遂取出書來，遞與蘇友白。蘇友白拆開一看，只見上寫著：

劣叔淵頓首書付賢姪覽：叔因王事驅馳，東西奔走，以致骨肉睽離，思之心惻。前聞　嫂亦辭世，不勝悲悼。近聞汝年學俱成，又是悲中一喜。但叔今年六十有三，景入桑榆❼，朝不保夕，而下無子息。汝雖能繼書香，而父母皆亡，終成孤立，何不移來一就，庶幾同父猶子之情，兩相慰藉耳。此事叔慮之最詳，雖告　先兄先嫂於地下，亦必首肯，侄慎勿疑。差人到，可即發行裝同來，立候發舟。餘不盡。

蘇友白看完了書，心下暗想道：「家中已是貧乏，一個秀才又黜退了，親事又都回絕，只管住在此處亦覺無味。莫若隨了叔父上京一遊，雖不貪他的富貴，倘或因此訪得一個佳人，也可完我心願。」主意已定，隨對眾人說道：「既是老爺來接，至親骨肉，豈可不去？但此處到江口，路甚遙遠，恐怕今日到不得了。」眾人道：「老爺性急，立候開船。這裏到江口，止有六十里路，有馬在此，若肯就行，到那裡還甚早。」蘇友白道：「既如此，列位可先去回復老爺，我一面打發行李，一面隨後就來。」隨即封了一兩銀子，送與眾人道：「匆匆起程，不及留飲，權代一飯。」眾人推辭道：「大相公是老爺一家人，怎敢受賞。」蘇友白道：「到從直些，不要耽閣工夫。」眾人受了，先去，因留下一匹好馬。

蘇友白隨即吩咐一個老家人叫做蘇壽，留他在家看守房屋。又打點些衣服鋪陳之類，結束做兩擔，叫人挑了，先著一個家人送到江口。自家止帶一個小廝，叫做小喜。當下吩咐停當，隨即上馬要行。爭奈那匹馬最是狡猾，見蘇友白不是久慣騎馬的，又無鞭子打他，便立定不走。蘇友白忙忙將韁繩亂扯，

❼ 桑榆：日西垂景在樹端稱桑榆，喻日暮，亦喻人的晚年。

那馬往前走不得一步，把屁股一掀，到往後退了兩步。蘇友白心中焦躁，似這般走，幾時得到！家人蘇壽說道：「馬不打如何肯走。舊時老相公有一條珊瑚鞭，何不取了帶去，便不怕他不走了。」蘇友白道：「正是，我倒忘了。」隨叫人取出，拿在手裏，照馬屁股儘力連打了幾下，那馬負痛，只得前行。蘇友白笑道：「這畜生不打便不肯走，可見人生處世，何可一日無權。」

此時春風正暖，一路上柳明花媚，蘇友白在馬上觀之不盡。因自想道：「吳家這頭親事，早是有主意辭脫了，若是沾了手，那得便容你自由自在，到京中去尋訪。」又自想道：「若有分撞得一個便好，若是撞不著，可不辜負我一片念頭。」又想道：「若是京中沒有，便辭了叔子出來，隨你天涯海角，定要尋他一個纔罷。」

心中自言自語，不覺來到一個十字路口。忽岔路裏跑出一個人來，將蘇友白上下一看，口裏道一聲：「果然有了！」便雙手把轡繩扯住。蘇友白因心下胡思亂想，不曾防備，猛可裏喫了一驚。忙將那人一看，只見那人頭戴一頂破尖氈帽，歪在半邊，身穿一領短青布夾襖，懷都開了，腳穿一雙綁腿鞝鞋❽，走得塵土亂迸，滿身上汗如雨濕。慌忙問道：「你是甚麼人，為何扯住我的轡繩？」那人跑得氣吁吁，一時答應不清，只道：「好了，有下落了！」蘇友白見那人說話胡塗，便扯起鞭子要打。那人慌叫道：「相公不要打，小人的妻子不見了，都在相公身上。」蘇友白大怒道：「你這人好胡說，你的妻子不見了，於我何干？我與你素無相識，難道我拐了你的！」那人道：「不說是相公拐我妻子，只是我的妻子，要在相公身上見個明白。」蘇友白道：「你這人一發胡說，我是過路人，你的妻子如何在我身上見明白？

❽ 鞝鞋：亦作「鞝鞋」，高筒棉鞋。

你敢是短路小人，怎敢青天白日，攔住我的去路！我是蘇巡按老爺的公子，你不要錯尋了對頭。」提起鞭子，夾頭夾臉亂打。小喜趕上，氣不過也來亂打。那人被打慌了，一發說不清，只是亂叫道：「相公住手，可憐我有苦情，我實不是小人。」口裏雖然叫苦，卻兩手扯住轡繩，死也不放。

此時過路的，及村中住的人，見他二人有些古怪，不知為何，便都圍上來看。蘇友白亂嚷道：「天下有這等奇事，你不見了妻子，如何賴我過路人。」那人道：「小人怎敢圖賴相公？只求相公把這根鞭子，賞了小人，小人的妻子就有了。」看的人聽見，都一齊笑起來，道：「這人敢是個瘋子，如何不見妻子，一根馬鞭便有。」蘇友白說道：「我這根馬鞭子是珊瑚的，值幾兩銀子，如何與你？」氣不過，提起鞭子又要打。那人叫起來道：「相公慢打，容小人說個明白。」眾人勸道：「相公且息怒，待問個明白，再打不遲。」便問那人道：「你是那裡人？有甚緣故？可細細說明。」那人道：「小人是丹陽縣楊家村人，小人叫做楊科。數日前曾叫妻子到城中去贖當，不知路上被甚人拐去，日日追尋，並無消息。今日清晨在句容鎮上，遇著個起課先生，小人求他起了一課，他許我只在今日申時三刻便見。小人又問他，該向那一方去尋？他說：『向東北方四十里上十字路口，有一位少年官人，身穿柳黃衣服，騎一匹點子馬來，你只扯著他，求了他手中那條馬鞭子，你妻子便有了。只要快趕，若趕遲了一步，放他過去，便再不能勾見了。』小人聽了，一口氣趕來，連飯也不敢喫一碗，直趕了四十里路，到此十字路，恰恰遇著相公騎馬而過，衣服顏色相對，豈不是實？只求相公開仁心，把這馬鞭子賞了小人，使小人夫妻重見，便是相公萬代陰德。」蘇友白笑道：「你這人一味胡說，世間那有這樣靈先生。你分明看見我衣馬顏色，希圖騙我鞭子，便駕此一篇謊說，如何信得。」楊科道：「小人怎敢？小人也自知說來不信，只因那先生件件說著，不由人不信。他還說相公此行是為求婚姻的，不知是也不是？相公心下便明白了。」蘇友白聽見說出「求婚姻」三字，便呆了半晌。心下暗思道：「這件事乃我肺腑隱情，便是鬼神亦未必能知，他如何曉得？」便有幾分信他，因說道：「便把這鞭子與你，也是小事。只是我今日還要趕到江口，若沒鞭子，這馬決不肯行，卻如何處？」旁看的人見說得有些奇異，都要看拿了鞭子如何尋妻子。又見蘇友白口鬆，有個肯與他的意思，便替他攛掇道：「既是這位相公肯賞你鞭子，何不快去折一柳條來，與相公權用。」楊科欲待去折柳條，又恐怕蘇友白去了，猶扯住不肯放手。蘇友白曉得他的意思，便將鞭子先遞與他，說道：「既許了你，豈肯失信。可快折一枝柳條來，我好趕路。」

楊科接了鞭子，千恩萬謝道：「多謝相公！若尋著妻子，定然送還。」便立起身來，東張西望去尋柳條。此時是二月中旬，道旁小柳樹都是柔弱枝條，折來打馬不動，只東南角上一條冷巷中，一所破廟傍邊，有三四株大柳樹，高出墻頭。楊科看見，慌忙扒將上去，扒到樹上，纔要折柳，忽聽得廟中有人啼哭。他分開柳葉，往內一張，只見有三個男子將他妻子圍在中間，要逼勒行淫，妻子不從，故此啼哭。楊科看見了，便忍不住叫起來道：「好賊奴，拐人妻子，卻躲在這裏！」慌忙跳下樹來，竟撲廟門。看的人聽見叫在這裏，便一齊擁了來看。楊科趕到廟前，廟門已被頂住，楊科也不顧好歹，一頓腳將轉軸登折，擠了進去。忙跑到廟後時，那三個拐子已往墻闕裏逃去多時，止剩下妻子一人。兩人相見，不勝大喜，轉扯著哭將起來。眾人著見，都各驚駭，方信楊科說的俱是真情。

此時蘇友白聽見尋著妻子，甚是驚訝，也下了馬，叫小喜看著，自步進廟中來看。楊科看見蘇友白進來，便對他妻子說道：「若不得這位相公這條鞭子去折柳條，便今生也不能見了。」隨將鞭子送還蘇友白，道：「多謝相公，不要了。」蘇友白道：「天下有這等奇事！險些兒錯怪了你。我且問你，那起課的先生，叫甚姓名？」楊科道：「人都不知他的姓名，只因他掛著一面牌上寫『賽神仙』三字，人就順口叫他做賽神仙。」說罷，便再三謝了蘇友白并眾人，領著妻子，原從舊路上，揚揚去了。

蘇友白走出廟來，上了馬，一頭走，一頭想道：「我蘇友白聰明一世，懵懂一時。我此行雖因叔命，原為尋訪佳人。這賽神仙他既曉得我為婚姻出門，必然曉得我婚姻在何處。我放著現消息不去訪問，卻向無踪無影處去尋覓，何其愚也。今天色尚早，不如趕到句容鎮上，見了賽神仙，問明婚姻，再到叔父船上，未為遲也。」主意定了，遂勒轉馬頭，向西南楊科去的路上趕來。只因此一去，有分教：是非堆裏博出個佳人，生死場中拾回個才子。正是：

樹頭風絮亂依依，空裏遊絲無定飛。
不是多情愛狂蕩，因春無賴聽春吹。

蘇友白去見賽神仙問婚姻，不知如何，且聽下回分解。

第六回　醜郎君強作詞賦人

詩曰：

塗名飾行盡黃金，獨有文章不許侵。
一字源流千古遠，幾行辛苦十年深。
百篇價重應仙骨，八斗才高自錦心。
寄語膏粱村口腹，莫將佳句等閒吟。

話說蘇友白因要尋賽神仙起課，便不顧失了叔子蘇御史之約，竟策馬望句容鎮上而來。行不上十四五里，不料向西的日色最易落去，此時只好有丈餘在天上。又趕行了三五里，便漸漸昏黑起來。蘇友白擡頭一望，前面並不見有人家，心下便有幾分著忙。到是小喜眼尖，說道：「相公且不要慌，你看向西那條岔路裏，一帶樹林，豈不是一村人家？」蘇友白道：「你怎曉得？」小喜用手指道：「那樹林裏高起來的，不是一個寶塔？既有塔，必有寺，有寺一定便有人家了。」蘇友白看了道：「果然是塔，就無人家，寺裡也好借宿。」便忙忙策馬望岔路上趕來。

到得樹林中，果然是一個村落，雖止有一二百人家，卻不住在一處，或三家或五家，或東或西，都四散分開。此時天已晚了，家家閉戶，不好去敲，幸得是十二三之夜，正該有月，天便不黑，因望著塔影來尋寺。又轉了一個灣，忽一聲鐘響，蘇友白道：「好了，今夜不愁無宿處矣。」再行幾步，便到了寺門。蘇友白忙下馬來，叫小喜牽著，竟進寺來。這寺雖不甚大，卻到齊整潔淨，山門旁種著兩帶杉樹，儘疏落有致。蘇友白此時也無心觀看，將到大殿，殿上正有兩三個和尚在那裡做晚功課，看見有人進來，內中一個年老的便忙迎將出來，問道：「相公何來？」蘇友白道：「學生自城中來，要往句容鎮上去。不期天色晚了，趕不到，欲在寶剎借宿一宵，萬望見留。」那和尚道：「這個使得。」遂一面叫人替小喜牽了馬後邊去，就一面叫人掌燈，遂將蘇友白請到方丈裏。

二人見了禮坐下，那和尚道：「敢問相公高姓？」蘇友白道：「學生姓蘇。」和尚道：「這等是蘇相公了。不知要到句容鎮上，有何貴幹？」蘇友白笑道：「學生因家叔上京復命，船在江口，差人來接學生同去，學生到了半路上，偶聞得句容鎮上有個賽神仙，起課甚靈，欲要求他起一課，故偶然至此。」和尚道：「令叔榮任何處？」蘇友白道：「家叔是巡按湖廣，回來復命。」和尚道：「這等蘇相公是大貴人了，失敬，失敬。」遂叫道人收拾晚齋。蘇友白問道：「老師大號？」和尚道：「小僧賤號靜心。」蘇友白又問道：「寶剎這等精潔，必定是一村香火了。但不知還是古跡，還是新建？」靜心道：「這寺叫做觀音寺，也不是古跡，也不是一村香火，乃是前邊錦石村白侍郎的香火，纔造得十八九年。」蘇友白道：「白侍郎為何造於此處？」靜心道：「白老爺只因無子，與他夫人極是信心好佛，發心造這一座寺，供奉白衣觀音，要求子嗣。連買田地，也費過有一二千金。」蘇友白道：「如今有了兒子麼？」靜心道：「兒子雖沒有，他頭一年造寺，第二年就生一位小姐。」蘇友白笑道：「莫說生一位小姐，便生十位小姐，卻也算不得一個兒子。」靜心道：「蘇相公，不是這般說。若是白老爺這位小姐，便是十個兒子卻也比他不得。」蘇友白道：「卻是為何？」靜心道：「這位小姐，生得有沉魚落雁之容，閉月羞花之貌，自不必說。就是描鸞刺繡，樣樣精工，還不算他長處。最妙是古今書史，無所不通，做來的詩詞歌賦直欲壓倒古人，就是白老爺做的文章，往往要他刪改。蘇相公，你道世上人家，有這等一個兒子麼！」蘇友白聽見說出許多美處，不覺身體蘇蕩，神魂都把捉不定，忙問道：「這位小姐曾嫁人否？」靜心道：「那裏有個人嫁！」蘇友白道：「這邊郡縣富貴人家不少，難道就沒個門當戶對的？為何便沒人嫁？」靜心道：「若要富貴人家，便容易了。白老爺卻不論富貴，只要人物風流，才學出眾。」蘇友白道：「這個也還容易。」靜心道：「蘇相公，還有個難題目，但是來求親的，或詩或文，定要做一篇，只等白老爺與小姐看中了意，方纔肯許。偏生小姐的眼睛又高，做來的詩文，再無一個中意，所以耽閣至今。一十七歲了，尚未曾輕許人家。」蘇友白道：「原來如此。」心下卻暗暗喜道：「這段姻緣卻在此處。」

不一時道人排上齋來，二人喫了。靜心道：「蘇相公今日出路辛苦，只怕要安寢了。」便拿了燈，送蘇友白到一間潔淨客房裏，又燒了一爐好香，又泡了一壺苦茶放在案上，只看蘇友白睡了，方纔別去。蘇友白因聽這一篇話，要見白小姐一面，只管思量，便翻來覆去，再睡不著。只得依舊穿了衣服起來。

推窗一看，只見月色當空，皎潔如晝。因叫醒了小喜，跟出寺門前來閒步。一來月色甚佳，二來心有所思，不覺沿著一帶杉影，便走離寺門有一箭多遠。忽聽得有人笑語，蘇友白仔細一看，卻是人家一所莊院。又見內中桃柳芳菲，便信著步走將進來。走到亭子邊，往裏一張，只見有兩個人在那裡，一邊喫酒，一邊做詩。

蘇友白便立住腳，躲在窗外聽他。只見一個穿白的說道：「老張，這個枝字韵，虧你押。」那個穿綠的說道：「枝字韵還不打緊，只這思字是個險韵，費了心了，除了我老張，再有那個押得來。」穿白的道：「果然押得妙。當今才子，不得不推老兄。再做完了這兩句，那親事便穩穩有幾分指望。」穿綠的便歪著頭，想了又想，哼了又哼，只哼唧了半晌，忽大叫道：「有了，有了！妙得緊，妙得緊！」慌忙拿筆寫在紙上，遞與穿白的看。穿白的看了，便拍手打掌笑將起來，道：「妙妙！真個字字俱學老杜，不獨韵押得穩當，且結得有許多感慨。兄之高才，弟所深服者也。」穿綠的道：「小弟詩已成，佳人七八到手，兄難道就甘心罷了？」穿白的道：「小弟往日詩興頗豪，今夜被兄壓倒，再做不出。且喫幾杯酒，睡一覺，養養精神，卻苦吟一首，與兄爭衡。」穿綠的道：「兄既要喫酒，待小弟再把這詩高吟一遍，與兄聽了下酒何如？」穿白的道：「有趣，有趣。」穿綠的遂高吟道：

楊柳遇了春之時，生出一枝又一枝。
好似綠草樹上掛，恰如金線條上垂。

穿白的也不待吟完，便亂叫起來道：「妙得甚，妙得甚！且賀一杯再吟。」遂斟一杯遞與穿綠的喫，穿綠的歡喜不過，接到手一飲而乾。又續吟道：

穿魚正好漁翁喜，打馬不動奴僕思。
有朝一日乾枯了，一擔柴挑幾萬絲。

穿綠的吟罷，穿白的稱羨不已。

蘇友白在窗外聽了，忍不住失聲笑將起來。二人聽見，忙趕出窗外來看，見了蘇友白，便問道：「你是何人，卻躲在此處笑我們？」蘇友白答道：「學生偶爾看月到此，因聞佳句清妙，不覺手舞足蹈，失聲唐突，多得罪了。」二人看見蘇友白一表人物，說話又湊趣，穿白的道：「兄原來是個知音有趣的朋友。」穿綠的道：「既是個妙人，便同坐一坐何如？」便一手將蘇友白扯了同進亭子中來。蘇友白道：「小弟怎好相擾？」穿綠的道：「四海皆兄弟，這個何妨。」遂讓蘇友白坐下，叫小的斟上酒來，因問道：「兄尊姓大號？」蘇友白道：「小弟賤姓蘇，表字蓮仙。敢問二位長兄高姓大號？」穿白的道：「小弟姓王，賤號個文章之文，卿相之卿。」因指著穿綠的道：「此兄姓張，尊號是軌如，乃是敝鎮第一個財主而兼才子者也。這個花園，便是軌如兄讀書的所在。」蘇友白道：「這等失敬了。」因問道：「適聞佳句，想是詠新柳的了。」張軌如道：「蓮仙兄這等耳聰，隔著窗子便聽見了。詠便是詠新柳，只是有許多難處。」蘇友白道：「有甚難處？」張軌如道：「最難是要和韵，因此小弟費盡心力，方得成篇。」蘇友白道：「首唱是誰人，要兄如此費心？」張軌如道：「若不是個妙人兒，小弟焉肯費心。」蘇友白道：「既承二兄相愛，何不一發見教。」王文卿道：「這個話兒甚有趣，容易說不得的。兄要聽，可喫三大杯，便說與兄聽。」張軌如道：「有理，有理。」遂叫人斟上酒來，蘇友白道：「小弟量淺，喫不得許多。」王文卿道：「要聽這趣話兒，只得勉強喫。」蘇友白當真喫了三大杯。

張軌如道：「蘇兄是個妙人，說與你聽罷。這首原唱，乃是前村一個鄉宦的小姐做的。那小姐生得賽西施、勝毛嬙❶，十分美貌，有誓不嫁俗子，只要是個才子，詩詞歌賦敵得他過，方纔肯嫁。前日因到寺裏燒香，見新柳動情，遂題了一首新柳詩，暗暗在佛前禱祝道，若有人和得他的韻來，便情願嫁他。因此小弟與老王在此拼著性命苦吟。小弟幸得和成，這婚姻已有幾分想頭。蘇兄你道好麼。」蘇友白聽了，明知就是白侍郎女兒，卻不說破，只說道：「原來如此。敢求原韻一觀？」張軌如道：「兄要看詩，再喫三杯。」蘇友白道：「待小弟看了喫罷。」張軌如道：「也罷，也罷，只是看了要喫。」便去拜匣裏拿將出來，遞與蘇友白。蘇友白展開一看，卻是抄過的一個草稿兒，上面寫著新柳詩一首，道：

綠淺黃深二月時，傍簷臨水一枝枝。
舞風無力纖纖挂，待月多情細細垂。
嫋娜未堪持贈別，參差已是好相思。
東皇❷若識儂青眼❸，不負春添幾尺絲。

❶ 毛嬙：古代美女。莊子齊物論：「毛嬙西施，人之所美也。」
❷ 東皇：傳說中的司春之神。
❸ 青眼：重視。正視為青眼，斜視為白眼。

蘇友白看完了，驚訝道：「天下怎有這般高才女子，可不令世上男人羞死！」便看了又看，念了又念，不忍釋手。張軌如道：「蘇兄也看夠了，這三杯酒難道不值，還要推辭？」蘇友白道：「若論這首詩，便是三百杯也該喫。只是小弟量窄，奈何。」王文卿道：「我看蘇兄玩之有味，必長於此。若和得一首出，便免了這三杯罷。」張軌如笑道：「三杯酒不喫，到去做一首詩，蘇兄難道這等獃子。」蘇友白道：「小弟實是喫不得，如不得已，倒情願杜撰幾句請教罷。」王文卿笑道：「何如？我看蓮仙兄有幾分詩興發作了。」遂將筆硯移到蘇友白面前，蘇友白提起筆，蘸蘸墨，就在原稿上和韵一首道：

風最輕柔雨最時，根芽長就六朝枝。
畫橋煙淺詩魂瘦，隋苑春憐舞影垂。
拖地黃金應自惜，漫天白雪為誰思。
流鶯若問情長短，請驗青青一樹絲。

蘇友白寫完了，便遞與二人道：「勉強應教，二兄休得見笑。」

二人看見蘇友白筆也不停，想也不想，便信手頃刻做完了一首詩，甚是驚駭。拿起讀了兩遍，雖不深知其味，念來卻十分順口，不似自家的七扭八拗。因稱贊道：「蘇兄原來也是一個才子，可敬，可敬。」蘇友白道：「小弟菲才獻醜，怎如得張兄金玉。」張軌如道：「蘇兄不要太謙，小弟也是從來不肯輕易稱贊人的。這首詩，果然和得敏捷而妙。」蘇友白道：「張兄佳作已領教過，王兄妙句，還要求教。」王文卿笑道：「小弟今日詩興不發，只待明日見小姐方做哩。」蘇友白道：「王兄原來這等有深意。但不知這小姐等閒得見一面麼？」王文卿道：「兄要想他一見，也不難，只是那小姐才甚高，只怕兄這一首詩還打他不動。兄若有興，再和得一首，小弟與張兄便同去見。」蘇友白道：「王兄不要失信。」張軌如道：「王兄最是至誠君子，小弟可以保得，只要兄做得出。」蘇友白此時也有幾分酒興，又一心思想白小姐，便不禁詩思勃勃，提起筆來，又展開一幅箋紙，任意揮灑，不消半刻，早又和成一首新柳詩，遞與二人看。二人看見這等快當，都嚇呆了，口中不言，心下都暗想道：「這纔是真正才子。」細細展開一看，只見上寫著：

綠裏黃衣得正時，夭淫羞殺杏桃枝。
已添深恨猶閒挂，捹斷柔魂不亂垂。
嫩色陌頭應有悔，畫眉窗下豈無思。
如何不待春蠶死，葉葉枝枝自吐絲。

二人讀完了，便一齊拍案道：「好詩，好詩！真做得妙！」蘇友白道：「醉後放狂，何足挂齒。那小姐若有可見之路，還要仗二兄挈帶。」王文卿道：「這個一定。倒不曾請教的，看兄不似這村裏人，貴鄉何處？因甚到此？今寓在何處？」蘇友白道：「小弟就是金陵人，欲往句容鎮有些勾當，因天色晚了，借寓在前面觀音寺裏。偶因步月，幸遇二兄。」張軌如道：「原來就是金陵人，隔不的數十里之遙，原是同鄉，今年鄉試，還做得同年著哩。」因問道：「貴城中吳翰林諱珪的，兄相認麼？」蘇友白道：「是吳瑞庵了，兄問他怎的？」張軌如道：「小弟久慕他高名，意欲拜在他門下，故此問及。」蘇友白道：「認是認得的，只是與小弟有些不睦。」張軌如道：「卻是為何？」蘇友白道：「他有個令愛，要招小弟為婿。小弟因見他人物中中，不肯應承，故此不悅。」張軌如道：「原來如此。」王文卿道：「我就說兄是京城人物，若是別方小郡縣，那有這等高才！兄既寓在觀音寺，一發妙了，明日好去同見小姐。」蘇友白本待要明早到句容鎮上，起了課，還趕到叔子船上去。因聽說白小姐能夠一見，便把去的念頭丟在一邊，只管小姐長小姐短，在二人面前叮囑。二人也一心想著小姐，便也不覺厭煩。你一句我一句，到說得有興。又移了酒到月下來喫，直喫得大家酩酊，方纔起身。王張二人直送出園門，蘇友白臨行又囑付道：「明日之約，千萬不可忘了。」二人笑道：「記得，記得。」三人別了。

此時有三更時候，月色轉西。蘇友白照舊路回到寺中去睡，心下暗想道：「我只道佳人難得，尋遍天涯未必能有，不料纔走出門，便訪有下落，可謂三生有幸矣。」又想道：「訪便訪著，只恐明日未必能見，弄成一個虛相思，卻將奈何。」又想道：「既有了人，便蹈湯赴火死在這裏，也要尋他一見。」左思右想，直捱到五更時候，方纔睡去。正是：

情如野馬下長川，美色無端又著鞭。
若要絲韁收得定，除非花裏遇嬋娟。

按下蘇友白不題，卻說蘇御史見承差來回復，說蘇友白隨後就來，滿心歡喜。不多時又見行李來了，隨吩咐家人道：「晚飯且不要拿來，候大相公來了，一同喫罷。」直等到點燈也不見來，又等了一會，醮樓戍鼓已是一更。蘇御史想道：「此時不來，想是家中事務未曾完得，一定明日早來。」遂自家喫了夜飯去睡。到次早，又不見來，只得仍叫承差飛馬去接。承差去了一日，回來稟道：「小的到大相公家裏，他家一個老管家說道，昨日一邊行李出門，一邊就騎馬來了，不知為何不到。」蘇御史聽了大驚，因想道：「莫不是到娼妓人家去了？」因叫昨日送行李的家人來，問道：「你相公閒時在家，與甚人往來，莫非好嫖賭麼？」家人稟道：「相公從來不嫖不賭，閒時只愛的是讀書，逢著花朝月夕，做些詩詞歌賦，喫幾杯酒，便是他取樂的事了。舊年還與兩個朋友往來，近因黜退了秀才，連朋友往來的也稀疏。」蘇御史道：「你相公既肯讀書，又不嫖賭，為何倒把秀才黜退？」家人道：「只為前日學院來考了一個案首，有一個鄉宦家愛相公的才學，便要招相公為婿，相公不知何故抵死不從，那鄉宦惱了，竟與學院說知。不期那學院與鄉宦恰是同年同門，連學院也惱起來，因此就把一個秀才白白勾吊了。」蘇御史聽了，更嗟呀不已。又差人分頭各處找尋，直找尋了三四日竟無踪跡，沒奈何，只得悵悵開船而去。正是：

亡羊今古歎多岐，失馬從來不易知。
誰道貪花蜂與蝶，已隨春色到高枝。

不知蘇友白畢竟如何，且聽下回分解。

第七回　暗更名才子遺珠

詩曰：

一段姻緣一段魔，豈能容易便諧和。
好花究竟開時少，明月終須缺處多。
色膽才情偏眷戀，妒心讒口最風波。
緬思不獨人生忌，天意如斯且奈何。

話說張軌如因一時醉後高興，便沒心把白小姐的事情都對蘇友白說了，後見蘇友白再三留意，又見和詩清新，到第二日起來，思想轉來，倒有幾分不快，因走到亭子裏來與王文卿商議。只見王文卿蓬著頭，背剪著手，在亭中走來走去，像有心事的。張軌如見了，道：「老王，你想甚麼？」王文卿也不答應，張軌如走到面前，王文卿惱著臉道：「我兩個聰明人，為何做出這糊塗事來。」張軌如道：「卻是為何？」王文卿道：「昨夜那個姓蘇的，又非親，又非故，不過一時乍會，為何把真心話都對他說了？況他年又少，人物又生得俊秀，詩又做得好，若同他去，卻不是我們轉替他做墊頭了！」張軌如道：「小弟正在這裏拗悔，來與你商議，如今卻怎生區處？」王文卿道：「說已說出了，沒甚計較挽回。」張軌如道：「昨夜我也醉了，不知他的詩畢竟與小弟的何如，可拿來再細看一看。」王文卿遂在書架上取下來，二人同看，真個愈看愈有滋味。

二人看了一回，面面相覷。張軌如道：「這詩反覆看來，倒轉像是比我的好些。我與你莫若竊了他的，一家一首，拿去風光一風光，燥皮一燥皮，有何不可？小蘇來尋時，只叫小廝回他不在便了。」王文卿道：「小弟昨夜要他做第二首，便已有心了。今仔細思量，還有幾分不妥。」張軌如道：「有甚不妥？」王文卿道：「我看那蘇蓮仙，年紀小小，也像個色中餓鬼。你我不同他去，他既曉得踪跡，難道就肯罷了，畢竟要尋訪將去。他若自去，這兩首詩豈不弄重了，一對出來，那時便有許多不妙。」張軌如道：「兄所慮亦是，卻又有一計在此。何不去央央董老官，但是蘇蓮仙來，便叫他一力辭去，不容相見，不與他傳詩，難道怕他飛了進去不成。」王文卿道：「此計雖妙，但是詩不傳進去，裏邊不回絕他，蘇蓮仙終不心死。到不如轉邀他去，明做一做罷。」張軌如道：「怎生明做？」王文卿道：「只消將這兩首詩，留起一首與我，將一首寫了你的名字，卻把昨日兄做的轉寫了蘇蓮仙名字，先暗暗送與董老官，與他約通了，叫他只回白老不在家，一概收詩。然後約了蘇蓮仙，當面各自寫了同送去，董老官回他不在，自然收下，卻暗暗換了送進去。等裏面與他一個掃興，他別處人，自然沒趣去了。那時卻等小弟寫了那一首送去，卻不是與兄平分天下了。」

張軌如聽了，滿心歡喜，道：「好算計，好算計，畢竟兄有主意，只是要速速為之。老董那裏卻叫那個去好？」王文卿道：「這個機密事，如何叫得別人，須是小弟自去。只是董老官是個利徒，須要破些鈔，方纔得妥。」張軌如道：「謀大事，如何惜得小費，稱二兩頭與他，許他事成再謝。」王文卿道：

「二兩也不少了。只是那老奴才眼睛大，看不在心上。事到如今，也說不得了，率性與他三兩，做個妥帖，或者後邊還用得他著。」張軌如無法，只得忍著痛稱了三兩銀子，用封筒封了。就將蘇友白的頭一首詩，用上好花箋細細寫了，卻落自家名字。轉將自家的詩，叫王文卿寫了，作蘇友白的，卻不曉得蘇友白的名字，只寫個「蘇蓮仙題」。寫完了，王文卿并銀子同放在袖中，逕往錦石村來。正是：

損人偏有千般巧，利己仍多百樣奸。
誰識老天張主定，千奸百巧總徒然。

原來這董老官卻是白侍郎家一個老家人，名字叫做董榮，號叫做董小泉，為人喜的是銀子，愛的是酒杯。但見了銀子，連性命也不顧；倘若拿著酒杯，便頭也割得下來。凡有事尋他，只消買一壺酒，一個紙包，便連府中匙大碗小的事情都說出來。就是這新柳詩，也是他抄與王文卿的。

這日王文卿來尋他，恰好遇著他在府門前，背著身子數銅錢，叫小的去買酒。王文卿走到背後，將扇兒在他肩頭上輕輕的敲了兩下，道：「小老好興頭。」董老官忙回身來，看見是王文卿，便笑道：「原來是王相公。王相公來下顧，自然就興頭了。」王文卿道：「要興頭，也要在小老身上。」董老官見口聲是生意上門，便打發了小的，隨同王文卿走到轉灣巷裏一個小庵來借坐。因問道：「王相公此來，不知有何見諭？」王文卿道：「就是前日的新柳詩和成了，要勞你用情一二。」董老官道：「這不打緊，既是詩和成了，若要面見老爺，只消略坐一坐，老爺今日就要出門，只待臨出門時，我與你通報一聲，便好過去相見。」王文卿道：「倒不消見得老爺，只勞小老傳遞一傳遞就好了。」董老官道：「這個一發容易。」王文卿道：「果然容易，只是略略有些委曲，要小老周旋。」董老官道：「有甚委曲，只要在下做的來，再無不周旋的。」王文卿遂在袖子裏摸出那兩幅花箋來，說道：「這便是和的兩首詩，一首是敝相知張兄的，一首是個蘇朋友的，小老可收在袖裏。過一會，待他二人親來送詩，煩小老回一聲老爺出門了，一概收詩。待他拿出詩來，再煩小老將他送來的詩藏下，卻將這二詩傳進與老爺小姐看，便是小老用情了。」董老官笑道：「這等說起來，想是個掉綿包的意思了。既是王相公來吩咐，怎好推辭作難，只憑王相公罷了。」王文卿來時，在路上已將三兩數內稱去一兩，隨將二兩頭拿出來，遞與董老官道：「這是張敝友的一個小東，你可收下。所說之事，只要小老做得乾淨巧妙，倘或有幾分僥倖，還有一大塊在後面哩。」董老官接著包兒，便立起身來，說道：「既承貴友盛情，我便同王相公到前面一個新開的酒樓上去，領了他的何如？」王文卿道：「本該相陪，只是張敝友在家候信，還要同來，工夫耽閣不得了，容改日待小弟再相請罷。」董老官道：「既是今日就要來，連我也不敢喫酒了，莫要飲酒誤他的事情。」王文卿道：「如此更感雅愛。」遂別了董老官，忙忙來回復張軌如。

此時張軌如已等得不耐煩，看見王文卿來了，便迎著園門問道：「曾見那人麼？」王文卿道：「剛剛湊巧，一到就撞見，已與他說通了。怎麼小蘇這時候還不見來？」正說不了，只見蘇友白已帶著小喜走將來。

原來蘇友白只因昨夜思量過度，再睡不著，到天亮轉沉沉睡去，所以起來遲了。梳洗畢，喫了飯，隨即到張家園來，恰好相遇。三人相見過，張軌如道：「蓮仙兄為何此時纔來？」蘇友白道：「因昨夜承二兄厚愛，多飲了幾杯，因此來遲。得罪。」王文卿笑道：「想是不要見白小姐了。」蘇友白笑道：「若是二兄不要見，小弟也就不要見了。」張軏如道：「既要去，也是時候了，不要說閒話，誤了正事。」王文卿道：「小弟詩未和，已是無分，只要二兄快快寫了詩同去。倘那一個討得好消息回來，好打點酒餚賀喜。」遂同到亭子上，張軏如與蘇友白各寫了昨夜的詩句，籠在袖內。張軏如又換了一件時新的色衣，叫小廝備了三匹馬，一同出園門，竟望錦石村來。正是：

遊蜂繞樹非無意，螻蟻拖花亦有心。
攘攘紛紛春春色，不知春色許誰侵。

原來白石村到錦石村止隔有三四里路，不多時便到了村裏。將到白侍郎府門前，三人便下了馬，步行過來。此時董老官已有心，正坐在門樓下等，忽見三人走到面前，便立起身來，佯問道：「三位相公何來？」王文卿便走上前指著張蘇二人說道：「這兩位相公，一位姓張，一位姓蘇，特來求見老爺。」董老官道：「二位相公早來一刻便好，方纔出門赴席去了。有甚話說，吩咐下罷。」張軏如道：「也無甚說話，因聞得老爺要和新柳詩，我二人各和成一首，特來請教。」董老官道：「二位相公既是送詩的，只消留下，待老爺回來看過，再請相會。」張軏如回頭與蘇友白商議道：「是留下詩，還是等一等面見？」蘇友白道：「面見固好，但不知可就得回？」董老官道：「今日喫酒，只怕回來遲，見不成了。」王文卿道：「留下詩也是一樣，何必面見？」二人遂各自將詩稿遞與董老官，道：「老爺回來，就煩稟一聲。」董老官道：「這個自然，不消吩咐。但是二位相公寓所要說明白了，恐怕老爺看了詩，要來相請。」王文卿道：「這位張相公是丹陽城中人，讀書的花園就在前邊白石村裏。這位蘇相公，也就在白石村觀音寺裏作寓。」董老官道：「既在白石村，不多遠，曉得了。」三位相公請回罷。」三人又叮囑了一回，方纔離了白侍郎府前，依舊上馬回白石村去不題。正是：

弄奸小輩欺朋友，貪利庸奴誤主人。
不是老天張主定，被他竊去好姻親。

卻說董老官見三人去了，隨即走到門房裏，將纔來的二詩藏在一本舊門簿內，卻將早間王文卿的二詩拿在手中，竟送進來與白公看。

原來白公自從告病回家，一個鄉村中無處擇婿，偶因紅玉小姐題得一首新柳詩，遂開一個和詩之門，以為擇婿之端。又一遠族送了一個姪兒，要他收留作子。這侄兒纔一十五歲，名喚繼祖，小名叫做穎郎，生得頑劣異常，好的是嬉遊頑耍，若提起讀書，便頭腦皆痛，終日害病。白公撇不過族中情面，只得留下。其實雖有如無，不在白公心下。正是：

生男只喜貪梨栗，養女偏能讀文書。
莫笑陰陽顛倒用，個中天意有乘除。

這日白公正在夢草軒看花閒坐，忽見董榮送進兩首和韵新柳詩來，隨即展開一首來看，看了一遍，不覺大笑起來，道：「天下有這等狂妄的人，這樣胡說也送了來看！」再看名字，卻寫著「蘇蓮仙題」，便放開一邊。又將這一首展開來看，纔看得頭一聯，便驚訝道：「此詩清新可愛。」再看後聯結句，便拍案道：「此異才也，吾目中不見久矣，卻從何處得來？」忙看名字，卻寫著「丹陽張五車題」。白公更驚訝道：「丹陽近縣，為何還埋沒著這等異才！」隨叫侍婢去請小姐來。

小姐聞父命，慌到軒中來。白公一見小姐，便笑說道：「我兒，我今日替你選一個佳婿了。」小姐道：「卻是何人？爹爹從何處得來？」白公道：「方纔有兩個秀才，送和的新柳詩來，一個甚是胡說，這一個卻是個風流才子。」隨將張五車的遞與小姐看，小姐接在手中，看了兩遍，道：「這首詩果然和得仙仙有致，自是一個出色才人。但不知爹爹曾見其人否？」白公道：「我雖不曾見他，然看此詩，自不是個俗子了。」小姐又將詩看了一遍，道：「孩兒細觀此詩，其人當是李太白一流人物，但寫得濁穢鄙俗，若出兩手，只恐有抄襲之弊，爹爹還須要細加詳察。」白公道：「我兒所論亦是，只消明日請他來面試一首，便真偽立辨了。」小姐道：「如此甚好。」白公隨又叫董榮進來，吩咐道：「明日清晨，可拿我一個侍生的帖子，去請今日送詩的那一位張相公來，說我要會他一會。」董榮道：「那一個蘇相公可要請麼？」白公笑將起來道：「這樣胡說的人，還要請他？這等多講！」董榮慌忙去了。白公又將蘇蓮仙這首詩遞與小姐，道：「我兒，你看好笑麼？」小姐看了亦笑起來。父女二人看詩賞笑，不題。

且說蘇友白自送了詩回去，張軌如又留在園中喫了半日酒，只到傍晚，方纔回到寺中。靜心道：「蘇相公那裏飲宴回來？」蘇友白道：「學生今早即急急要回去，只因昨晚看月，遇著前面園中張相公、王相公，留下同做和白小姐的新柳詩，今日同送去看，不覺又耽閣了一日。」靜心道：「蘇相公這等少年風流，卻又高才，白小姐得配了相公，也不負白老爺擇婿一場。」蘇友白道：「事體不知如何，只是在老師處攪擾，殊覺不安。」靜心道：「蘇相公說那裏話，就住一年也不妨，只是寒薄簡褻，有罪。」蘇友白道：「承老師厚情，感謝不盡。後來倘得寸進，自當圖報。」靜心道：「蘇相公明日與白老爺結成親，便是一家了，何必說客話。且去喫夜飯。」蘇友白道：「飯是不喫了，只求一杯茶，就要睡了。」靜心又叫人泡茶，與蘇友白喫了，方別了去睡。

到次日，蘇友白起來，滿心上想著新柳詩的消息，梳洗完，正要到張軌如園裏來訪問，忽見靜心領著張軌如與王文卿走進來，道：「蘇相公在這一間房裏。」蘇友白聽見，慌忙出來相見。張軌如便笑說道：「蘇兄今日滿面喜氣，一定是新柳詩看中意了。」蘇友白道：「小弟如何有此等福分，自然還是張兄。」王文卿笑道：「二兄口裡雖然太謙，不知心裏如何指望哩。」二人都笑將起來。正說笑間，只見張家一個家人，跑將來說道：「錦石村白老爺差人在園裏，要請相公去說話。」張軌如聽了，就像金殿傳臚❶報他中狀元一般，滿心歡喜，因問道：「莫非是請蘇相公，你這狗才錯聽了？」家人道：「他明明說是請張相公。」張軌如又問道：「想是請我二人同去？」家人道：「不曾說請蘇相公。」蘇友白聽見，轉驚呆了半晌，心下暗想道：「為何轉請他，有這等奇事！」又不好說出，只得勉強說道：「自然是請張兄，若請小弟，一定到寺裡來了。」王文卿道：「二兄不必猜疑，只消同到園中一見便知。」

❶ 傳臚：科舉時代殿試後宣讀皇帝詔命唱名。皇帝在殿上唱名，閤門承接轉傳於階下，衛士們齊聲傳名高呼，故稱傳臚。

三人遂忙忙同到園裡來，只見董老官已坐在亭子上。三人進來相見過，董老官便對著張軌如說道：「昨日承相公之命，老爺喫酒回來，小的即將詩箋送上，老爺接了進去，在夢草軒與小姐再三評賞，說張相公高才，天下少有，今日要請過去會一會。」就在袖中取出一個名帖來，遞與張軌如。張軌如接了一看，只見上寫著「眷侍生白玄頓首拜」八個大字。張軌如看了是真，喜得眉歡眼笑，即忙叫家人去備飯。王文卿假意問道：「昨日這位蘇相公的詩，不知老爺曾看麼？」董老官道：「送進去便先看，怎麼不看。」王文卿道：「老爺看了怎麼說？」董老官道：「老爺看了，想是歡喜的緊，不覺大笑起來。」王文卿道：「既是這等歡喜，為何不請蘇相公一會？」董老官道：「在下也曾問過，可請蘇相公到，被老爺罵了幾句，不知為甚？或者另一日又請，也不見得。」張軌如連連催飯，董老官道：「飯倒不敢領了，老爺性急，恐怕候久。張相公倒是速速同去為妙。」張軌如道：「是便是這等說，只是小老初次來，再沒個白去的道理。」董老官道：「相公恭喜，在下少不得時常要來取擾，豈在今一日。」王文卿道：「董小老也說得是，張相公到老實些折飯罷。」張軌如忙忙進去，封了一兩頭，送與董老官，道：「因時候不待，只得從權了。」董老官又假推辭，方纔收下。

蘇友白便要起身出來，張軌如留下道：「蘇兄不要去，小弟不過一見便回，料無耽閣。白老先生或者要小弟與兄作伐，亦未可知。不要這等性急。」王文卿道：「說得有理，待小弟陪著蘇兄在此頑耍，兄速去便來。」蘇友白也就住下。張軌如又換了一件上色的新衣，又備了許多禮物，以為贄見之資❷。又吩咐備了兩馬，自騎一匹，卻將一匹與董老官騎了。別過二人，揚揚得意，竟望錦石村來。張軌如這

❷ 贄見之資：初見尊長時贈送的禮物。

一番到錦石村來，不知比昨晚添了許多的興頭。正是：

世間多少沐猴冠，久假欣欣不赧顏。

只恐當場有明眼，一朝窺破好羞慚。

不知張軌如來見白侍郎，畢竟有何話說，且聽下回分解。

第八回　悄窺郎侍兒識貨

詩曰：

謾言真假最難防，不是名花不異香。
良璧始能誇絕色，明珠方自發奇光。
衣冠莫掩村愚面，鄙陋難充錦繡腸。
到底佳人配才子，笑人何事苦奔忙。

話說張軌如同董榮竟往白侍郎府中來，不多時到了府前，下了馬。董榮便引張軌如到客廳坐下，即忙人去報知。白公聽了，慌忙走出廳來相見，立在廳上，仔細將張軌如上下一看，只見他生得：

形神鄙陋，骨相凡庸。蓋藏再四，掩不盡奸狡行踪；做作萬千，裝不出詩書氣味。一身中聳肩疊肚，全無坦坦之容；滿臉上弄眼擠眉，大有花花之意。

白公看了，心下狐疑道：「此人卻不像個才子。」既請來，只得走下來相見。

張軌如見白公出來，慌忙施禮。禮畢，張軌如又將贄見呈上。白公當面就吩咐收了兩樣，隨即看坐。張軌如又謙遜了一會，方分賓主坐下。白公說道：「昨承佳句見投，真是字字金玉，玩之不忍釋手。」張軌如道：「晚生末學菲才，偶爾續貂，又斗膽獻醜，不勝惶恐。」白公道：「昨見尊作，上寫丹陽，既是近縣，又這般高才，為何許久到不曾聞得大名？」張軌如道：「晚生寒舍雖在郡中，卻有一個小園在前面白石村中。晚生因在此避跡讀書，到在城中住的時少，又癖性不喜妄交朋友，所以賤名不能上達。」白公道：「這等看來，到是一個潛修之士了。難得，難得。」說不了，左右送上茶來。二人茶罷，白公因說道：「老夫今日請賢契來，不為別事，因愛賢契詩思清新，尚恨不能多得，意欲當面請教一二，幸不吝珠玉，以慰老懷。」隨叫左右取紙筆來。

張軌如正信口兒高談闊論，無限燥皮，忽聽見白侍郎說出「還要當面請教」六個字來，真是青天上一個霹靂，嚇得魂都不在身上，半晌開口不得。正要推辭，左右已擡了一張書案放在面前，上面紙墨筆硯端端正正。張軌如呆了一歇，只得勉強推辭道：「晚生小子，怎敢在老先生面前放肆。況才非七步，未免一時遺笑大方。」白公道：「對客揮毫，最是文人佳話。老夫得親見搆思，興復不淺，賢契休得太謙。」張軌如見推辭不得，急得滿臉如火，心中不住亂跳。沒奈何只得連連打恭，口中糊糊塗塗說道：「晚生大膽，求老先生賜題，容晚生帶回去做成來請教。」白公想一想道：「不必別尋題目，昨日新柳詩和得十分清新俊逸，賢契既不見拒，到還是新柳之韻，再求和一首見教罷。」張軌如聽見再和新柳，因肚裏記得蘇友白第二首，便喜得心窩中都是癢的。定了定神，便裝出許多文人態度，又故意推辭道：「庸碌小巫，怎敢在班門調斧？然老先生台命殷殷，又不敢違，卻將奈何。」白公道：「文人情興所至，何暇多讓。」張軌如忙打一恭道：「如此，大膽了。」遂揀了揀筆，展開一幅錦箋，把眉皺著虛想一想，又將頭暗點了兩點，遂一直寫去。寫完了，便親自起身雙手拿著，打一恭送與白侍郎。白公接了，細細一看，見字字風騷，比前一首更加雋永。又見全不經想，立刻便成，其先見張軌如人物鄙瑣，還有幾分疑心，及親見如此，便一天狐疑都解散了。不覺連聲稱贊道：「好美才，好美才！不惟構思風雅，又敏捷如此。我老夫遍天下尋訪，卻在咫尺之間，幾乎失了賢契。」又看了一遍，遂暗叫人傳進與小姐看。隨吩咐：「擺飯，在後園留張相公小酌三杯。」一邊吩咐，便一邊立起身，邀張軌如進去。張軌如辭謝道：「晚生蒙老先生台愛得賜登龍，已出望外，何敢更叨盛款。」白公道：「便酌聊以敘情，勿得過讓。」遂一隻手攙了張軌如，竟望後園中來。正是：

雅意求真才，偏偏遇假鈔。
非關人事奇，自是天心妙。

張軌如隨白公進後園來，心中一則以喜，一則以懼。喜得是婚姻有幾分指望，懼的是到園中恐怕觸著情景，又出一題要做詩，卻不將前功盡棄。滿肚皮懷著鬼胎，不多時到了後園。仔細一看，果然千紅萬紫，好一個所在。怎見得：

桃開紅錦柳拖金，白玉鋪成郁李陰。

更有牡丹分不得，珠璣錯落綴花心。

又

鶯聲流麗燕飛忙，蜂蝶紛紛上下狂。
況是陽春二三月，風來花裏忽生香。

二人到了園中，白公領著張軏如各處賞玩，就像做成了親女婿一般，十分愛重。又攀談了一會閒話，左右擺上酒來，二人在花下快飲不題。

且說紅玉小姐這日曉得父親面試張軏如，卻叫一個心腹侍兒，暗暗到廳後來偷看。這侍兒叫做嫣素，自小服侍小姐，生得千伶百俐，纔一十五歲。這日領了小姐之命，忙到廳後來將張軏如細細偷看。只等張軏如做過詩，同白公到花園中去喫酒，方拿了詩回來，對小姐說道：「那人生得粗俗醜陋，如何配得小姐？小姐千萬不可錯了主意。」小姐問道：「老爺可曾要他做詩？」嫣素道：「詩到一筆就做成了，在此。」隨即拿出來遞與小姐，小姐接詩細看一遍，道：「此詩詞意俱美，若非一個風雅文人，決做不出。為何此人形像，說來卻又不對？」嫣素道：「此事若據嫣素看來，只怕其中還有假處。」小姐道：「詩既是當面做的，聲口又與昨日的一般，如何假得？」嫣素道：「肚皮中的事情，那料得定，只是這一副面孔，是再不能夠更改的了。若說這樣才子，莫說小姐，便叫嫣素嫁他，也是不情願的。」小姐道：

「你聽見老爺看了詩，說甚麼？」嫣素道：「老爺是只看詩不看人的，見了詩，便只是稱好。此事乃小姐終身大事，還要自家做主。」小姐因見字跡寫的惡俗，已有幾分不喜，又被嫣素這一席話說得冰冷，不覺長歎一聲，對嫣素說道：「我好命薄。自幼兒老爺就為我擇婿，直擇到如今，並無一個可意才郎。昨日見了此詩，已萬分滿願，誰知又非佳婿。」嫣素笑道：「小姐何須著惱。自古說女子遲歸終吉，天既生小姐這般才貌，自然生一個才貌相配的作對，難道就是這等罷了。小姐又不老，何須這等著急。」

正說不了，只見白公已送了張軌如出去，便走進來與小姐商議。小姐看見，慌忙接住。白公道：「方纔張郎做的詩，我兒想是看見了。」小姐道：「孩兒看見了。」白公道：「我昨日還疑他有弊，今日當面試他，他全不思索，便一筆揮成，真是一個才子。」小姐道：「論此人之才，自不消說。但不知其人與其才相配否？」白公道：「卻又作怪，其人實是不及其才。」小姐聽了，便低頭不語。白公見小姐不言，便說道：「我兒既不歡喜，也難相強。但只怕失了這等一個才人，卻又難尋。」小姐只不做聲，白公又想了一會，說道：「我兒既狐疑不決，我有一個主意，莫若且請他來權作一個西賓❶，只說要教穎郎，卻慢慢探他，便知端的。」小姐道：「如此甚好。」白公見小姐回嗔作喜，便又叫董榮進來，吩咐道：「你明日可叫書房寫一個關書，備一副聘禮，去請方纔的張相公，只說要請他來教公子讀書。」董榮領了白公之命，出來打點關書聘禮不題。

卻說張軌如見白公留他酒飯，又意思十分殷勤，滿心歡喜。回到家，已是黃昏時候。只見蘇友白與王文卿還在亭中說閒話等信，他便揚揚走進來，把手拱一拱，說道：「今日有偏二兄，多得罪了。」蘇

❶ 西賓：亦稱西席。舊時對塾師或幕友的尊稱。

友白與王文卿齊應道：「這個當得。」因又問道：「白太玄今日接兄去，一定有婚姻之約了？」張軌如喜孜孜、笑欣欣，將白公如何待他，如何留飯，只不提起做詩，其餘都細細說了一遍，道：「婚姻事，雖未曾明明見許，恰似有幾分錯愛之意。」王文卿笑道：「這等說來，這婚姻已有十二分穩了。」只有蘇友白心下再不肯信，暗想道：「若是這等一首詩，便看中了意，這小姐便算不得一個佳人了，為何能做那樣好詩？又何消擇婿至今？」因見張軌如十分快暢得意，全不周旋，便沒情沒趣的辭了出來。

張軌如也不相留，直送了蘇友白出門，卻回來與王文卿笑說道：「今日幾乎弄決裂了。」卻將白侍郎如何要面試他，恰恰湊巧的話，又說了一遍。王文卿便拱他道：「兄真是個福人，有造化。這也是婚姻有分，故此十分湊巧，又早是小弟留下一首。」張軌如道：「今日可謂僥天之幸，只愁那老兒不放心，還要來考一考，這便是活死。」王文卿道：「今日既面試過，以後便好推托了。」張軌如道：「推托只好一時，畢竟將何物應他？」王文卿道：「這個不難。只消在小蘇面上用些情，留了他在此，倘或有甚疑難題目，那時央他代做，卻不是一個絕妙解手❷？」張軌如聽了，滿心歡喜道：「兄此論有理之極。明日就接他到園中來住。」

到次日清晨起來，恐怕蘇友白見親事不成，三不知去了，便忙忙梳洗了，親到寺中來請他。此時蘇友白尚未起身，見張軌如來，只得扒起來說道：「張兄為何這等早？」張軌如道：「小弟昨日回來，因喫了幾杯酒，身子倦怠，不曾留兄一酌，甚是慢兄。恐兄見怪，只說小弟為婚姻得意，便忘了朋友，因此特來請罪。」蘇友白道：「小弟偶爾識荊，便承雅愛，十分銘感，怎麼說個怪字！」張軌如道：「兄

❷ 解手：解除危難的辦法。

若不怪小弟，可搬到小弟園中再盤桓幾日，也不枉朋友相處一場，便是厚情。」蘇友白因此事胡塗，未曾見個明白，也未肯就去。聽見張軌如如此說，便將計就計，說道：「小弟蒙兄盛情殷殷，不啻飲醇，也未忍便戛然而去。只恐在尊園打攪不便。」張軌如道：「既念朋友之情，再不要說這些酸話。」遂叫小喜道：「小管家，可快快收拾了行李過去。」蘇友白道：「小弟偶爾到此，止有馬一匹在後面，并不曾帶得行李。」張軌如道：「這等一發妙了。」便立等蘇友白梳洗了同來。蘇友白只得辭謝了靜心，叫小喜牽了馬，同到張軌如園中來作寓。張軌如茶飯比先更殷勤了幾分。正是：

有心人遇有心人，彼此虛生滿面春。
誰料一腔貪色念，其中各自費精神。

三人正在書房中閒談，忽家人報道：「前日白老爺家的那一位老管家又來了。」張軌如聽了，喜不自勝，便獨迎出亭子來，只見董老官也進來，相見過，董老官便說道：「老爺拜上相公，昨日多有簡慢。」張軌如道：「昨日深叨厚欵，今日正要來拜謝，不知為何又承小老下顧？」董榮道：「老爺有一位公子，今年一十五歲，老爺因慕相公大才飽學，欲屈相公教訓一年。已備有關書聘禮在此，求相公萬勿見拒。」張軌如聽了，摸不著頭路，又不好推辭，又不好應承，只得拿了關書與聘禮轉走進來，與王文卿蘇友白商議道：「此意卻是為何？」蘇友白道：「此無他說，不過是慕兄高才，要親近兄的意思。」張軌如道：「先生與女婿大不相同，莫非此老有個『老夫人變卦』之意？」王文卿笑道：「兄特想遠了，此乃是他愛惜女兒，恐怕一時選擇不到，還要細細窺探，故請兄去以西賓為名，卻看兄有坐性沒坐性，肯讀書不肯讀書。此乃漸入佳境，絕妙好機會，兄為何還要遲疑。」張軏如聽了方大喜，重走出來對董榮說道：「我學生從來不輕易到人家處館，既承老爺見愛，卻又推辭不得，只得應允了。但有一件事，要煩小老稟過老爺，須得一間僻靜書室，不許閒人攪擾，真讀得書方妙。」董榮道：「這個容易。」遂起身辭了，竟來回復白公。

白公見張軏如允了，滿心歡喜，又聽見說要僻靜書房好讀書，更加歡喜。遂叫人將後園書房收拾潔淨，又揀了一個吉日，請張軏如赴館。

張軏如到了館中，便裝出許多假老成、肯讀書的模樣。起坐只拿著一本書在手裏，但看見人來，便哼哼唧唧讀將起來。又喜得學生穎郎與先生一般心性，彼此到也相合。家中人雖有一二看得破的，但是張軏如這個先生與別個先生不同，原意不在書，又肯使兩個瞎錢，又一團和氣肯奉承人，因此大大小小都與他講得來，雖有些露馬腳的所在，轉都替他遮蓋過了。這正是：

工夫只到讀書淺，學問偏於人事深。
既肯下情仍肯費，何愁奴僕不同心。

一日，白公因夢草軒一株紅梨花開得茂盛異常，偶對小姐說：「明日收拾一個盒兒，請張郎來賞紅梨花，就要他製一套時曲，叫人唱唱。一來可以觀其才，二來可以消遣娛情。」白公話纔說出，早有人來報與張軌如。張軌如聽了，這一驚不小，只得寫了個帖兒，飛星著人來約蘇友白到館中一會。蘇友白正獨坐無聊，要來探一個消息，卻又沒有頭路，恰恰張軌如拿帖子來約他，正中其意。這日要來，卻奈天色已晚，只得寫個帖子，回復張軌如說道：「明早准來。」張軌如恐怕遲了誤事，急得一夜不曾合眼。到得天一亮，便又著人來催，自家站在後園門口探望。喜得蘇友白各有心事，不待人催，已自來了。張軌如看見，便如天上吊下來的，慌忙迎著，作了一個揖，便以手挽著手兒，同走到書房中來，說道：「小弟自從進館來，無一刻不想念仁兄。」蘇友白道：「小弟也是如此，幾番要來看兄，又恐此處出入不便。」張軌如道：「他既請小弟來，小弟就是主人了，有甚不便？」正說話，只見穎郎來讀書，張軌如道：「今日有客在此，放一日學罷。」穎郎見放學，歡喜去了。

張軌如道：「許久不會，兄在小園題詠一定多了。」蘇友白道：「吾兄不在，小弟獨處其中，沒甚情興。兄在此佳人咫尺，自然多得佳句。」張軌如道：「小弟日日在此被學生纏住，那裡還有心想及此。昨日偶然到亭邊一望，望見內中一樹紅梨花，開得十分茂盛，意欲要做詩賞之，又怕費心，只打點將就做一隻小曲兒，時常唱唱。只因久不捉筆，一時再做不出。」蘇友白道：「兄不要將詞曲看容易了。作詩倒只消用平仄兩韵，凡做詞曲，連平上去入四韵皆要用得清白，又要分陰陽清濁，若是差一字一韵，便不能協入音律，取識者之誚。所以謂之填詞，倒由人馳騁不得。」張軌如道：「原來如此繁難，倒是小弟不曾胡亂做出來惹人笑話。兄如不吝金玉，即求小小做一套，待小弟步韵和將去，便無差失了。不知仁兄可肯見教？」蘇友白道：「做詞賦乃文人的家常茶飯，要做就做，有甚麼肯不肯。但不知這一株紅梨花在何處，得能夠與小弟看一看，便覺有興了。」張軌如道：「這株梨花是他夢草軒中的，若要看，只消到百花亭上一望，便望得見了。」二人同攜著手走過園來，到了百花亭上，隔著墻往內一望，只見一株紅梨花樹高出墻頭，開花如紅血染成，十分可愛。蘇友白看了，贊賞不已，因說道：「果然好花，果該題詠。只可惜隔著墻，看得不十分快暢，怎能得到軒子中一看，便有趣了。」張軌如道：「去不得了，這夢草軒是白太老的內書房，內中直接著小姐的繡閣，豈肯容閑人進去。」蘇友白道：「原來與小姐閨閣相通，自然去不得了。」

二人又在百花亭望了一會，方纔回到館中坐下。張軌如一心只要蘇友白做曲子，又恐怕遲了，蘇友白一時做不完。又恐怕做完了，倉卒中一時讀不熟，便只管來催。蘇友白亦心中想著小姐，無以寄情，遂拈起筆來，任情揮灑。只因這一套曲子，有分教：俏佳人私開了香閣，醜郎君坐不穩東床。這正是：

從來黃雀與螳螂，得失機關苦暗藏。
漫喜竊他雲雨賦❸，已將宋玉到東墻。

不知蘇友白果然做曲子否，且聽下回分解。

❸ 雲雨賦：指戰國時楚國宋玉之高唐賦，其序敘楚懷王與巫山之女幽會，其女有「旦為朝雲，暮為行雨」之說，故俗稱高唐賦為雲雨賦。

第九回　百花亭撇李尋桃

詩曰：

冷暖酸甜一片心，個中別是有知音。
樽前聽曲千行落，花底窺郎半面深。
白璧豈容輕點染，明珠安肯亂浮沉。
拙鳩費盡爭巢力，都為鴛鴦下繡針。

話說蘇友白被張軌如催逼要做曲子，也因思想小姐，便借題遣興，信筆填詞。只見楮硯中筆墨淋漓，不消數刻工夫，早已做成一套時曲。遞與張軌如道：「草草應教，吾兄休笑。」張軌如接了，細細一看，只見上寫著：

步步嬌詠紅梨花

素影從來宜清夜，愛友溶溶月。誰知春太奢，卻將滿樹瓊姿，染成紅燁。休猜杏也與桃耶，斑斑疑是相思血。

沉醉東風

擬霜林嬌紅自別，羞半片御溝流葉。儷絳雪幾枝斜，美人亭榭。忽裁成綃衣千疊，明霞淡些，凝脂艷些，恰可是杜鵑枝叫舌。

好姐姐

多時雲魂瘦撤，因何事汗透香頰？想甘心殉春，拚紅雨濺香雪。斷不許癡蜂蝶，作殘紅浪竊。

月上海棠

痕拖纈，春工細剪春心裂。遍水邊林下，錦沓香車。掩朱簾，醉臉微侵。燒銀燭，新妝深射銷魂者，定是憐才嘔心相謝。

五供養

紅哥綠姐，便叢叢深色，別樣豪奢。雨晴肥瘦屬紅白，主賓遮，嗔嬌怨冶，似不怕東風無藉。想人靜黃昏後，月光斜，恍疑是玉人悄立，絳紗遮。

玉胞肚

芳心難滅，任如堆穠艷，猶存淡潔。傷素心薄事鉛華，逗紅淚深思鑽穴。祇知淡，不與濃接，不信東皇多轉折。

水紅花

紅兒眉壓雪兒睫，換春喋，花神扭捏。丰姿元與冷相協，為情竭，嫣然脫卸。因甚當年貞守，今日忽鮮擷。想于歸，繡裙揭也囉。

雙聲子

改妝聊自悅，吊影忽悲咽。十二重門深深設，是誰遣紅線紅綃來盜妾。

尾聲

啣杯細究花枝節，又添得詩人一絕，真不負紅梨知己也。

張軌如看完了，滿心歡喜，不住口的稱贊道：「兄真仙才，小弟敬服。」蘇友白道：「一時適興之詞，何足挂齒。」張軌如拿著看了又看，念了又念。蘇友白只道他細看其中滋味，不知他是要讀熟了，因說道：「遊戲之作，只管看他怎的。兄原許步韻，何不賜教？」張軌如道：「小弟凡做詩文，必要苦吟思索方能得就，不似兄這般敏捷，容小弟夜間睡不著和了請教罷。」遂將曲稿又看了一遍，就折一折籠在袖中。又將些閒話與蘇友白講講。

不多時，忽一個童子走將來說道：「老爺在夢草軒請張相公去說話。」張軌如道：「有客在這裡怎麼好？」蘇友白道：「既是東翁請兄，小弟別過罷。」遂要辭出。張軌如欲要放蘇友白去了，又恐怕一時間有甚難題目，沒有救兵，只得留蘇友白道：「兄回去也無甚事，何不在此寬坐一會，小弟略去見見主人，就來奉陪。況此間甚是幽靜，再無人來，兄儘可遊覽。」蘇友白本要尋訪消息，見張軌如留他，便止住道：「既這等說，兄請自便，小弟自在此閒耍。」張軌如說一聲「得罪了」，遂同童子竟往夢草軒來。

到了軒子上，白公接著，說道：「又有幾日不會先生，頓覺鄙吝復生。今見紅梨盛開，敢屈先生來賞玩片時。」張軌如道：「晚生日日叨陪令郎讀書，也不知春色是這等爛熳了。蒙老先生垂愛，得覩芳菲，不勝厚幸。」白公道：「讀書人，也不要十分用工太急，傷損精神，遇著花晨月夕，還要閒散散為妙。」隨叫左右在紅梨花下，擺開一個攢盒兒，同張軌如看花小飲。飲了數杯，白公說道：「先生在館中讀書之暇，一定多得佳句，幸賜教一二。」張軌如道：「晚生自到潭府❶，因愛花園清幽，貪讀了幾句死書，一應詩詞並不曾做得。」白公道：「今日花下卻不可虛度。」張軌如見白公說的話與傳來消息相近，料定是這個題目，又因袖中有物，膽便大了，遂說道：「老先生倘不嫌俚俗，晚生即當獻笑。」白公道：「先生既精於詩賦，這歌曲一定也是妙的了。前日因吳中一個敝年家，送了兩個歌童，音齒也

❶ 潭府：深宅大院，對別人住宅的尊稱。水深為潭。

還清亮，只是這些舊曲唱來，未免厭聽。先生既有高興，就以此紅梨為題，倒請教一套時曲，叫歌童唱出，得時聆珠玉，豈不有趣。不知先生以為何如？」張軌如聽見，字字打到心窩，便欣然答應道：「老先生台命，焉敢有違。但恐巴人下里❷，不堪入鍾期❸之聽。」白公大喜，隨叫左右取過紙筆，鋪在案上。又叫奉張相公一杯酒，張軌如喫乾了，便昂昂然提起筆來竟寫。不期纔寫得前面三四個，後邊的卻忘記，想了半晌，再想不起，只得推淨手，起身走到個僻靜花架背後，暗暗將袖中原稿拿出又看了幾遍，硬記在心，忙忙回到席上，寫完了，送與白公看。白公細細看了，大加歎賞道：「此曲用意深婉，吐辭香俊。先生自是翰苑之才，異日富貴當在老夫之上。」張軌如道：「草茅下士❹，焉敢上比雲霄，言之惶愧。」二人一問一答，在花下痛飲不題。

且說紅玉小姐，自從得了兩首和韵的新柳詩，因嫌他寫得俚俗，遂將錦箋，自家精精緻緻并原唱重寫在一處，做一個錦囊盛了，便日夕吟諷不離。以為配得這等一個才子，可謂滿心滿願。但聞此生有才無貌，未免是美中不足，因此時時心下有幾分不快，每日沒精沒神，只是悶悶不語。這一日午妝罷，忽思量道：「前日嫣素說得此生十分醜陋，我想他既有才如此，縱然醜陋，必有一種清奇之處。今日嫣素幸得不在面前，莫若私自去偷看此生，端的如何？若果非佳偶，率性絕了一個念頭，省得只管牽腸掛肚。」主意定了，遂悄悄的開了西角門，轉到後園中來。忽聽得百花亭上有人咳嗽，便潛身躲在一架花

❷ 巴人下里：指民間通俗歌曲。巴，古國名，地域在今四川東部；下里，鄉里。

❸ 鍾期：鍾子期。見第四回注❷。

❹ 草茅下士：在野未出仕的士人。

屏風後，定睛偷看。只見一個俊俏書生，在亭子上閒步。怎生模樣：

書生之態，弱冠之年。
神凝秋水，衣剪春煙。
瓊姿皎皎，玉影翩翩。
春情吐面，詩思壓肩。
性耽色鬼，骨帶文顛❺。
問誰得似，青蓮謫仙❻。

紅玉小姐看了，只認做張軌如，心下驚喜不定道：「這般一個風流人物，如何嫣素說是醜陋？」那曉得是蘇友白在書房中坐得無聊，故到亭子上閒步。小姐偷看了半晌，恐怕被人瞧見，便依舊悄悄的走了回來。

只見嫣素迎著說道：「飯有了，小姐卻獨自一個那裡去來？我四下裏尋小姐，再尋不見。」小姐含怒不應，嫣素又道：「小姐為何著惱？」小姐罵道：「你這個賤丫頭，我何等待你，你卻說謊哄我，幾乎誤我終身。」嫣素道：「小姐說得好笑，嫣素自幼服侍小姐，從不曉得說謊，幾時曾哄小姐？」小姐

❺ 顛：本根。
❻ 青蓮謫仙：李白，字太白，號青蓮居士，有謫仙之美譽。謫仙，指才行高邁的人，意謂非人間所有。

道：「既不哄我，你且說張郎如何醜陋。」嫣素笑道：「原來小姐為此罵我！莫說是罵，小姐就是打死嫣素，也難昧心說出一個好字來。」小姐又罵道：「你這賤丫頭，還要嘴強，我已親看見來了。」嫣素道：「小姐看了來，卻是如何？」小姐道：「我看此生風流俊雅，國士無雙，你為何這等毀謗他？」嫣素道：「又來作怪，小姐的眼睛平日最高，今日為何這樣低了，莫要錯認劉郎作阮郎❼！」小姐道：「後園百花亭上，除了他，再有誰人到此？」嫣素道：「我決不信，那副嘴臉風流的，待我也去看看。」遂慌忙到花園裡來。

此時蘇友白已走下亭子，到各處去看花。嫣素到了亭子上，不見有人，便東張西望。蘇友白看見有個侍妾來，倒躲入花叢中去偷看。只見那侍妾生得：

梨影拖肩柳折腰，綠羅裙子繫紅綃。
雖然不比嬋娟貴，亦有婀娜一種嬌。

蘇友白看了半晌，恐怕走出來驚了他進去，到讓他走下亭子來，卻悄悄的轉到他身後，低低叫一聲：「小娘子尋那一個，這般探望？」嫣素急回頭一看，看見了蘇友白是個年少書生，心下又驚又喜，道：「你是甚麼人？為何躲在此處？」蘇友白道：「小生是和新柳詩不第的舉子蘇友白，流落在此，望小娘子可

❼ 錯認劉郎作阮郎：劉郎，劉晨。阮郎，阮肇。南朝宋劉義慶幽明錄記東漢明帝永平年間，劉晨與阮肇在天台山遇仙女，十日後離去，人間已過七世。

憐。」嫣素道：「我看郎君人物風流，不像個無才之人，為何到被遺了？」蘇友白道：「小生荒疏之句，自不能邀小姐見賞。只是小姐何等高才明眼，所賞之人卻又可笑。」嫣素道：「郎君到不要輕薄，那張家郎君，人物雖萬分不如郎君，然其詩思清新，其實可愛。小姐只見詩，不見人，所以取他。」蘇友白笑道：「倘因人物取他猶可，若說因詩句取他，一發奇了。」嫣素道：「妾聞詩有別才，或者各人喜好不同。」蘇友白因歎一口氣道：「我蘇友白平生一點愛才慕色的癡念頭，也不知歷多少淒風苦雨，今日方纔盼望著一個有才有色的小姐，想小姐十年待字，何等憐才，偏偏遺落我多情多恨的蘇友白！」又歎一口氣道：「總是寒儒無福，說也徒然。」嫣素看見蘇友白說到傷情處，悽悽惻惻，將欲吊下淚來，甚覺動情，因安慰他道：「我聽郎君之言，憤懣不平，似怨小姐錯看了郎君的詩句。我小姐這一片愛才心腸，可質鬼神，一雙識才俊眼，猶如犀火。既郎君不服，何不把原詩寫出，待妾送與小姐再看。倘遺珠重收，也不見得。」蘇友白聽了，慌忙深深一揖，說道：「若得小娘子如此用情，真死生不忘。」嫣素道：「郎君不要耽遲，快寫了來，妾要進去。」蘇友白急急走到書房中，尋了一幅花箋，寫了二詩，疊成一個方勝兒❽，忙走出來遞與嫣素，道：「煩小娘子傳與小姐，求小姐千萬細心一看，便不負我蘇友白一段苦心。」嫣素道：「決不負郎君所托。」

蘇友白還要纏他說話，忽聽得張軌如喫完了酒，一路叫將來道：「蓮仙兄在那裡？」嫣素聽見，慌忙往亭子後躲了進去。蘇友白轉迎出來道：「小弟在此閒步。」張軌如道：「小弟失陪，多得罪了。」蘇友白道：「當得。」張軌如道：「白太老還要留小弟談講，是小弟說兄在這裡，他就要接兄同去一坐，

❽ 方勝兒：兩個菱形壓角相疊成的式樣。

又見席殘了，恐怕褻瀆，纔肯放小弟出來，又送了一個盒兒在此，我們略去坐坐。」遂一把手攙了蘇友白，到書館中去喫酒。二人說說笑笑，直喫到日色啣山，纔叫人送蘇友白回花園去不題。

且說嫣素袖了詩稿，忙走回來笑對小姐說道：「我就說是小姐錯看了。」小姐道：「怎麼錯看？」嫣素道：「張相公若是這等一個人物倒好了。」小姐道：「既不是張郎，卻是何人？」嫣素道：「他是張相公的朋友，姓蘇。」小姐道：「他為何在此？」嫣素道：「他說為和新柳詩而來，只因不中小姐之意，故流落在此。」小姐聽了，不覺柳眉低蹙，杏臉生愁，忽長嘆一聲道：「似張郎這等有才，卻又無貌；似此生有貌，卻又無才。何妾緣之慳而命之薄也！」嫣素道：「若論那生人品，便是不會做這幾句詩，也配得過小姐了。」小姐道：「我非不愛此生之貌，但可惜他這等一個人，為何不學？」嫣素道：「我也是這等說他，他到不說自家詩不好，轉埋怨小姐看錯他的。」小姐道：「我與老爺愛才如性命，雖一字之佳，必拈出賞玩，安能錯看？」嫣素道：「我初時也不信他，因見他行藏文雅，舉止風騷，說的話字字關心，像一個多情才子，故叫他將原詩寫了來與小姐再看，不要埋沒了人。」遂在袖中取出遞與小姐。小姐展開一看，大驚道：「為何與張郎的一字不差？」嫣素聽說也驚訝道：「這等一定是做不出，盜竊來的了！」小姐細想了一想，又將詩看了一遍，道：「這詩乃張郎盜竊此生的。」嫣素道：「小姐怎麼看得出？」小姐道：「張郎因此二詩，已為入幕之賓，誰不曉得？此生既與他為友，必知其詳，焉肯又抄寫來，自貽其羞？況張郎寫得字跡鄙俗可憎，此生雖匆匆潦草，卻不衫不履，筆筆龍蛇，豈不是張郎盜竊。」嫣素道：「小姐這一想，十分有理。何不速與老爺說明，把張相公搶白一場，打發了去，早早嫁了此生，豈不是一對有才有貌的好夫妻。」小姐道：「想便是這等想，如何便對老爺說得？」嫣素道：「怎麼說不得？」小姐道：「今日傳此二詩，乃是私事。若對老爺說了，倘老爺問此二詩從何得來，卻怎生應答？況此生之才未知真假，若指實了他有才，老爺必要面試。倘面試時做不出來，我們明明無私，卻不倒有私了，老爺豈不疑心？」

正說未了，忽一個侍妾拿了一幅稿兒，遞與小姐道：「老爺說這是張相公方纔在夢草軒當面做的，叫送與小姐看。」小姐接在手，打發那侍妾去了，卻展開一看，卻是一套詠紅梨花的曲子。小姐細細看了一遍，稱羨不已。心中暗想道：「我的新柳詩久傳於外，還說得個盜竊。這曲子乃臨時因景命題，難道也是盜竊？」便只管沉吟。嫣素見小姐沉吟，便說道：「小姐不要沒主意，辜負那生才貌。」小姐道：「我的心事，你豈不知？倘此生才不敵貌，若嫁了他，不獨辜負老爺數年擇婿之心，就是我一腔才思，也無處吐露，豈可輕易許可。」嫣素道：「據此生說來，百分才學，甚是譏笑張相公。難道一無所長，敢這等輕薄。」小姐道：「我也曉得必無此事，但終身大事，不敢苟且。除非面試一篇，方纔放心。」嫣素道：「這也不難，我看此生多情之甚，他既貪想小姐，必定還要來打探消息。待他來時，小姐出一個難題目，等我傳與他，叫他立刻就做一篇，有才無才，便曉得了。」小姐道：「如此甚好。只要做得隱密些，不要與人看見方妙。」嫣素道：「這個自然。」二人商量定了，方纔歡歡喜喜。正是：

只為憐才一念，化成百計千方。
分明訪賢東閣，已成待月西廂。

二人只因算出這條計來，便或早或晚，時時叫嫣素到後園來探望。爭奈蘇友白因是個侍郎人家，不好只管常來，就來兩遭，或是張軌如陪著，或是穎郎同著，嫣素只好張一張，又躲了去，那裡敢出頭說話，所以往往不得相遇。

忽一日，白公在家，有人來報道：「楊御史老爺由光祿卿新陞了浙江巡撫，今來上任，因過金陵，特特枉道來拜老爺。先打發承差來報知，楊老爺只在隨後就到了。」白公笑道：「城中到此有六七十里，此老特特而來，可謂改過修好矣。若是怠慢了他去，倒是我的器局小了。」因吩咐家人一面收拾書房留住，一面打點酒席款待。又叫了一班戲子伺候。因想無人陪他，欲要到村中請兩個鄉宦，又無大鄉宦，又不相知，反恐不便，莫若只叫張郎來陪，倒是秀才家不妨。打點停當，到了午後，楊巡撫方到。白公與他相見過，敘了寒溫，就設席在大廳上，做戲留他飲酒，命張軌如相陪不題。

卻說蘇友白打聽得有這個空，便悄悄閃入後園來，後園管門的見蘇友白時常往來，也不盤問。況此時前廳忙亂，無一人到後園來，故蘇友白放心大膽走到亭子上來，四下觀望。恰好嫣素有心，正在那裏窺探，剛剛撞著。蘇友白喜不自勝，慌忙上前深深一揖，說道：「小生自前日蒙小娘子錯愛之後，朝夕在此盼望，並無空隙能見小娘子之面，忘飧廢寢，苦不可言。今日僥倖前廳有客，故得獨候於此。多感小娘子見憐，亦如有約而至，誠萬幸也。但不知前日荒疏之句，曾復蒙小姐一盼否？」嫣素道：「詩倒見了，只是郎君二詩與張郎二詩一字不差，不無盜竊之弊。小姐見了，不勝駭異。正要請教郎君，此何意也？」蘇友白驚訝道：「原來如此！我說張軌如之詩如何入得小姐之眼，煩小娘子達知小姐，此二詩實小生所作，不意為張軌如盜竊，非小生不肖。」嫣素道：「誰假誰真，何以辨別？」蘇友白道：「此易辨也。此二詩若果張生之作，已為老爺小姐所賞，小生復盜竊以獻，將誰愚也。」嫣素道：「前日小姐亦作此想。又因面試張郎紅梨花曲，乃一時新題新製，與前二詩若出一手，豈復是盜竊郎君之作耶？」蘇友白笑道：「若說紅梨花曲，一發是盜竊小生之作了。」嫣素驚訝道：「那有此事，紅梨曲乃老爺見夢草軒紅梨盛開，一時高興，要張郎做的。此種梨花，別處甚少，郎君何以得知，便先做了與張郎盜竊？」蘇友白道：「此曲原非小生宿搆，就是遇小娘子的這一日，張軌如絕早著人請小生來，就引小生在此亭子上望著內中紅梨花，勒逼要做。小生因慕小姐，見物感懷，故信筆成此，誰知又為張郎作嫁衣裳也。殊可笑，殊可恨。小娘子若不肯信，況張郎不死，小生現在，明日當面折對，真假便見了。」嫣素笑道：「原來有許多委曲，老爺與小姐如何得知？不是這一番說明，幾落奸人之局矣。郎君勿憂，待我進去與小姐說知，斷不有負郎君真才實貌也。」蘇友白又深深一揖道：「全仗小娘子扶持，決當圖報。」

嫣素去了一會，忙忙出來說道：「小姐說張郎踪跡固有可疑，郎君之言，亦未可深信，今且勿論。但問郎君既有真才，今有一題，欲煩郎君佳製，不識郎君敢面試否？」蘇友白聽了，笑容可掬，歡喜無盡，道：「我蘇友白若蒙小姐垂憐面試，便三生有幸了。萬望小娘子作成，速速賜題。」嫣素笑道：「郎君且莫深喜，小姐的題目也不甚容易。」因於袖中先取出花箋一幅，并班管一枝，遞與蘇友白，隨又取出小小古硯一方，并水壺黑墨，放在一塊石上，道：「小姐說，古才人有七步成詩者，郎君既自負，幸不吝一揮。」蘇友白接了花箋，展開一看，不慌不忙，便欲下筆。只因這一詩，有分教：佳人心折，才子眉揚。正是：

巧之勝拙，不過一時。
久而巧敗，拙者笑之。

不知蘇友白可能做詩，且聽下回分解。

第十回　一片石送鴻迎燕

詩曰：

從來人世美前程，不是尋常旦夕成。

黼黻❶千端方是袞❷，鹽梅百備始為羹。

大都樂自愁中出，畢竟甘從苦裡生。

若盡一時僥倖得，人生何處見真情。

話說蘇友白接了花箋在手，展開一看，卻是一幅白紙，並無題目在上。因問嫣素道：「小姐既要面試小生，何不就將題目寫在箋上？」嫣素道：「小姐說，閨中字跡不敢輕傳，題目叫妾口授。」蘇友白道：「原來如此慎重，願聞題目。」嫣素道：「題目一個是送鴻，一個是迎燕。送鴻以『非』字為韻，迎燕以『棲』字為韻，都要七言律詩一首。」蘇友白聽了道：「題目雖不難，小姐好深情也，好慧心也。」嫣素道：「郎君何以見得？」蘇友白道：「目今春夏之交，正是燕來鴻去之時。且喻意『送鴻』

❶ 黼黻：古代禮服上繪繡的花紋。

❷ 袞：古代帝王及公侯大夫的禮服。

者，欲送張君也；『迎燕』者，欲迎小生也。送鴻以『非』字為韵，以張郎為非人也；迎燕以『棲』字為韵，意欲小生雙棲也。非深情慧心，安能辨此？小生且無論妄想要親近小姐，即今日得此一題，已出萬分僥倖，我蘇友白不虛生矣。」即研墨濡毫，將花箋斜横在一塊臥雲石上欲寫。嫣素道：「郎君且慢慢歡喜，還有難題目在後面哩。」蘇友白道：「又有何說？」嫣素道：「每句上還要以金、石、絲、竹、匏、土、革、木八音冠首。小姐說婚姻大事，舉動必須禮樂，今雖草草不能備，聊以此代之。」蘇友白連連點頭道：「有理，有理。貞淑之風，愈使人景仰不盡矣。」口裡說著，不覺情興勃勃，詩思泉湧，正要賣弄才學，提起筆來如龍蛇飛舞，風雨驟至。不一時，滿紙上珠璣亂落。

讀書破萬卷，下筆如有神。
謾道謙為德，才高不讓人。

蘇友白須臾之間，即將二詩題就，半行半楷，寫滿花箋，雙手遞與嫣素道：「煩致小姐，幸不辱命。」嫣素見蘇友白筆不少停，倏成二詩，心下又驚又愛，道：「詩中深意，賤妾不知，然郎君敏捷至此，足令青蓮減價，真可敬也。我小姐數年選才，今日可謂得人矣。」蘇友白道：「荒蕪之詞，一時塞責，恐不足以當小姐清賞，萬望小娘子為小生周旋一二，沒齒不敢負德。」嫣素道：「郎君佳作，賤妾領去。但此時日已暮矣，恐不及復命，郎君且請回。明日前廳客尚未去，張郎自然無暇，請與郎君再會于此，定有佳音相報。」蘇友白道：「日暮小生自應告退，但不知乘此昏夜無人，可能邀小姐半面否？」嫣素道：「郎君此言差矣。小姐乃英英閨秀，動以禮法自持。即今日之舉，蓋為百年大事選才，並非怨女懷春之比。郎君若出此言，便是有才無德，轉令小姐看輕，此事便不穩了。」蘇友白驚訝，連連謝罪道：「小生失言矣。小娘子高論，自是金玉，敢不謹從。小生今且告退，明日之會，萬勿爽約。」嫣素道：「決不爽約。」蘇友白又深深一揖，辭了嫣素，閃出後園，悄悄去了不題。

卻說嫣素袖了詩箋，收了筆硯，笑嬉嬉來見小姐，說道：「那蘇家郎君真好聰明。」小姐道：「如何見得？」嫣素道：「我將題目與他，他一見了，便將小姐命題微意，一一說破，連稱小姐慧心不已。若非二十分聰明，那裡就領略得來？」小姐道：「小小聰明，人或有之，但不知真才何如？此二詩，恐上下限韵，一時難於措手，你為何就進來了？莫非他以天晚不能完篇，帶回去做了？」嫣素笑道：「他若不能完篇，帶了回去，莫說小姐，就是嫣素也不重他了。」小姐道：「既不帶去，怎生不做？」嫣素道：「怎麼不做？他展開花箋，提起筆來，想也不想一想就信筆而寫。嫣素在旁看他，眼睛轉也不轉一轉，他二詩早已寫完，真令人愛殺。果是風流佳婿，小姐萬萬不要錯過。」小姐道：「如今詩在那裏？」嫣素方纔從袖中取出，遞與小姐道：「這不是！難道嫣素敢哄騙小姐不成。」

小姐接了一看，只見筆精墨良，先已耀耀動人。再細細讀來，只見：

送鴻限非字

金秋景物隔年非，石蕨沙蘆春不肥。
絲柳漸長聲帶別，竹風未暖夢先歸。

匏瓜莫繫終高舉，土穀難忘又北飛。
革面胡兒還習射，木蘭舊戍慎知機。

迎燕限棲字

金鋪文杏待雙棲，石逕陰陰引路迷。
絲棘漸添簾幙影，竹風新釀落花泥。
匏尊❸莫慰烏衣恨❹，土俗休將紅雨啼。
革故倘思重作壘，木香亭畔有深閨。

小姐看了一遍又看一遍，不禁贊歎道：「好美才，好美才！勿論上下限韵，絕不費力；而情思婉轉，字句清新。其人之風流俊秀，如在紙上，吾不能寤寐忘情矣。但此事被張家那畜生弄得顛倒在此，卻將奈何！」嫣素道：「這也不難。小姐若自對老爺說，恐老爺疑我等有私。何不叫蘇相公自見老爺剖明，與張家厭物當面一試，真假立辨矣。」小姐道：「是便是如此說，但我思凡事只可善善為之，不可結怨。你不記得老爺在京時，只為惡辭了楊御史親事，後來弄了多少風波。我看張家這畜生如此設謀，決非端

❸ 匏尊：又作匏樽，葫蘆作的酒樽。
❹ 烏衣恨：烏衣，指南京烏衣巷，東晉王、謝大族所居之地。唐詩有「舊時王謝堂前燕，飛入尋常百姓家」句，烏衣恨由此句脫出。

士，若使他當場出醜，況蘇生孤族，恐未免又生事端，反為不妙。」嫣素道：「小姐所慮固是，但如此畏首畏尾，此事何以得成？」小姐道：「以我想來，莫若叫蘇生且回京城去，不必在此。張家畜生無人代筆，我再要老爺考他一考，自然敗露而去。那時卻叫蘇生只求舅老爺書來作伐，再無不諧之理矣。」嫣素聽了歡喜，道：「小姐想得甚是有理，蘇相公稱贊小姐深情慧心，真不虛也。明日果是佳人才子，天生一對也，便是嫣素也覺風光。」二人算計定了，小姐只把詩箋吟玩，嫣素便去前廳打聽明日留楊巡撫的事情。

到了次日，白公果留楊巡撫不放，張軌如時刻相陪，那有工夫到後園來。蘇友白探知，捱過午後，便依舊踅入後園，竟到亭子上潛身等候。不多時，只見嫣素笑吟吟走出來，對著蘇友白說道：「郎君好信人也。」蘇友白忙忙陪笑作揖道：「小生思慕小姐，得奉命趨走，實出僥倖，何足言信。多蒙小娘子以真誠相待，時刻不爽，真令人感激無地。」嫣素道：「君子既求淑女，安知淑女不慕君子？人同此心，誰不以誠。」蘇友白道：「小娘子快論，使小生仰慕之心愈堅矣。」嫣素道：「閒話且慢說。昨日郎君佳作，小姐再三捧誦，不忍釋手，以為謫仙以後，一人而已。」蘇友白道：「鄙詞既蒙小姐垂青，但如今事體差訛，不知小姐何以發付？」嫣素道：「小姐昨日與賤妾再三商議，欲要與老爺說明，又恐事涉於私，不好開口。欲煩郎君當面辨明，又恐郎君與張郎為仇，必多一番口舌，故此兩難。如今算來算去，止有一條好路，叫郎君不必在此惹人耳目，請速速回去，只央我家舅老爺來說親，再無不成之理。張家厭物，郎君去後，小姐自叫老爺打發他去，豈不兩全。」蘇友白道：「小姐妙算可謂無遺，但只愁小生此去求人，未必朝夕便來，倘此中更有高才捷足者先得之，那時卻叫我蘇友白向何處申冤？」嫣素道：

「郎君休得輕覷我家小姐，我家小姐貞心定識不減古媛，今日一言既出，金玉不移。郎君只管放心前去，管留此東床，待君坦腹。」蘇友白道：「小娘子既如此說，小生今日便回去，求你家舅老爺去。但不知你舅老爺是那個？」嫣素道：「我家舅老爺是翰林院侍講吳爺，你去一問，那一個不曉得？」

說不了，只聽得廳後有人一路叫進後園來，道：「管園的，快些打掃，楊老爺就要進園裏來喫酒了。」嫣素聽見，忙說道：「你我言盡於此，郎君可快快出去，不必再來。就再來，也不得見我了。」說罷，往花柳叢中一閃而去。

蘇友白亦不敢久停，也忙忙抽身出來。一路上暗想道：「他方纔說他家舅老爺是翰林侍講吳爺，我想金陵城中翰林院姓吳的，止有吳瑞庵一人，若果是他，只又是冤家路窄矣。他前日以女兒招我，我再三不從，連前程都黜退了。我如今反去央他為媒，莫說他定然不肯，就是他肯，我也無面去求他。」一路上以心問心，不覺到了張軌如園裏。此時王文卿因城中有事，連日未來。管園的并小喜接著，打發喫了夜飯就睡了。次日起來，寫下一封書，留與張軌如、王文卿作別。喜得原無行李，只叫小喜牽了馬，仍舊望觀音寺裡來。一者辭辭靜心，二來就要問他，吳翰林可是吳珪。

恰好靜心立在山門前，看一個小沙彌掃地。看見蘇友白來，連忙迎上前作揖道：「蘇相公，連日少會，今日為何起得這等早？」蘇友白道：「今日欲回城中去了，特來辭謝老師。」靜心道：「原來如此，請到小房用了飯去。」蘇友白道：「飯已用過，倒不消了。我且問你一聲，那白侍郎的舅子姓吳的，可就是翰林的吳珪？」靜心道：「正是他。前番告假回來，如今聞得又欽詔進京去了。他若在家，也時常到這裡來。」蘇友白聽了，心下著實不快。遂別了靜心，上了馬，轉出村口來。欲要回京城中去，眼見得吳翰林不可求了。欲要再回張園去尋嫣素說明，他已說絕不得見了。在馬上悶悶無已，信著那馬，走一步，懶一步。正是：

聖人失意喪家狗，豪傑逃生漏網魚。
君子好逑求不得，道途進退費躊躕。

蘇友白在馬上躊躕，納悶既多時，忽然想起來道：「我前日來此，原為要到句容鎮上去見賽神仙，因有白小姐一事，遂在此耽閣了許久，竟忘懷了。他既知我為婚姻出門，今日婚姻有約，當此進退無門之時，何不去尋他一問？」遂勒馬望西南句容鎮上而來。行不上一二里，心下又想道：「前日要見賽神仙，只為婚姻沒有著落。今日婚姻已明明有了白小姐，我若不得白小姐為婦，雖終身無婦，亦不他求。求親門路，嫣素已明明叫我去央吳翰林，如今只消自家謀為，何必又去問賽神仙。問了他，他說此事成得，終須也要自去求人，難道他肯替我去求？他若說此事不成，我難道就依他罷了？莫若還是老了面皮，只依嫣素之言，去央吳瑞庵為上，或者他在他親情上好，肯也。」不期心下一轉，遂又勒馬復回舊路而行。

行不上十數里，因往返躊躕，早已日色平南，腹中覺飢。便兜住馬四下一望，只見東南大路傍一村人家，欲要去買些飯喫，又不知內裏可有店舍。正在徘徊之際，忽見對面一人也乘馬而來，後面跟隨著三四個僕從，行到面前，彼此一看，大家驚喜，卻是認得的。那人便先開口叫道：「蓮仙兄為何在此？」

蘇友白忙答道：「我道是誰，原來是言從兄，小弟一言難盡。」那人道：「久不見兄，時時渴想。既在此相遇，此間不是說話處，幸得寒舍不遠，請到寒舍一敘。」蘇友白道：「尊府卻在何處？」那人用手指著路旁村中道：「即此就是。」蘇友白道：「實不相瞞，小弟此時僕馬皆饑，正在此商量，恰好遇兄，既尊府不遠，只得要相擾了。」那人大喜，遂與蘇友白並馬竟入村來。正是：

鄭莊千里隻身行❺，司馬邀來一座傾❻。
不是才名動天下，如何到處有逢迎。

原來那個人也姓蘇，雙名有德，表字言從。與蘇友白同姓不同宗，也是學中朋友，文字雖不大通，家道卻十分富厚。年紀二十五歲，單在酒色上用心。只有一件長於人處，乃是揮金結客。因斷了絃，正在城中四下裡相親回來，恰好與蘇友白相遇，邀了來家。

到得門前，二人下馬，迎入中堂。相見過，蘇有德一面就吩咐家人道：「快些先備便飯來喫，蘇相公餓了，吃了飯，慢慢用酒。」家人應諾，不一時酒飯齊至。蘇有德因問蘇友白道：「數月不見，竟無

❺鄭莊千里隻身行：鄭莊，西漢人，鄭當時，字莊，孝景時官太子舍人，每五日洗沐，常置驛馬在長安郊外接待賓客。因知交遍天下，有「鄭莊行，千里不齎糧」之說。事見史記汲鄭列傳。

❻司馬邀來一座傾：司馬相如被臨邛令王吉邀迎到卓王孫府上做客，時堂上賓客百數，相如登堂，「一坐盡傾」。事見史記司馬相如列傳。

處訪問，不知仁兄為何卻在此處？」蘇友白道：「小弟自從去了前程之後，適值家叔從楚中代巡回來，停舟江上，要小弟隨他進京去復命。小弟因在此無興，遂應允了。不期行到中途，偶有所阻，未及如約，家叔不能久待去了，小弟遂留在一個敝友處住了許久。今日因有小事要回城中，不期在此與仁兄相遇。不知仁兄幾時進城，有何貴幹，今日纔回。」蘇有德道：「小弟前番考了個三等，是瞞不得兄的。今秋鄉試，沒奈何只得尋條門路去觀觀場，雖不望中，也好掩人耳目，故進城去了這七八日，尚不妥當。怎如得吾兄大才，考了個案首，如今快快活活，只候掄元奪魁❼、喫鹿鳴宴❽了，怎得知小弟的苦。」蘇友白道：「這是仁兄取笑小弟了，小弟青衿已無，元魁何有？」蘇有德道：「兄離城中久，原來還不知道，前日宗師行文到學中，吾兄的前程又復了。」蘇友白道：「那有此事？」蘇有德道：「這是小弟親眼見的，難道敢欺仁兄？」蘇友白道：「宗師既趨奉紳貴，為何又有此美意？」蘇有德道：「那裡是宗師美意，我聞得原是翰林老吳之意。他起初見吾兄不從親事，一時氣怒，故此作惡。久之良心發見，豈不思辭婚有何大罪。又見仁兄默默而退，並未出一惡言，與之相觸，他意上過不去，故又與宗師說，方纔復了。」蘇友白驚喜道：「言從兄，果然如此麼？」蘇有德道：「宗師書吏與學中齋夫，俱是這等說，非小弟一人之言也。」蘇友白聽了是真，忽然喜動顏色。

❼ 掄元奪魁：鄉試第一稱解元，會試第一稱會元，殿試第一稱狀元。狀元又稱魁甲，意謂第一甲第一名。元、魁，第一。

❽ 鹿鳴宴：科舉考試後為中試者舉行的宴會。鹿鳴，古代宴群臣嘉賓所用的樂歌，得名於詩小雅鹿鳴，據考，此樂曲在魏晉以後即已失傳。

此時飯已喫完，正拿著一大杯酒在手，不覺一飲而盡。蘇有德見了道：「此乃吾兄小喜，到秋發了，方是大喜。」蘇友白道：「小弟豈以一第為得失，蓋別有所喜耳。」蘇有德道：「舍此更有何喜？吾不信矣。」蘇友白道：「不瞞兄說，小弟不喜復前程，而喜復前程之意出之吳瑞庵耳。」蘇有德道：「此是為何？」蘇友白道：「小弟因有事要求老吳，正愁他前怒未解，難於見面。今見他尚有相憐之意，明日去謁他，便不難開口了，故此喜耳。」蘇有德笑道：「老兄莫非想回念來，要求他令愛，但他令愛別有人家了。」蘇友白道：「非也。」蘇有德道：「不是為此，便是知他主場有分，要拜門生了。」蘇友白笑道：「一發不是了。」蘇有德道：「端的為何？」蘇友白笑而不言。蘇有德道：「小弟倒報兄喜信，兄有何喜，反不對小弟說，難道小弟與兄至交，有甚麼壞兄事處？或者對小弟說了，小弟還效得一臂也未可知。」蘇友白此時因心中快暢，連飲數杯，已有三分酒興，不覺便吐露真情道：「此事正要請教仁兄，豈敢相瞞。小弟有一頭親事，要求吳公作伐耳。」蘇有德想了想，驚問道：「兄莫非要央他求白太玄令愛麼？」蘇友白見說著了，不覺哈哈大笑道：「兄神人也。」原來蘇有德與白侍郎鄉村相近，白小姐才貌之美與選婿之嚴，久已深知，只恨無門可入。今見蘇友白從村裡來，又見要求吳翰林作媒，故一語就猜著了。因留心道：「白小姐之美，自不必說。但白老性拗，這頭親事，也不知辭了多少人，就是吳瑞庵作伐，也不濟事。況聞得他已選了一個姓張的做西賓，此事必待內中有些消息，方纔能成。」蘇友白見說得投機，遂將如何遇張軌如做新柳詩，如何被張軌如換了，後來如何遇嫣素之事，細細都對蘇有德說了。蘇有德便留心道：「既如此，去央老吳，一說就上。但只可惜老吳，如今又欽召進京去了。」蘇友白道：「莫說進京，便是上天，小弟也要去尋著他。」蘇有德道：「你既要進京尋他，何不就往這裡過江去近些，又到城中去何用？趁早去早來，還好鄉試。」蘇友白道：「就便去固好，只是進京路遠，前日小弟匆匆出門，行李俱無，盤纏未帶，今還要到城中去設處，方好起身。」蘇有德道：「兄有此美事，小弟樂不可言。盤纏行李小事，小弟儘可設處，何必又往城中耽閣日月。」蘇友白大喜道：「若得吾兄相貸，小弟即此北行，又到城中何用？只是吾兄高誼，何以圖報。」蘇有德道：「朋友通財，古今稍有俠氣者皆然，兄何小視於弟。今且與吾兄痛飲快談一夕，明日當送兄行也。」蘇友白道：「良友談心，小弟亦不能遽別，只得要借榻於陳蕃了。」二人一問一答歡然而飲。蘇友白又將新柳詩并紅梨曲寫了與蘇有德看，蘇有德看了，大加稱賞。直飲得痛醉方散，就留蘇友白在書房中宿。只因這一宿，有分教：李代桃僵，鵲爭鳩奪。正是：

雄狐綏綏❾，雎鳩關關。

同一杯酒，各自為歡。

二人不知如何分別，且聽下回分解。

---

❾ 雄狐綏綏：語出詩齊風南山：「南山崔崔，雄狐綏綏。」詩序詮釋此句刺齊襄公以國君而淫其妹文姜，如雄狐相隨，失陰陽之匹。後用以喻亂人閨門。

第十一回　有騰那背地求人

詩曰：

好花漫道護深深，景物撩人太不禁。
嬌蕊纔經風雨妬，幽香又被蝶蜂侵。
縱無遊子相將折，爭奈詩人挑達吟。
細與東君吊今古，幾枝絕不露春心。

話說蘇有德探知蘇友白與白小姐婚姻有約，便心懷不良，要於中取事。到次日，二人起來喫了早飯，蘇有德就叫將出外的行李不要動，又取出白銀二十兩與蘇友白，道：「些須盤纏，兄可收拾了，只要速去速來，不可耽閣。白公性傲，恐有他圖，雖小姐亦不能自主。」蘇友白深深致謝道：「承兄相助，又蒙大教，感激不盡。小弟到京，只求得吳公一封書，就星夜回來了。倘僥倖成全，皆仁兄之賜也。」說罷，就叫小喜收拾行李起身。蘇有德又叫一個得力家人，吩咐道：「蘇相公此間鄉村道路不熟，你可送到江口，看蘇相公渡了江，方可回來。」家人領命。蘇友白作謝了，竟自欣欣上馬進京不題。

原來吳翰林奉詔還京，擇了吉日起行。不期剛出城，官府相餞辛苦，不覺感冒些風寒，忽然大病起來。只得依舊回家醫治，病了月餘，方有起色。蘇有德在城中回來，知此消息，恐蘇友白進城問知，竟自去求他，便不好做手腳，故三言兩語，攛著二十兩銀子，就攛掇蘇友白進京去走空頭路，好讓他獨自行事。正是：

奸人一笑一奸生，哄弄愚生若戲嬰。
誰識老天奸更甚，借他奸計代愚營。

卻說蘇有德打發了蘇友白北行，滿心歡喜道：「我正思量白小姐，千思百慮，再無計策。不想今日有這等的好機括送將來，可謂天從人願。」遂打點了一副厚禮，竟進城來，去拜吳翰林。到了門前，叫家人尋見管門的，先就是五錢一個紙包遞過去，然後將名帖禮帖與他，說道：「我家蘇相公要求見老爺，煩你通報一聲。」管門的道：「我家老爺病纔好，尚未曾見客，只怕不便相見。」家人道：「老爺見與不見聽憑，只煩大叔通報一聲就是了。」管門的因捏著個封兒，又看見是送禮的，遂不推辭，因說道：「請相公裡面廳上少坐，等我進去通報。」家人得了口語，就請蘇有德換了頭巾藍衫，竟進廳來，隨將禮物擺在堦下。

管門人拿了兩個帖子竟進後廳來。此時吳翰林新病初起，正在後園樓上靜養身體，待好了還要進京。忽見傳進兩個帖子來，先將名帖一看，只見上寫著：「沐恩門生蘇有德頓首百拜」，再將禮帖一看，卻是紬緞、臺盞、牙笏、補服等物，約有百金。心下思量道：「此生素不相識，今日忽送此厚禮，必有緣故。」因叫進管門人吩咐道：「你去對那蘇相公說，老爺新病初起，行禮不便，故未見客。蘇相公枉顧，必有所教。若沒甚要緊，容改日相會罷；倘有急務，不妨口傳進來。厚禮概不敢領，并原帖繳還。」管門人領命出來，細細對蘇有德說知。蘇有德道：「既如此，就煩管家稟上老爺，門生此來，蓋為舍弟蘇友白的親事，其中委曲甚多，必得面陳方盡。今日老爺既不便見客，自當改日再來。些須薄禮，定要收的。再煩管家代稟一聲。」管門人又進來稟知，吳翰林聽說蘇友白親事，便道：「你再去問，蘇友白可就是前日李學院考案首的？」管門人出來問了，又回復道：「正是他。」吳翰林道：「既為此，可請蘇相公到後園來相見。」管門的忙忙出來道：「老爺叫請相公後園相見。」遂引蘇有德出了大門，轉到後園，進廳裡來坐下。

不一時，吳翰林扶了一個童子出來。蘇有德看見，忙移一張交椅在上面，說道：「老恩師請台坐，容門生拜見。」吳翰林道：「賤體抱恙，不耐煩勞。若以俗禮相拘，反非見愛，只長揖為妙。」蘇有德道：「老恩師台命，不敢有違，只是不恭有罪。」因而一揖。吳翰林又叫蘇有德換了大衣，方纔相讓坐下。

茶罷，吳翰林就問道：「適纔所說諱友白的這位，原來就是令弟？」蘇有德道：「雖非同胞，實族弟也。少年狂妄，不諳世務，向蒙老恩師再三垂青，而反開罪門下，後宗師見斥，實乃自作之孽。而老恩師不加譴督，反憐而卵翼之，真使人負恩感恩，慚愧無地。每欲泥首堦前，因無顏面，故令門生今日代為荊請。」吳翰林道：「向因一時瓜葛之私，願附賢豪，不意令弟少年高才大志，壁立不回，愈覺可敬可愛。返而思之，實老夫之愆，令弟何罪？但不知今日何得復言及親事二字？」蘇有德道：「舍弟一時愚昧，自絕於天，久之自悔自悟，始知師臺之恩天高地厚，每欲再托根於門墻之下。近聞令愛小姐已諧鳳卜❶，其道無由；今不得已而思其次，訪知令親白司空老先生有一位令甥女，年貌到也相彷，妄意倘得附喬，猶不失為師門桃李。然門楣有天淵之隔，此自是貧儒癡想，但素沐老恩師格外憐才，故不惜腆顏有請，不識老恩師尚可略其前辜而加之培植否？」吳翰林欣然道：「原來為此。實不瞞兄說，向日所議非小女，原是舍甥女。」蘇有德驚問道：「為何卻原是令甥女？」吳翰林道：「舍甥女乃白舍親最所鍾愛，前因奉使虜廷，慮有不測，深以甥女托弟代為擇婿。小弟偶見令弟才貌與舍甥女可作佳偶，所以苦苦相攀，蓋欲不負舍親之托也。若是小女葑菲之陋，安敢妄扳君子。今令弟既翻然俯就，又承賢契見教，況舍甥女猶然待字，老夫自當仍執斧柯，撮合良偶，方知前言為不謬耳。」

蘇有德道：「原來恩師前日之議，不獨憐才，更有此義舉，門生輩夢夢不知，殊為可笑。今日得蒙老恩師始終覆庇，曲賜成全，真可謂生死骨肉！舍弟異日雖犬馬啣結，亦不能報高厚於萬一矣。」因復將禮送上，深深打一恭道：「些須薄物，聊展鄙忱，若是師臺峻拒，便是棄門生於門墻之外了。萬望叱存，足徵收錄。」吳翰林道：「厚禮本不當受，既賢契過於用情，只得愧領一二。」因點了四色。蘇有德再三懇求，吳翰林決意不受。

又用了一道茶，蘇有德就起身說道：「門生在此混擾，有妨老師靜養。今且告退，容改日再來拜求台翰。」吳翰林道：「本當留此一話，賢契又以賤體見諒。既如此，改日奉屈一敘罷。」遂相送而出。

---

❶ 鳳卜：占卜佳偶。左傳莊公二十二年：「初，懿氏卜妻敬仲。其妻占之，曰：『吉。是謂「鳳皇于飛，和鳴鏘鏘」。』」

吳翰林信以為然，以為不負從前一番好意，心下深喜不題。

卻說蘇有德回到下處，心下暗暗稱快道：「此事十分順溜，只消再騙得一封書到手，便大事定矣。」過了數日，忽見吳翰林差人拿了兩個請帖來請，道：「家老爺請兩位蘇相公，午刻小園一敘。」蘇有德忙應道：「老爺盛意，不敢不來領。但是舍弟在鄉間習靜，路遠恐不能來。」差人去了。

到得午後，竟自來赴席。吳翰林接著，相見過，因問道：「令弟得會一會更妙。」蘇有德道：「舍弟自從開罪後，就避跡鄉間肄業，今雖蒙老師寬恕，尚抱愧未敢入城以會親友。倘得邀惠聯姻，則趨侍之日正長。」吳翰林道：「志士舉動往往過人，可敬，可敬。」隨擺上酒來，二人對飲，酒中說些閒話，直喫到傍晚。蘇有德告止，吳翰林因取出一封書來，遞與蘇有德道：「學生本該陪兄親往，奈朝廷欽命甚嚴，明後日即要就道，故以此代之。舍親見了，萬無不允之理。俟吉期時，再當遣人奉賀。」蘇有德道：「委曲玉成，老師之恩不可言喻，此去一獲佳音，即當率舍弟踵門叩首。」遂領了書，再三致謝而出。吳翰林隔了數日，身體強健，果然進京去了不題。

卻說蘇有德得了這封書，遂連夜出城。回到家中，悄悄將吳翰林書信拆開一看，只見上寫著：

眷小弟吳珪頓首致書於　太翁姊丈台座前：弟自別後，遂馬首北向，不意出城時酬應太煩，致於感冒，一病幾危。感蒙屢使垂顧，足徵骨肉至意。今幸粗安，即欲赴京。茲有言者，向為甥女姻事，曾覓一蘇生者，誠風流佳婿也。弟注意久之，再三媒說，奈彼堅執不從，弟深怪之。前與姊丈面言者，即此生也。今忽自悔，反來懇求。弟喜快不勝，因是重執斧柯，獻之東床，幸　姊丈留神鑒選。如果弟言不謬，引之入幕，則鳳臺佳偶❷，星戶良人，大可慰晚年兒女之樂矣。弟行色匆匆，不能多及，乞為原諒不宣。

蘇有德看了又看，見上面止寫「蘇生」，并未寫出蘇友白名字來，遂滿心歡喜道：「我初意只打帳頂了蘇友白名去，今他書上既未說破，我何不竟自出名去求，就是有人認得，卻也無妨了。況吳翰林又進京去了，誰人對會？倘得僥倖事成，後來知道便不怕他退了。」

算計已定，遂將原書照舊封好，又備了一分重禮，擇了一個好日子，自家打扮得齊齊整整，叫許多家人跟隨，興興頭頭，竟望錦石村來。蘇有德要做出嬌客模樣，未到白侍郎門前，便下了馬，借一個人家坐下，叫一個家人，先將吳翰林的書，并一個名帖送過來，交與白侍郎管門的董老官。董老官見是吳舅老爺的書，不敢怠慢，即時傳進。

此時白侍郎正在夢草軒與張軌如閒談。你道張軌如行藏被蘇友白對嫣素說破，小姐自不能容，為何還在此處？原來白公留楊巡撫在後園住時，大家要即景題詩，不期事有湊巧，蘇友白先與張軌如往來時，在園中遊玩，蘇友白興高，往往即景留題，今日無心中都為張軌如盜竊之用。白公那裡得知許多委曲？每見一詩，必加贊羨，送與小姐玩賞。小姐見蘇友白去後，張軌如詩思更佳，心下狐疑，遂不敢輕易向白公開口。故張軌如猶得高據西席，洋洋得意。這日白公正與張軌如閒談，忽門上送進吳舅老爺書來，

❷ 鳳臺佳偶：漢劉向列仙傳蕭史敘蕭史善吹簫，能致孔雀白鶴於庭。秦穆公將女兒弄玉嫁給他，並築鳳臺供夫妻居止。這裡把蘇友白與白紅玉比做蕭史與弄玉，是一對佳配。

白公拆開一看，察知來意，心下又驚又喜，不好對張軌如說得，遂將來書袖了。再接過名帖一看，只見上寫著：「門下眷晚學生蘇有德頓首拜」。白公遂起對張軌如道：「吳舍親薦一個門生在此，只得去見他一見。」張軌如道：「這個自然。」遂辭出，往後園去了。

白公出到前廳，就叫人請蘇相公相見。蘇有德見請，纔穿了衣巾，步行進來。白公在廳上向下將蘇有德人品一看，只見：

衣冠鮮楚，舉止高昂。骨豐皮厚，一身乏秀韵之姿，似財主而非才人；面白鼻紅，滿臉橫酒肉之氣，類富翁而難賦客。金裝玉裹，請看衣衫前擁後隨，止堪皮相。

蘇有德進得廳來，就呈上禮帖，要請白公拜見。白公再三不肯，因自是便服，定要蘇有德換過大衣，方纔見禮。

禮畢遜坐，坐定，先是白公說道：「吳舍親久稱賢契高才，學生多時想慕，今接芝宇，頗慰老懷。」蘇有德忙打一恭道：「晚學生後進末學，陋質末才，過蒙吳老師垂青拔識，謬薦進於老恩臺泰山北斗之下，仰企俯思，不勝惶悚。」白公道：「老夫衰邁之人，覩兄青年珠玉，可謂有緣。」因問：「高居何處？椿萱❸定然並茂？」蘇有德道：「不幸先嚴見背，止寡母在堂。寒舍去此僅十七八里，地名馬春。」白公道：「原來咫尺，老夫不能物色，深負冰清之鑑矣。」說罷，左右送上茶來。茶罷，蘇有德就起身

❸ 椿萱：父母的代稱。

告辭。白公道：「多承遠顧，本當小飯，但初得識荊，未敢草草相褻，容擇吉再當奉屈。」蘇有德道：「蒙賜登龍，已出望外，何敢復有所叨！」遂一恭辭出。白公直送出大門外，再三鄭重而別。家人將禮物呈上，白公點了六色，餘者退出。蘇有德見白公相待甚殷，以為事有可圖，滿心歡喜不題。

卻說白公退入後堂，小姐接著忙問道：「今日是何客來拜？」白公道：「今日不是他客，就是你母舅有書薦來求親的蘇生。」就將吳翰林的書遞與小姐，小姐接了一看，看見「蘇生」，滿心以為是蘇友白，又見吳翰林前日為他選的即是蘇友白，愈覺不勝之喜。轉故意問道：「此生叫甚名字？其人果如母舅之言否？」白公道：「此生叫做蘇有德。前日你母舅曾面對我說，他考案首，有才情，人物風流，今日書中又如此稱揚。今日我見其人，骨相到也富厚，言談到也爽利，若說十分風流，則未必矣。」小姐聽見叫做蘇有德，只因心下有個蘇友白，就誤認是他，萬萬不疑。白公雖說未必風流，小姐轉不深信，道：「母舅為孩兒選擇此生，非一朝一夕，或亦有所取也，為何又與爹爹所取不同？」白公道：「我今乍見，或者不能盡其底裏，改日少不得請他一敘，再細細察看。但只是已有一個張郎在此，卻如何區處？」小姐道：「不必有意偏向，爹爹只以才貌為去取可也。」白公道：「蘇生雖非冠玉之美，較之張郎似為差勝。若論其才，張郎數詩，吾所深服。蘇生只據母舅言之，我尚未一試，實是主張不定。」小姐心下暗想道：「蘇生與張郎，好醜相去何止天淵！爹爹素稱識人，今日為何這等糊塗。想是一時眼花，只叫將他二人一會，自分玉石矣。」因說道：「涇渭自分，黑白難掩。爹爹若遲疑不決，何不聚二生於一堂，命題考試，不獨誰妍誰媸可以立辨，異日去去取取，彼亦無怨也。」白公道：「此言甚是有理。我明日請蘇生就請張郎相陪，臨時尋一難題目考他，再定個優劣便了。」正是：

風雨相兼至，燕鶯雜沓來。
若非春有主，幾誤落蒼苔。

按下白公與小姐商量不題。

卻說張軌如與白公家人最熟，這日蘇有德來求親之事，到次日早有人報與張軌如。張軌如聞知大驚，問道：「此人是誰？」報他的道：「此人是金陵學裡秀才，叫做蘇有德。」張軌如聽了，不知音同字不同，卻也認作蘇友白，心下道：「這小畜生，我說他為何就不別我而去，原來是去央吳翰林書來作媒，要奪我已成之事，這等可惡！況我在此，雖為姻事，名色卻只是個西賓，他到公公正正來求親。考又考他不過，人物又比他不上，況我的新柳詩紅梨曲又是他做的，倘白公一時對會出來，反許了他，我許多心力豈不枉費了。必設一計驅逐了他，方遂我心。」想了一回，忽然想起道：「小蘇曾對我說，吳翰林有個女兒招他，他不肯，吳翰林甚是怪他，為何轉又央他來說親？此中尚有些古怪。」

正躊躇間，忽見管門的董榮拿了個請帖來，說道：「老爺請相公明日同金陵來的蘇相公敘敘。」張軌如道：「小老來得好，我正要問你，昨日那蘇相公來見老爺，為著何事？」董榮道：「是我們吳舅老爺薦他來求小姐親事的。」張軌如道：「你們舅老爺說他有甚好處，就薦他來？」董榮道：「這話說起來甚長。我家老爺在北京時，我家小姐曾在舅老爺家住了些時，那時舅老爺見這蘇相公考了個案首，又見他在那裡題得詩好，就要將我家小姐招他，只因這蘇相公不肯，就閉起了。近日不知為甚，這蘇相公又肯了，故此舅老爺纔寫書薦他來。」張軌如冷笑道：「這等說起來，你家老爺與小姐一向要選才子，都是虛名，只消央個大分上便好了。」董榮道：「張相公如何這等說，老爺因這蘇相公有真才，纔選他，為何卻是虛名？」張軌如道：「小老為何這等眼鈍！這人你曾見過，就是前日同我來送新柳詩，你老爺與小姐看了不中意笑的。」董榮道：「那裡是他！我還記得那日同張相公來的，是個俊俏後生，這位蘇相公雖也年紀不多，卻是敦敦篤篤的一個人，那裡是他。」張軌如驚訝道：「既不是他，為何也叫做蘇友白？」董榮道：「名帖上是蘇有德。」張軌如道：「是那兩個字？」董榮道：「有是有無之有，德是德行之德。」張軌如聽了，又驚又喜，道：「這又奇了，如何又有一個人？」董榮道：「相公明日會他，便知端的。相公請收了帖子，我還要去請蘇相公哩。」說罷，便放下帖子去了。張軌如暗想道：「既不是蘇友白，我的腳跟便立定了。記得吳翰林要招女婿與考案首，小蘇明明說是他的事，為何此人又討得書來？莫非亦有盜竊之弊？明日相見時，我慢慢觀他動靜，敲打他兩句。他若有假，自立腳不穩了。」心下方纔歡喜不題。

卻說董榮拿了一個請帖直到馬春蘇家來下，蘇有德接了請帖，就留董榮酒飯。因問道：「明日還有何客？」董榮道：「別無他客，止有本府館中張相公奉陪。」蘇有德知是張軌如，便不問了。董榮喫完酒飯，作謝過，說道：「蘇相公明日千萬早些來，路遠，免得小人又來。」蘇有德道：「不敢再勞，我自早來就是了。」董榮去了。蘇有德自躊躕歡喜道：「我的事，張軌如就是神仙也不知道。他的事，誰知都在我腹中。他若有不遜處，我便將他底裏揭出，叫他置身無地。」只因這一算，有分教：欲鑽無地，掬盡西江。正是：

人無害虎心，虎有傷人意。
鷸蚌兩相爭，原是漁人利。

不知二人明日相見更是如何，且聽下回分解。

第十二回　沒奈何當場出醜

詩曰：

秦鏡❶休誇照膽寒，奸雄依舊把天瞞。
若憑耳目訛三至，稍失精神疑一團。
有意猜劃終隔壁，無心托出始和盤。
聖賢久立知人法，視以觀由察所安。

話說白公到次日叫人備酒伺候，到得近午，就來邀張軌如到夢草軒來閒話。張軌如因問道：「前日令親吳老先生薦這位蘇兄來，不知吳老先生與他還是舊相知，卻是新相識？」白公道：「不是甚麼舊相知，只因在靈谷寺看梅，看見此兄壁間題詠清新，故爾留意。又見學院李學臺取他案首，因此欲與小女為媒。不想此生一時任性不從，舍親惱了，因對李學臺說，把他前程黜退。小弟從京師回來時，舍親是這等對我說，我也不在心，一向丟開了。不知近日何故，昨日舍親書來，說他又肯了，故重復薦來。我昨日見他，一時未睹其長，心下甚是狐疑。但是舍親書來，不好慢他，故今日邀他一敘。少刻席間借兄

❶秦鏡：傳說秦宮藏有的方鏡，寬四尺，高五尺九寸，能照見人的腸胃五臟、疾病邪心。

大才，或詩或詞，邀他唱和，倘無真才，便可借此以復舍親。」張軓如道：「原來如此，老先生法眼一見自知，何必更考。但不知令親書中，曾寫出這蘇兄名字麼？」白公道：「書中只以『蘇生』稱之，並未寫出名字。昨見他名帖，方知叫做蘇有德。」張軓如笑一笑，就不言語了。白公道：「先生為何含笑，莫非有所聞麼？」張軓如又笑一笑道：「有所聞，無所聞，老先生亦必不問，晚生亦不敢言。老先生高明，只留神觀之便了。」白公道：「既忝相知，何不明明見教？欲言不言，是見外了。」張軓如便正色道：「晚生豈敢。晚生雖有所聞，亦未必的。欲不言恐有誤大事，欲言又恐近於獻讒，所以逡巡未敢耳。」白公道：「是非自有公論，何讒之有，萬望見教。」張軓如道：「老先生既再三垂問，晚生只得說了。晚生聞得令親所選之蘇，又是一蘇，非此人也。」白公道：「我回想前日舍親對我說他的名字依稀正是『有德』二字，為何又是一蘇？」張軓如道：「音雖相近，而字實差訛。令親所取者乃蘇友白，非蘇有德也。」白公驚訝道：「原來是二人，但舍親又進京去了，何以辨之？」張軓如道：「此不難辨，老先生只消叫人去查前日學院考的案首，是蘇友白還是蘇有德，就明白了。」白公道：「此言有理。」隨吩咐一個家人去查。

正說不了，忽報蘇相公來了。白公叫請進來，先是張軓如相見過，然後白公見禮。禮畢，分賓主而坐。左邊是蘇有德，右邊是張軓如，白公自在下面近右相陪。各敘了寒溫，白公因說道：「老夫素性愛才，前者浪遊帝都，留心訪求，並未一遇，何幸今日斗室之中得接二賢。」蘇有德道：「若論張兄才美，誠有如老師台諭。至於門生盜竊他長，飾人耳目，不獨氣折大巫，即與張兄並立門墻，未免慚形穢於珠玉之前矣。」張軓如道：「晚生下士，蒙老先生憐才心切，欲自愧怍，故得冒充名流，作千金馬骨。怎如蘇兄真正冠軍逸群，元足附老先生伯樂之顧。」白公道：「二兄才美，一如雲間陸士龍，一如日下荀鳴鶴❷，可稱勁敵，假令並驅中原，未知鹿死誰手。老夫左顧右盼，不勝敬畏。」大家攀談了一會，左右報酒席完備，白公就遜席，依舊是蘇有德在左，張軌如在右，白公下陪。

酒過數巡白公因說道：「前日李學臺在京時，眾人都推他才望，故點了南直學院，今能於案中摸索蘇兄，則其望不虛矣。」蘇有德道：「唯門生以魚目混珠，有辱宗師藻鑑。至於賞拔群英，真可謂賈胡之識也。」張軌如道：「蘇兄一時名士，宗師千秋玄賞，如此遇合，方令文章價重。但近來世風日降，有一真者，遂有一影附者，如魑魅魍魎，公然放肆於青天白日之下，甚可恥也。」蘇有德見張軌如出語有心，知是誚己，因答道：「此猶有目者所可辨。最可恥者，一種小人竊他人之篇章而作己有，以四謁公卿，令巨目者一時不識其奸，真可畏也。」白公道：「此等從來所有，但止惑一時，豈能耐久。」大家談論是非，互相譏刺，白公俱聽在心裏。

飲夠多時，左右稟要換席。白公遂邀二人到夢草軒散步，大家淨了手，張軌如就往後園去更衣了。唯白公陪著蘇有德，就在軒子中更了衣，閒玩那堦前的花卉并四壁圖書。原來張軌如的新柳詩并紅梨曲也寫帖在壁上，蘇有德看到此處，白公便指著說道：「此即張兄之作，老夫所深愛。仁兄試觀之，以為何如？」蘇有德忙近前看了一遍，見與蘇友白寫的是一樣，就微笑了笑，冷冷的說道：「果然好詩。」

❷一如雲間陸士龍二句：陸雲、荀隱同是晉人，俱會於張華處，張華以為二人並有大才，謂二人既相遇，勿為常談，陸雲舉手曰：「雲間陸士龍。」荀隱曰：「日下荀鳴鶴。」時以為名對。事見世說新語排調。雲間，地名，華亭的古名。陸士龍，即陸雲，字士龍。日下，指京都。荀鳴鶴，即荀隱，字鳴鶴。

白公見蘇有德含吐有意，因問道：「老夫是這等請教，非有成心，吾兄高識，倘有不佳處，不妨指示。」蘇有德連忙打一恭道：「門生豈敢。此詩清新俊逸，無以加矣，更有何說。但只是……」蘇有德說到此就不言語了。白公道：「既蒙下教，有何隱情，不妨直示。」蘇有德道：「亦無甚隱情，但只是此二作門生曾見來。」白公道：「兄於何處見來？」蘇有德道：「曾於一敝友處見來。敝友言今春二月，曾以前二詩進謁老師，未蒙老師收錄，敝友自恨才微，悵怏而歸，門生亦為之惋惜。不意乃辱老師珍賞如此。不知為何張兄之作一字不差，這也奇怪。」白公聽了驚訝道：「二月中從不見更有誰來。」蘇有德道：「只怕就是與張兄同一時來的，老師只消在門簿上一查，便知道了。」白公道：「貴友為誰？」蘇有德尚未及答，而張軌如更衣適至，彼此就不言語了。

白公就邀入席，大家又飲了一會。白公因說道：「今日之飲，雖肴核不備，主人未賢，然二兄江南名士一時並集，實稱良會，安可虛度？老夫欲拈一題，引二兄珠玉，二兄幸勿敗興。」張蘇二人正彼此忌妬，兩相譏誚，忽見白公要做詩，二人都呆了。張軌如道：「老先生台教，晚生常領，不知蘇兄有興否？」蘇有德道：「既在老恩師門墻，雖然荒陋，自應就正。但今日叨飲過多，枯腸酣酪，恐不能奉教。」張軌如道：「正是這等，晚生一發酒多了。」白公道：「斗酒百篇，青蓮佳話。二兄高才何讓焉！」就叫左右取過文房四寶，各授一副，白公隨寫出一題，是「賦得今夕何夕」，因說道：「題雖是老夫出了，韵卻聽憑二兄自拈。候二兄詩成，老夫再步韵奉和。若老夫自用韵，恐疑為宿搆了。二兄以為何如？」蘇張二人道：「老師天才，豈可與晚輩較量。」口雖如此說，然一時神情頓減，在座踧踖不寧，做又做不出，又難回不做，只是左右支吾。蘇有德大半推醉，張軌如假作沉思。白公見二人光景不妙，便起身說道：「老夫暫便，恐亂二兄詩思。」遂走入軒後去了。正是：

假雖終日賁，到底有疑猜。
請看當場者，應須做出來。

此時日已西斜，張蘇二人面面偷覷，無計可施，二人又不好商議。蘇有德混了一會，便起身下堦，倚著欄杆假作嘔吐之狀。張軌如就推腹痛，往後園出恭去了，半晌方來。白公在軒後，窺見二人如此形狀，心上又氣又惱又好笑，卻又不好十分羞辱他們，只得轉勉強出來周旋，叫左右看熱酒，請二位相公入席。張蘇二人見白公出來，只得依舊就座。白公問道：「二兄佳作曾完否？」張軌如便使乖，不說做不出，就信口先應道：「晚生前半已完，因一時腹痛，止有結句未就。」蘇有德見張軌如使乖，也就應聲答道：「晚生雖勉強完篇，然醉後潦草，尚欠推敲，不敢呈覽。」白公道：「二兄既已脫稿，便不虛今夕了。老夫亦恐倉卒中不能酬和，倒是明日領教罷。且看熱酒來，痛飲以盡餘歡。」蘇張二人見說明日完詩，便膽大了。蘇有德道：「晚生做詩尚可強勉，若要再飲實是不能。」張軌如道：「雄飲苦吟，晚生平日不敢多讓，此白老先生所知。今日為賤腹作楚，情興頓減，不能代作半主奉陪蘇兄。奈何，奈何。」白公道：「草酌本不當苦勸，然天色尚早，亦須少盡主人之意。」二人若論喫酒，尚去得兩壺，只因推醉了半日，不好十分放量。又飲得幾杯，見天色漸昏，蘇有德便立辭起身。白公假意留留，也就起身相送。先送了蘇有德出門，又別了張軌如回書房，然後退入後廳來。正是：

認真似酒濃，識破如水淡。
有才便可憐，無才便可慢。

卻說白公退入後廳，小姐接住。白公就說道：「我兒，我今日看張蘇二人行徑，俱大有可疑，幾乎被他瞞過。」小姐暗驚道：「張郎固可疑，蘇生更有何疑？」因問道：「爹爹何以見得？」白公道：「我記得你母舅對我說，蘇生曾考案首，今日張郎說，考案首的是蘇友白，不是他。」小姐道：「此生爹爹昨日說他正是蘇友白。」白公道：「他叫做蘇有德，音雖相近，其實不是。此一可疑也。及我指張郎新柳詩及紅梨曲與蘇有德看，他又說此是他一好友所作，非張郎之句。此不又一可疑？到後來，我出一題要他二人做詩，他二人推醉裝病，備極醜態，半日不成一字。以此看來，二人俱有盜襲頂冒之弊。」小姐聽見不是蘇友白，就呆了半晌，道：「原來如此，幸被爹爹察覺，不然墮入奸計怎了。」白公道：「我已差人學裏去查，明日便知端的。」父女二人又閒談了一會，方各自去睡。

到次日，白公起來梳洗畢，即出穿堂坐下，叫董榮進來，問道：「前二月內曾有一相公送新柳詩來，你怎麼不傳進來我看？」董榮道：「小的管門，但有書札詩文即時送進，如何敢有遺失？」白公道：「是與張相公一時同來的。」董榮此事原有弊病，今日忽然問及，未免喫驚，便覺辭色慌張，因回說道：「是張相公來時有一位相公同來，彼時兩首詩，俱送進與老爺看的。」白公道：「那一位相公姓甚麼？」董榮道：「過去的事，小的一時想不起來。」白公道：「可取二月門簿來看。」董榮見叫取門簿，慌忙就走。白公見他情景慌張，便叫轉董榮來道：「你不要去。」又另叫一個家人，到他門房中去取。那一個家人隨即到門房中將許多門簿俱一抱拿了來，遞與白公看。白公只檢出二月的來看，董榮就連忙將餘下的接了去。白公揭開查看，只見同張軌如一時同來的，正叫做蘇友白，因細細回想道：「是有一個姓蘇的，我還隱隱記得他的詩甚是可笑，為何卻又是個名士，大有可疑。」因又問董榮道：「凡是上門簿的，都注某處人，這蘇友白下面為何不注？」董榮道：「想是個過路客，老爺不曾接見回拜，故此就失注了。」白公道：「就是過客，也該注明。」董榮道：「或者注在名帖上。」白公道：「可取名帖來看。」董榮道：「這名帖沒甚要緊，恐怕日久遺失了，容小的慢慢尋看。」白公見董榮抱著餘下的門簿，內中也有許多名帖亂夾在中間，就叫取上來看。董榮道：「這內中都是新名帖，舊時的不在。」白公見他慌張，不肯拿上來，一發要看。董榮拗不過，只得送上來。原來董榮是個酒頭，不細心防範，舊時二首詩就夾在舊門簿中，一時事過就忘記了，今日忽然查起，又收不及，故此著忙。白公看見有些異樣，故留心只管將門簿翻來翻去，也是合當事敗，恰恰翻出二詩，原封不動。一封寫著「張五車呈覽」，一封寫著「蘇友白呈覽」。白公拆開一看，蘇友白的恰是張軌如來獻的，張軌如的恰是舊日可笑的，白公不覺大怒。看了董榮道：「這是何說！」董榮見尋出二詩，便嚇呆了，忙跪在地下只是磕頭。白公怒罵道：「原來都是你老奴作弊更換，幾乎誤我大事！」董榮道：「小的焉敢更換，都是張相公更換了，叫小的行的。小的不合聽信他，小的該死了。」白公大怒，叫左右將董榮重重責了二十板，革出，另換一個管門。

正是：

從前做過事，沒興一齊來。

白公纔責了董榮，只見昨日差去打探案首的家人回來了，就回復白公道：「小人到學中去查，案首是蘇友白，不是蘇有德。蘇有德考在三等第六十四名，沒有科舉。」白公道：「查得的確麼？」家人道：「學中考案，怎麼不的？」白公聽了，連忙進來與小姐將兩項事一一說了，就將前詩遞與小姐，因說道：「天地間有這等奸人，有這等奇事。若不是我留心細察，我兒你的終身大事，豈不誤了！」小姐道：「世情如此，真可畏人。愈見守身待字之難，十年不字不易，所以稱貞，良有以也。」白公道：「蘇張兩畜生，盜襲頂冒，小人無恥，今日敗露固不足論。如今看起來，考案首的也是蘇友白，你母舅薦賞的也是蘇友白，做這兩首新柳詩的也是蘇友白，這蘇友白明明是個少年風流才子無疑矣。轉遭疏失，今不知飄零何處，大可恨耳。」小姐道：「這蘇友白既有這等才情，料不淪落。況曾來和過新柳詩，自能物色踪跡。雖未蒙刮目，然才人有心，或去亦不遠。若知他二人奸謀敗露，定當重來。轉是張蘇二奸人，狡猾異常，須當善遣。」白公道：「這容易。蘇有德原無許可，張軌如自是西賓，只消淡淡謝絕便了。」小姐道：「如此方妙，若見於顏色，恐轉添物議。」白公道：「這我知道，不消你慮。只是我還記得你母舅曾對我說，因親事不成，將蘇生前程黜退，不知近曾復也不曾？況目今鄉試在邇，若是不曾復得，卻不誤了此生？我如今須差一人去打聽明白，一者好為他周旋，二者就知此生下落。」小姐道：「爹爹所見最是。」

白公隨差一個能事家人到金陵去打聽，那家人去了三四日，即來回復道：「小人打聽，蘇相公前程，原是吳舅老爺與學院說復了。只是這蘇相公，自從沒前程之後，即有他一個做官的叔子接他進京去了，至今竟不曾回來。又有人說，這幾個月並不知去向，就是他叔子要接他進京，也不曾尋得著。小人到他家中去問，也是這般說。只此便是實信。」白公想了想，因對小姐說道：「他的前程既然復了，到鄉試之期自然回來，不必慮也。」正是：

差之毫釐，失之千里。
一著不到，滿盤從起。

白公過了數日，備了一副禮，答還蘇有德。明知吳翰林不在家，還寫了一封回書，道不允親之意。蘇有德見事機敗露，自覺羞慚，不敢再來纏擾。張軏如有人報知董榮之事，也知安身不得，因與王文卿商議，只說鄉試近，要進京習靜，轉先來辭。白公順水推船，也就不留。張蘇二人雖然推出，然未免費了許多周折。白公心下暗氣暗惱，不覺染成一病，臥床不起。小姐驚慌無措，只得請醫服藥，問卜求神，百般調理。小姐衣不解帶，晝夜啼泣。如此月餘，方纔痊可。正是：

只緣兒女累，染出病中身。
若無兒女孝，誰救病中親。
盡得孝與累，方成父子恩。

按下白公在家抱恙不題。

且說蘇友白自別了蘇有德渡江而北，一心只想要見吳翰林，便不覺勞苦，終日趲行。一日來到山東地方，叫做鄒縣。見天色將晚，就尋一個客店住了。到次日早起，小喜收拾行李，在床頭間翻出一個白布搭包，內中沉沉有物，小喜連忙拿與蘇友白，打開一看，卻是四大封銀子，約有百金以外。蘇友白看了，連忙照舊包好。心中想一想，對小喜說道：「此銀必是前夜客人匆忙失落的。論起理來，我該在此候他來尋，交還與他，方是丈夫行事。只是我去心如箭，一刻不容少留，卻如何區處？莫若交與店主人家，待他付還罷。」小喜道：「相公差了，如今世情，能有幾個好人？我們去了，倘店主人不還，那裡對會？卻不辜負了相公一段好意。既要行此陰隲事，還是略等半日為妙。」蘇友白道：「你也說得是，只是誤了我的行期，這也沒法了。」梳洗畢，喫完飯，店主人就要備馬，蘇友白道：「且慢，我還要等一人，午後方去。」店主人道：「既要等人，率性明日去罷。」蘇友白雖然住下，心是急的，在店中走進走出。

只到日午，喫過午飯，方見一個人青衣大帽，似公差模樣，騎著一匹馬飛也似跑來，到了店門前下了馬，慌慌張張，就叫：「店主人何在？」店主人見了，連忙迎住道：「差爺昨日過去的，為何今日復轉來？」那公差道：「不好了，大家不得乾淨。我是按院承差，前奉按院老爺批文，到鄒縣吊取了一百二十兩官銀，去修義塚，昨日因匆匆趕路，遺失在你家店裏。倘有差池，大家活不成！」店主人聽見嚇得呆了，說道：「這是那裡說起，我們客店中，客人來千去萬，你自不小心，與我何干？」承差道：「且不與你講口，且去尋尋看。」二人慌忙走入房中，將床上翻來覆去顛倒搜尋，那裡得有？承差見沒了，著了急，就一把扭住店主人道：「在你店裡不見的，是你的干係。你陪我來！」店主人道：「你來時又不曾說有銀子，去時又不曾交銀子與我，我見你銀子是紅的是白的！你空身來空身去，如何屈天屈地冤我。」那承差道：「我是縣裡支來的四大封銀子，每封三十兩，共一百二十兩，將一個白布搭包盛著。帶在腰裡，前夜解下放在床頭草薦底下，現有牌票在此，終不然賴你不成。」就在袖子裡取出一張硃筆票來，遞與店主人看，道：「這難道是假的！你不肯陪我，少不得要與你到縣裏去講。」扭著店主人往外就走，店主人著了急，大叫道：「冤屈，冤屈！」

蘇友白見二人光景是真，忙走上前止住道：「快放了手，你二人不消著急，這銀子是我檢得在此。」就叫小喜取出交與那承差。那承差與店主人見有了銀子，喜出望外，連忙下禮謝道：「難得這位相公好心。若遇別一個拿去，我二人性命難保。」蘇友白道：「原是官銀，何消謝得。你可查收明白，我就要起身。」承差道：「受相公大恩，何以圖報？求相公少留半刻，容小人備一味請相公坐坐，聊盡恭敬之心。」蘇友白道：「我有急事進京，只為撿了銀子，沒奈何在此等你。既還了你，我即刻要行，斷沒工夫領情。」店主人道：「請相公喫酒，相公自不稀罕。但只是今日日已錯西，前途巴不到了。況此一路甚不好走，必須明日早行，方纔放心。」蘇友白道：「我書生家，不過隨身行李，無甚財物，怕他怎麼。」店主人道：「雖無財帛，也妨著驚。」蘇友白執意要行，店主人拗不過，只得將行李備在馬上。蘇友白叫小喜算還飯帳，隨即出門。那承差與店主人千恩萬謝，送蘇友白上馬而去。正是：

遺金拾得還原主，有美空尋問路人。
莫道少年不解事，從來才與色相親。

承差得了原銀，自去幹辦不題。

卻說蘇友白上了馬，往北進發。行不上十數里，忽一陣風起，天就變了，四野黑雲，似有雨意。蘇友白見了，心下著忙，要尋人家，兩邊一望，盡是柳林曠野，絕無村落人煙。正勒馬躊躕，忽亂草叢中跳出一條大漢，手持木棍，也不做聲，照著蘇友白劈頭打來。蘇友白嚇得魂飛天外，叫一聲「不好了」，坐不穩，一個倒栽蔥跌下馬來。那大漢得了空，便不來尋人，竟跨上馬，兜馬屁股三兩棍，那馬負痛便飛也似往柳林中跑將去了。小喜在後急急趕上來扶起蘇友白時，那大漢連馬連行李也不知跑到那裡去了。蘇友白扒將起來，幸不曾跌壞，卻是行李馬匹俱無，二人面面相覷，只叫得苦。正是：

已備窮途苦，仍罹盜賊災。
方知時未遇，不幸一齊來。

蘇友白此時進退兩難，不知如何區處，且聽下回分解。

第十三回　蘇秀才窮途賣賦

詩曰：

漫道文章不療饑，揮毫也有賣錢時。
黃金滕閣❶償文價，白璧長門❷作酒資。
儒士生涯無壟斷，書生貨殖有毛錐❸。
更憐閏艷千秋意，死向才人一首詩。

卻說蘇友白曠野被劫，馬匹行李俱無，只剩得主僕兩個空身。一時間天色又昏暗起來，因與小喜商量道：「前去路遠，一時難到。就是趕到，我兩個空身人，又無盤纏，誰家肯留？莫若回到舊主人家，

❶ 滕閣：指初唐王勃滕王閣序。唐上元二年王勃赴交趾省親途經南昌，適洪州都督在滕王閣大宴賓客，王勃赴宴並即席揮毫作成此千古名篇。

❷ 長門：指漢司馬相如長門賦。傳說陳皇后失寵退居長門宮，奉黃金百斤，請司馬相如作文以解愁悲，相如於是作長門賦，皇帝見而感動，復親幸陳皇后。

❸ 毛錐：毛筆。形狀如錐，故稱。

再作區處。」小喜道：「事出無奈，只得如此。」遂扶了蘇友白，一步步復回舊路而來。蘇友白去時即興匆匆，回來時沒精沒神，又沒了馬，越走不動。只到傍晚將次上燈，方纔到得店裏。

店主人看見，喫了一驚，道：「相公為何又轉來，多分喫虧了。」蘇友白遂將被劫事說了一遍，店主人跌腳道：「我頭裏就叫相公不要去，相公不聽，卻將行李馬匹都失了，豈不可惜。」蘇友白道：「行李無多，殊不足惜。只是客途遭此，空身如何去得？」店主人道：「相公且請進裏面用夜飯，待我收拾舊鋪蓋，與相公權宿一夜，明日再處。」蘇友白依言，過了一夜。

到次早起來，正與店主人在店中商議，只見對門一個白鬚老者走過來，問道：「這位相公，像是昨日還承差銀子的，去了為何復來？」店主人歎一口氣，道：「天下有這等不平的事。這位相公昨日拾了一百二十兩銀子，到好心賜還了人，誰知天沒眼，走到路上，倒將自己的行李馬匹被強盜劫去，弄得如今隻身進退兩難。」那老者道：「原來如此。真是好心不得好報。且請問相公高姓，貴處那裡，今將何往？」蘇友白道：「學生姓蘇，金陵人氏，要到京中見個相知。不意遭此一變，盤纏盡失，老丈何以教我？」那老者道：「原來是蘇相公。此去京中，止有八九日路，若論路上盤費也消不多，只恐要做行李，并京中使用，便多了。」蘇友白道：「如今那顧得許多，只要路上費用并行李一二件，得十數金便好了，其餘到京再當別處。」店主人道：「小人受蘇相公大恩，這十數兩銀子，我該措辦。只是窮人，一時不能湊手。若是張老爹有處，挪移與蘇相公去，容小人慢慢加利償還，斷不敢少。」張老道：「我看蘇相公一表人物，德行又高，又是江南人物，料想文才必定高妙。若是長於詩賦，就有一處。」蘇友白道：「學生文才雖未必高妙，然詩賦一道，日夕吟弄，若有用處，當得効勞。」張老道：「如此甚好。我有一個舍親，姓李，原是個財主，近日加納了中書❹，專好交結仕宦。前日新按院到，甚是優待舍親，舍親送重禮與他，這按院又清廉不受。舍親無以為情，要做一架錦屏送他，因求高手畫了四景，如今還要煩一個名人做四首詩，標題於四景之後，合成八幅。若是蘇相公高才做得，這盤纏便易處了。」蘇友白道：「做詩自不打緊。只是貴縣人文之邦，豈無高才，何俟學生？」張老道：「不瞞蘇相公說，我這山東地方，讀書的雖不少，但只曉得在舉業上做工夫，至於古文詞賦，其實沒人。只有一個錢舉人會做幾句，卻又裝腔難求。春間舍親煩他做一篇壽文送縣尊，請了他三席酒，送了他二三十金禮物，他猶不足，還時常來借東借西。前日為這四首詩，舍親又去求他，他許說有興時便來領教，要我舍親日日備酒候他，尚不見來。若是蘇相公做得時，舍親便省得受他許多氣了。」蘇友白道：「既是這等，學生便與令親效勞也使得。只是學生行色匆匆，今日去做了，今日還要行。煩老丈就同去為妙。」張老笑道：「前日一篇壽文，錢舉人做了半個多月，難道這四首詩，一時容易就完？若是蘇相公高才做得完時，舍親自然就送禮，決不敢耽閣。」蘇友白道：「全賴老丈先為致意。」張老道：「既如此，就同蘇相公去。」蘇友白道：「有多少路？」店主人道：「不多遠，李爺家就在縣東首盧副使緊隔壁。」蘇友白道：「既不多遠，我去了就來。有好馬煩主人替我僱下一匹。」店主人道：「這不打緊。」說罷，張老遂同蘇友白帶了小喜，徑進城望李中書家來。正是：

要知山路樵攜去，欲見波濤漁領回。

❹ 中書：明制內閣中書置中書若干人，掌撰擬、記載、繕寫等事宜，由舉人考授，也可特賜。

白雲本是無情物，又被清風引出來。

張老同蘇友白不多時便到了李中書家門前，張老道：「蘇相公請少待，我先進去通知舍親，就出來相請。」蘇友白道：「學生拱候。」張老竟進去了。

蘇友白立在門前一看，只見一帶是兩家鄉宦，隔壁門前有八根半新不舊的旗杆，門扁上「風憲」二字，顏色有些剝落，分明是個科甲人家，卻冷冷落落。這邊雖無旗杆，門扁上「中翰第」三個大字，卻十分齊整，一望去到像個大鄉宦。蘇友白正看未完，只見內裏一個家人出來說道：「家爺在廳上，請相公進去。」

蘇友白進到儀門，只見那李中書迎下堦來。蘇友白將李中書一看，只見：

冠勢峨峨，儼然科甲；履聲橐橐，酷類鄉紳。年華在四五十以上，官職居八九品之間。數行黃卷，從眼孔中直洗到肚腸，縱日日在前而實無；一頂烏紗，自心坎上徑達於顏面，雖時時不戴而亦有。無限遮瞞，行將去只道自知；許多腔套，做出來不防人笑。

李中書迎蘇友白到了廳上，見過禮，分賓主坐下。李中書就說道：「適間舍親甚稱蘇兄高雅，尚未奉謁，如何到辱先施？」蘇友白道：「學生本不該輕造，只因窮途被劫，偶與令親談及老先生德望，又聞知有筆墨之役，多感令親高誼，不以學生為不才，欲薦學生暫充記室，聊以代勞，故腆顏進謁，不勝唐突。」

李中書道：「正是，前日按臺到此，甚蒙刮目，意欲製一錦屏為賀。已倩名手畫了四景在此，更欲題詩四首，默寓贊揚之意，合成八幅一架。幾欲自獻其醜，苦無片刻之暇，今蒙仁兄大才美情，肯賜捉刀，感激不盡。只是乍得識荊，如何就好重煩。」蘇友白道：「只恐菲才，不堪代割。若不鄙棄，望賜題意。」李中書道：「既辱見愛，且到後園小酌三杯，方好求教。」遂叫左右備酒，就起身邀蘇友白直到後面東半邊一所花園亭子裏來。

那亭子朱欄曲檻，掩映著疏竹名花，四圍都是粉墻，墻外許多榆柳，樹裏隱隱藏著一帶高樓，到也十分華藻。蘇友白此時也無心觀景。到得亭中，不多時左右即捧出酒來，李中書遜了席，二人正欲舉杯，只見一個家人來報道：「錢相公來了。」李中書道：「來得妙，快請進來。」一面說，一面就自起身出來迎接。

須臾迎了進來，蘇友白亦起身相接。只見那錢舉人生得長鬚大腹，體厚頤豐。錢舉人見了蘇友白，便問李中書道：「此位何人？」李中書道：「金陵蘇兄。」錢舉人道：「這等是遠客了。」就讓蘇友白居左，相見畢，各照次坐下。錢舉人因問道：「蘇兄大邦人物，不知有何尊冗，辱臨敝鄉？」蘇友白未及答，李中書就應道：「蘇兄不是特到敝鄉，只因進京途中被劫，踟躕旅次。今日舍親偶然遇著，詢知這等少年美才，又因見小弟前日所求賀按臺四詩，未蒙吾兄捉筆，就要煩勞蘇兄，蒙蘇兄不棄故，翩然賜顧。正慮賓主寥寥，不能盡歡，恰值吾兄見枉，可謂有興。」錢舉人道：「如此甚妙，小弟連日不是不來，緣舍下俗冗纏擾，絕無情興。今聞按臺出巡將回，恐誤仁兄之事，只得強來應教，其實詩思甚窘。今幸天賜蘇兄到此，可免小弟搜索枯腸矣。」蘇友白道：「學生窮途無策，故妄思賣賦以代吹簫。只道潦草應酬，初未計其工拙，今見大巫在前，小巫自應氣折而避舍矣。」李中書道：「二兄俱不必太謙，既蒙高誼，俱要賜教。且快飲數杯，發發詩興。」遂酌酒相勸。

二人喫了半晌，蘇友白道：「學生量淺，既是李老先生不鄙，到求賜了題目，待學生完了正事，再領何如？」李中書猶不肯，錢舉人道：「這也使得。且拿題目出來看了，一邊喫酒，一邊做詩，也不相礙。」李中書方叫左右拿過一個拜匣來開了，取出四幅美人畫并題目，遞與二人。二人展開一看：第一幅卻是補袞圖，上畫二美人相對縫衣；第二幅是持衡圖，上畫一美人持秤秤物，數美人傍看；第三幅是和羹圖，上畫數美人當廚，或炊，或爨，或洗，或烹；第四幅是枚卜❺圖，上畫三四美人花底猜枚。詩題即是四圖，要各題一詩，默喻推尊入相之兆。蘇友白看了，略不言語。錢舉人說道：「李老丈費心了，這等稱贊，甚是雅致。只是題目太難，難於下手，必須細細搆思。小弟一時實是不能，單看蘇兄高才。」蘇友白道：「錢先生尚為此言，在學生一發可知。但學生行色倥傯，只得勉強呈醜，以謝自薦之罪，便好告辭。」李中書道：「足見高情。」遂叫左右送上筆硯，并一幅箋紙，蘇友白也不推讓，提起筆來，一揮而就。正是：

步不須移，馬何必倚。
兔起鶻落，煙雲滿紙。

❺ 枚卜：一一占卜。古代以占卜選用官員，後泛指占卜吉凶。

蘇友白寫完，就送與李錢二人道：「雖未足觀，幸不辱命。」李錢二人展開一看，只見：

第一首補袞圖

剪裁猶記降姬年，久荷乾坤黼黻穿。
賴得女媧針線巧，依然日月壓雙肩。

第二首持衡圖

顰笑得時千古重，鬚眉失勢一時輕。
感卿隻手扶持定，不許人間有不平。

第三首和羹圖

天地從來爭水火，性情大抵異酸甜。
如何五味調和好，汝作梅兮汝作鹽。

第四首枚卜圖

非關偶爾浪猜尋，姓字應先簡帝心❻。

❻ 簡帝心：查檢悉知皇帝的心意。簡，查檢。

玉筋金甌❼時一發，三台❽遙接五雲❾深。

錢舉人讀了一遍，驚喜讚歎道：「風流敏捷，吾兄真仙才也。」蘇友白道：「一時狂言，有污台目。」李中書看了，雖不甚解，卻見錢舉人滿口稱贊，料想必好，不覺滿心歡喜，說道：「大邦人物，自是不同，何幸得此，增榮多矣。但只是人心不足，得隴望蜀，尚欲求大筆一揮，不識允否？」蘇友白道：「這等何難。」遂立起身，叫左右移了一張乾淨書案到堦下，磨起墨來。李中書忙取了四幅重白綾子，鋪在案上。蘇友白此時也有三分酒興，遂乘興一揮，真是龍蛇飛舞，頃刻而成。錢李二人見了，贊不絕口。蘇友白心中暗想道：「這等俗物，何足言詩。若有日與白小姐花前燈下次第唱酬，方是人生一快。今日明珠暗投，也只是為白小姐，窮途之中沒奈何了。」

正想著，忽擡頭見隔壁高樓上，依稀似有人窺看，遮遮掩掩，殊覺佳麗。心中又想：「縱然美如白小姐，也未必有白小姐之才。」一想至此，不覺去心如箭，因對李中書說道：「蒙委已完，學生即此告辭。」李中書忙留道：「高賢幸遇，何忍戛然就去。況天色已暮，如何去得？就是萬分要緊，也須屈此草榻一宵，明日早行。」蘇友白道：「明日早行也可，只是馬匹行李俱無，今日還要到店中去打點。」李中書道：「蘇兄放心，這些事都在小弟身上。」錢舉人道：「蘇兄不要太俗了，天涯良朋聚會，大是

❼ 玉筋金甌：玉筋，書體名，指小篆，或稱八分書；金甌，黃金之甌。枚卜時先以八分書姓名，以金甌覆之。

❽ 三台：古代官制，尚書為中台，御史為憲台，謁者為外台，合稱三台。這裡泛指高官。

❾ 五雲：五色的瑞雲，這裡指皇帝所在。

緣法。明日小弟也要少盡地主之誼，李老先生萬萬不可放去。」蘇友白道：「明日決當早行，錢先生盛意只好心領了。」李中書道：「這到明日再議，且完今日之事。」又邀二人進亭子去喫酒，三人說說笑笑，直喫到上燈，錢舉人方別去。李中書就留蘇友白在亭後書房中住了。正是：

俗子客來留不住，才人到處有逢迎。

蘇友白一夜無眠，到次早忙忙起來，梳洗畢，就催促要行，只不見主人出來。又捱了一會，方見張老走來說：「蘇相公為何起得恁早？」蘇友白道：「學生客邸，度日如年，恨不能飛到京中。萬望老丈與令親說一聲，速速周濟，感德不淺。」張老道：「盤纏小事，自然奉上，只是舍親還有一事奉懇。」蘇友白道：「更有何事？」張老道：「舍親見錢舉人說蘇相公才高學廣，定然是大發之人，甚是愛慕，願得時時親近。今有一位公子，一十三歲，欲要送一封關書，拜在蘇相公門下，求蘇相公教育一年，束脩聽憑蘇相公填多少，斷不敢吝。」蘇友白道：「學生從不曉得處館，況是過客立刻要行，如何議及此事？」

正說著，只見一個家人送進一個請帖來，卻是錢舉人請喫酒的。蘇友白忙辭道：「這個斷不敢領。煩管家與我拜上，多謝了。原帖就煩管家帶去。」那家人道：「酒已備了，定要屈蘇相公少留半日。」說著將帖子放下去了。張老道：「館事蘇相公既不情願，舍親也難相強。錢舉人這酒，是斷斷辭不得的。況這錢舉人酒也是難喫的，若不是二十分敬重蘇相公，他那裡肯請人？這是落得喫的。」蘇友白道：「固是高情，只是我去心甚急。」張老道：「蘇相公請寬心，我就去備辦馬匹行李。錢家酒也早，蘇相公略領他兩杯，就行罷。」蘇友白道：「萬望老丈周旋。」張老說罷去了。

蘇友白獨坐亭中，甚是無聊，心中焦躁道：「些須盤纏，只管伺候，可恨之極。」因叫小喜道：「你看看前邊路好走，我們去了罷，誰耐煩在此等候。」小喜道：「園門是關的，出去不得。就是出去，也沒盤纏。相公好歹耐今日一日，明日定然走路了。」蘇友白沒法奈何，只得住下。

又等一會，忽聽得隔壁樓上隱隱有人說道：「後門外榴花甚茂。」蘇友白聽了，心下想道：「這園子只怕也有後門。」就轉身沿著一帶高墻來尋後門，又遶過一層花朵，卻見山石背後果有一個後門，關得緊緊。蘇友白叫小喜開了，往外一看，原來這後門外是塊僻地，四邊榆柳成陰，到也甚是幽靜。雖有兩棵榴花，卻不十分茂盛。蘇友白遂步出門外來看，只見緊隔壁也是一座花園，也有一個後門與此相近。正看時，只見隔壁花園門開，走出一個少年，只好十五六歲，頭帶一頂弱冠，身穿一領紫衣，生得脣紅齒白，目秀眉清，就如嬌女一般。真是：

柳煙桃露剪春衣，疑謫人間是也非。
花魄已銷焉敢炻，月魂如動定相依。
弱教看去多應死，秀許餐時自不饑。
豈獨兒郎輸色笑，閨中紅粉失芳菲。

蘇友白驀然看見，又驚又喜，道：「天下如何有這等美貌少年！古稱潘貌，想當如此。」正驚喜間，只見那少年笑欣欣向著蘇友白拱一拱道：「誰家美少年，在此賣弄才華，題詩驚座，也不管隔墻有人。」蘇友白忙陪笑臉，舉手相答道：「小弟只道室鮮文君，瑤琴空弄，不意東隣有宋❿，白雪⓫窺人。今珠玉忽逢，卻教小弟穢形何遁。」那少年道：「小弟聞才之慕才，不啻色之眷色。睹仁兄才貌，自是玉人。小弟願附蒹葭，永言相倚，不識仁兄有同心否？」蘇友白道：「千古風流，尚然神往。芝蘭咫尺，誰不願親。只恐弟非同調，有辱下交。」那少年道：「既蒙不棄，於此石上少坐，以談心曲。」二人就在後門口一塊白石上並肩而坐。那少年道：「敢問仁兄高姓貴處，貴庚幾何，因何至此？」蘇友白道：「小弟金陵蘇友白，賤字蓮仙，今年二十。因要進京訪一大老，不意途中被劫，隻身旅次，進退不能。偶逢此間李老，要小弟代作四詩，許贈盤纏。昨日詩便做了，今日尚未蒙以盤纏見贈，故在此守候。不期得遇仁兄，真是三生之幸。不識仁兄高姓？」那少年道：「小弟姓盧，家母因夢梨花而生小弟，故先父取名夢梨，今纔一十六歲。昨因舍妹在樓頭窺見吾兄才貌，又見揮毫敏捷，以為太白復生，對小弟說了，故小弟妄思一面。不意果從人願，得會仁兄，仁兄若缺資斧，小弟自當料理，如何望之李老。李老俗物，只知趨貴，那識憐才。」正說未完，只見小喜來說道：「裏邊擺出飯來，請相公去喫，李爺也就出來也。」蘇友白正要說話，不肯起身，盧夢梨聽見，慌立起身來說道：「既主人請吾兄喫飲，小弟且別去。

❿ 宋：戰國時楚國宋玉。這裡以宋玉比夢梨。參見第十四回蘇友白引宋玉之言：「天下之美，無如臣里；臣里之美，無如臣東隣之子。」

⓫ 白雪：宋玉登徒子好色賦有「眉如翠羽，肌如白雪，腰如束素，齒如含貝」之句。這裡以白雪喻指夢梨。

少刻無人時，再會於此。只是見李老千萬不可說出小弟，小弟與此老不甚往來。」蘇友白道：「既如此，小弟去一刻便來，幸勿爽約。」盧夢梨道：「知心既遇，尚有肝膈之談，安肯相負。」說罷就進園去了。

蘇友白回到亭中，李中書恰好出來，相見過，李中書就說道：「小弟失陪，得罪。今日本當送仁兄早行，只因老錢再三托小弟留兄一敘，故斗膽又屈於此。些須薄程，俱已備下，明早定可登程矣。」蘇友白道：「荷蒙高情，唧感不盡。」須臾擺上飯來，二人喫罷。李中書說道：「昨日縣尊有一貴客在此，小弟還要去一拜，只是又要失陪，奈何！」蘇友白因心下要會盧夢梨，巴不得他去了，忙說道：「但請尊便，學生在此儘可盤桓。」李中書道：「如此得罪了，小弟拜客回來，就好同兄去赴老錢之酌。」說罷，拱拱手去了。

蘇友白得了空，便走到後門口來，要會盧夢梨。只因這一會，有分教：閨中路上，擔不了許多透骨相思；月下花前，又添出一段風流佳話。正是：

情如活水分難斷，心似靈犀隔也通。
春色戀人隨處好，東君何以別西東。

不知蘇友白來會盧夢梨，還得相見否？且聽下回分解。

第十四回　盧小姐後園贈金

詩曰：

人才只恨不芳妍，那有多才人不憐。
窺客文君能越禮，識人紅拂❶善行權。
百磨不悔方成節，一見相親始是緣。
漫道婚姻天所定，人情至處可回天。

卻說蘇友白忙到後園門首來會盧夢梨，只見盧家園門緊閉，不聞動靜。立了一會，心下沉吟道：「少年兒小子，莫非語言不實？」又想道：「我看此兄雖然年少，卻舉止有心，斷無失信之理。」正是等人易久，一霎時便有千思百慮。正費躊躇，忽聽得一聲門響，盧夢梨翩然而來，說道：「蘇兄信人也。來何速，真不愧乎同心。」蘇友白見了，有如從天而至，欣喜不勝，忙迎上前以手相攜，笑答道：「與玉人期，何敢後也。」盧夢梨道：「靡不有初，鮮克有終❷。始終如一，方成君子之交。」蘇友白道：「無

❶紅拂：姓張，名出塵，為隋末權相楊素侍姬。時天下方亂，李靖以布衣謁楊素，紅拂見李靖不凡，遂就李靖夜奔。此為慧眼識英雄的典實。事見杜光庭虯髯客傳。

終之人，原未嘗有始，只是一輩眼中無珠之人不識耳。若夫松柏在前，豈待歲寒方知其後凋也。」盧夢梨道：「吾兄快論，釋小弟無限之疑。」因說道：「小弟有一言相問，只恐交淺言深，不敢啟口。」蘇友白道：「片言定交，終身相托。小弟與仁兄雖偶爾邂逅，然意氣已深，有何至情，不妨吐露。」盧夢梨道：「蘇兄既許小弟直言，且請問京中之行，為名乎？為利乎？尚可緩乎？」蘇友白道：「小弟此行，實不為名，亦不為利。然而情之所鍾，必不容緩。」盧夢梨又問道：「吾兄青年，老伯與老伯母自應康健，尊嫂一定娶了？」蘇友白道：「不幸父母雙亡，尚隻身未娶。」盧夢梨道：「仁兄青年高才，美如冠玉，自多擲果之人❸，必有東牀之選，何尚求凰未遂，而隻身四海也？」蘇友白道：「不瞞盧兄說，小弟若肯苟圖富貴，則室中有婦久矣。只是小弟從來有一癡想，人生五倫，小弟不幸父母雙亡，又鮮兄弟，君臣朋友間，遇合尚不可知，若是夫妻之間，不得一有才有德的絕色佳人終身相對，則雖玉堂金馬，終不快心。故飄零一身，今猶如故。」盧夢梨道：「蘇兄深情，足令天下有才女子皆為感泣。」因歎一口氣道：「蘇兄擇婦之難如此，不知絕色佳人，或制於父母，或誤於媒妁，不能一當風流才婿而飲恨深閨者不少。故文君既見相如，不辭越禮，良有以也。」蘇友白道：「禮制其常耳，豈為真正才子佳人而設。」盧夢梨道：「吾兄此行，既不為名為利，必有得意之人，故不惜奔走也。」蘇友白道：「盧兄有心人，愛我如此，敢不盡言。小弟此行，實為一頭親事，要求一翰林公作伐。但目今鄉試在邇，恐他點了外省主考出京，不得相遇，故急急要去。」盧夢梨道：「以蘇兄之求，自是絕代佳人。但不識為誰氏

---

❷ 靡不有初二句：語出詩大雅蕩。意思是，事情有開頭，卻很少能有結果。靡，無。鮮，少。克，能夠。

❸ 擲果之人：愛慕之人。典出晉書潘岳傳，晉人潘安俊美，出遊洛陽道上，婦人因愛慕而投之以果，果載一車。

之女？」蘇友白道：「就是敝鄉白侍郎之女，名喚紅玉，美麗無比。詩才之妙，弟輩亦當遜席。至於憐才一念，尤古今所無。故小弟寤寐不能忘情。若今生不得此女為婦，情願一世孤單。」盧夢梨聽了，沉吟半晌，又問道：「白侍郎叫甚名字？住在何處？」蘇友白道：「白侍郎諱玄，字太玄，住在錦石村裏。」盧夢梨聽了，明知是他母舅，卻不說破，只道：「有美如此，無怪兄之鍾情。但天下大矣，設使更有美者，則蘇兄又將何如？」蘇友白道：「好色豈有兩心！使有美又如此，則小弟之傾慕自又如此。然得一忘一，則小弟死不負心。」

盧夢梨聽了又沉吟半晌，道：「吾兄情見乎辭，此行決不可挽矣。既如此，何必耽延。行李之費，小弟已攜在此。」就袖中取出白銀三十兩，遞與蘇友白道：「此須少佐行李，如憂不足，尚有舍妹金鐲一對、明珠十粒在此，以為補湊之用。」遂在兩臂上除下金鐲并明珠一串，又遞過來。蘇友白道：「行李止假十數金足矣，何必許多。仁兄過於用惠，小弟受之已自有餘。至於金鐲明珠，珍貴之物，況出之令妹，弟何敢當？」盧夢梨道：「仁兄快士，何亦作此腐談！客貧求人最難，珠鐲二物，可親佩於身，以防意外之變。倘或不用，即留為異日相見之端，亦佳話也。」蘇友白道：「吾兄柔媚如女子，而又具此俠腸，山川秀氣所鍾特異，小弟偶爾得交，何幸如之！小弟初時，去心有如野馬，今被仁兄一片深情，如飛鳥依人，名花繫念，使小弟心醉魂銷，戀戀不忍言別。小弟從來念頭，只知有夫婦，不知有朋友，今復添一段良友相思之苦，教小弟一身一心，如何兩受！」盧夢梨道：「小弟奉先人之教，守身如處女，並未從師，何況求友。今一晤仁兄，不知情從何生。兄深於情者，幸剖以教我。」蘇友白道：「小弟深情，不過一往。盧兄深情，其柔如水。太白詩云：『桃花潭水深千尺，不及汪倫送我情。』似為盧兄今日道也。小弟何情？當此之際，惟有黯然。」

盧夢梨道：「兄所慮者似乎言別不易。弟所慮者，又在後會為難。不知此別之後，更有與兄相見之期否？」蘇友白驚訝道：「盧兄何出此言？爾我今日之遇，雖然朋友，實勝骨肉。吾兄自是久要之人，小弟亦非負心之輩。小弟進京即歸，歸過貴鄉，自當登堂拜母，再圖把臂談心，安有不見之理？」盧夢梨沉吟半晌不語，蘇友白道：「仁兄不語，莫非疑小弟未必重來？」盧夢梨道：「小弟沉吟者，非疑仁兄不來，只恐仁兄重來，而小弟子虛烏有不可物色矣。」蘇友白道：「吾兄尊慈在堂，未必遊於他鄉，愛我實深，料無拒絕之理，為何不可物色？」盧夢梨道：「聚散固不由人，天下事奇奇怪怪，吾兄豈能預定。」蘇友白道：「在天者難定，在人者易知。若說小弟日後不來見兄，小弟愈可自信；若說日後兄不見弟，則兄今日見弟何為？此理之易明者。」盧夢梨道：「今日小弟可見則見，後日小弟不可見則不見，亦未可知。」蘇友白道：「吾兄一見弟而諄諄肝膽，猶虞交淺言深，此時情同骨肉，而轉為此模糊之語，不幾交深而言淺乎？弟所不解。」盧夢梨道：「初時以為可言，故諄諄言之。此時以為不可言，故不言也，何必費解。」蘇友白道：「小弟一人之身，即在此一日之內，吾兄何所見而有可言、不可言之別？」盧夢梨道：「言之可行，故欲言；言之知不可行，又何必言？」蘇友白道：「小弟聞所貴乎朋友者，貴相知心。今兄與弟，言且不可，況乎知心。既非知己，而仁兄違心以賜，小弟靦顏而受，是以黃金為結交矣。小弟雖窮途，斷不肯以悠悠行路自處。」遂欲將珠鐲送還。

盧夢梨惕然道：「仁兄何罪弟之深也！小弟初見兄時，實有一肝膈之言相告，及後詢兄行止，知言之無益，而且羞人，故不欲言，非以仁兄為不知心而不與言也。吾兄既深罪小弟，小弟只得蒙恥言之矣。」蘇友白道：「知己談心，何恥之有？萬望見教。」盧夢梨羞澀半晌，被蘇友白催促不已，只得說道：「小弟有一舍妹與小弟同胞，也是一十六歲，姿容之陋，酷類小弟。學詩學文，自嚴親見背，小弟兄妹間實自相師友。雖不及仁兄所稱淑女之美，然憐才愛才，恐失身匪人一念，在兒女子實有同心。一向緣家母多病，未遑擇婿，小弟又年少，不多閱人，兼之門楣冷落，故待字閨中，絕無知者。昨樓頭偶見仁兄翩翩吉士，未免動標梅❹之思。小弟探知其情，故感遇仁兄，謀為自媒之計。今挑問仁兄，知仁兄鍾情有在，料難如願，故不欲言也。今日之見，冀事成也。異日兄來，事已不成，再眉目相對，縱兄不以此見笑，弟獨不愧於心乎？故有或不見之說。今仁兄以市交責弟，弟只得實告。此實兒女私情，即今言之，已覺面熱顏赤，倘泄之他人，豈不令弟羞死！」

蘇友白聞言，諤然驚喜，道：「吾兄戲言耶，抑取笑小弟耶？」盧夢梨悽然道：「出之肺腑，安敢相戲。」蘇友白道：「莫非夢耶？」盧夢梨道：「青天白日之下，何夢之有。」蘇友白道：「若是真，豈不令小弟狂喜欲死。」盧夢梨道：「事之不濟，悵也如何。仁兄乃謂之喜，何哉？」蘇友白道：「小弟四海一身，忽有才美如仁兄之淑女，剛半面而即以終身相許，弟雖草木，亦知向春為榮，況弟，人也，云胡不喜！」盧夢梨道：「吾兄好逑，已自有人，豈能捨甜桃復尋苦李？小弟兄妹之私，不過虛願耳。」蘇友白道：「宋玉有言：『天下之美，無如臣里；臣里之美，無如臣東隣之子。』仁兄兄妹之美何異於是。小弟今遇令妹之美而不知求，而浪云求凰，豈非葉公之好畫龍，而見真龍反卻走也。」盧夢梨道：

❹ 標梅：女子已到結婚年齡。標梅，原作摽梅，謂梅子成熟而落下。語出詩召南摽有梅：「摽有梅，其實七兮；求我庶士，迨其吉兮。」

「仁兄既不欲棄捐弟妹，將無於意中之艷作負心人耶？」蘇友白道：「負心，則吾豈敢。」盧夢梨道：「吾固知兄不負心也，使仁兄憐予弟妹而有負於前，倘異日復有美於弟妹者，不又將以弟妹為芻狗耶？無論前人怨君薄倖，亦非予弟妹所重於兄，而仰望以為終身者也。」蘇友白道：「仁兄曲諭，不獨深得弟心，而侃侃正言，更使弟敬畏。弟之柔腸癡念，已為兄寸斷百結，不復知有死生性命矣。」盧夢梨道：「兄情人也，不患情少，正患情多，顧今日之事，計將安出？」蘇友白微笑道：「既不獨棄，除非兩存。但恐非深閨兒女之所樂聞也。」盧夢梨道：「舍妹年雖幼小，性頗幽慧，豈可以兒女視之。戀君真誠，昨已與弟言之矣。娶則妻，奔則妾，自媒近奔，即以小星而侍君子亦無不可，但恐兄所求之淑女未必能容耳。」蘇友白大喜道：「若非淑女，小弟可以無求。若果淑女，那有淑女而生妬心者！三人既許同心，豈可強分妻妾，倘異日書生僥倖得嬪二女，若不一情，有如皎日。」盧夢梨亦大喜道：「兄能如此，不辜弟妹之苦心矣。雖倉卒一言，天地鬼神實與聞之，就使海枯石爛，此言不朽矣。」

蘇友白道：「弟思白小姐之事，尚屬虛懸。令妹之事，既蒙金諾，小弟何不少留數日，就求媒一議。」盧夢梨道：「仁兄初意，原為白小姐而來，而半途先婚舍妹，無論先已負心，就使紅玉小姐聞之，自應不悅，豈不開異日爭而不遜之端？況舍妹尚幼，既已許君，斷無改移。兄宜速速進京，早完白小姐之事。但只是還有一語相問。」蘇友白道：「更有何語？」盧夢梨道：「仁兄雖屬意白小姐，不識白小姐亦知有仁兄否？」蘇友白道：「仁兄愛我至此，實不相瞞。」遂將和新柳詩并後來考送鴻迎燕事情，細說了一遍。盧夢梨道：「既如此，兄只消去完白小姐之盟，不必更尋小弟。彼事若完，舍妹之事自完矣，斷無相負。」蘇友白道：「固知兄不負我，只是纔得相逢，又欲分袂，寸心耿耿，奈何？」盧夢梨道：「弟豈恝然者，但以後會甚長為慰。今若過於留戀，恐為僕婢所窺，異日又增一番物議矣。」蘇友白道：「既是如此，盤纏又足，小弟即此徑行，也不別李老矣。」盧夢梨道：「徑行甚妙，小弟尚有一言為贈。」蘇友白道：「仁兄金玉，敢求見教。」盧夢梨道：「千秋才美，固不需於富貴，然天下所重者功名也。仁兄既具此拾芥之才，此去又適當鹿鳴之候，若一舉成名，則凡事又易為力矣。大都絕世佳人既識憐才，自能貞守，何必汲汲作兒女情癡之態，以誤丈夫事業。」蘇友白改容深謝道：「仁兄至情之言，當銘五內。倘得寸進，歸途再圖把臂。」二人說罷，蘇友白原是空身，只叫小喜帶上園門，道：「我們就往此去罷。」盧夢梨道：「從此小徑遶過城灣，就是北門。小弟本當遠送，奈怕有人看見不便，只此就別了。蘇兄前途保重。」一面說，一面落下幾點淚來，忙以衫袖掩住。蘇友白見了，也忍不住數行泣下道：「離別之懷，爾我難堪。閨中弱質，又將奈何！幸為我蘇友白一道殷勤。」盧夢梨含淚點首。二人又眷戀一會，沒奈何分手而去。正是：

意合情偏切，情深別更難。
丈夫當此際，未免淚珠彈。

盧夢梨歸去不題。卻說蘇友白轉出北門，恐怕李中書錢舉人來纏擾，不敢到舊店主家去，只得又另尋一家安歇。拿些散碎銀子，備了行李，僱了馬匹，到次日絕早就行。一路上癡癡迷迷，只是想念，起初只得白小姐一人，如今又添了盧夢梨與盧小姐二人，弄得滿心中無一刻之安。一時想道：「白小姐雖見其才，未睹其貌。盧小姐雖也未見其貌，然其兄之美如此，則其妹之丰姿可想見矣。此婚得成，無論受用其妹，即日與其兄相對，也是人生一快。」一時又想道：「盧夢梨雖然年少，卻慮事精詳，用情真至，自是一慧心才人。既稱其妹有才，斷非過譽；即使學問不充，明日與白小姐同處閨中，不愁不漸造高妙。我蘇友白何福，遘此二美。」心中快暢，不覺信馬而行，來到一鎮。

忽聽得兩面鋪兵鑼乒乒乓乓敲將來，隨後就是一對對清道藍旗，許多執事擺列將來。蘇友白問人，知是按院出巡回來。只得下了馬，立於道傍，讓他過去。不多時，只見一柄藍傘，一乘大轎，數十衙役簇擁著一位官人過去，後面許多官舍跟隨。內中一個承差，見了蘇友白，看了一看，慌忙跳下馬來道：「這是大相公！小的春前那裡不尋到，如何今日卻在此處！」蘇友白喫了一驚道：「你是何人？」那承差道：「小的是按院蘇老爺承差。老爺春間曾差小的來接大相公，大相公難道就忘記了？」蘇友白道：「原來是兄。老爺如今在那裏？」承差道：「方纔過去的不是？」蘇友白道：「原來就是家叔。家叔復命不久，為何又點出來？」承差道：「老爺不喜在京中住，前任湖廣止得半年，故又補討此差出來。老爺自尋大相公不見，時常懸念。大相公快上馬去見老爺。」蘇友白依言上馬，又復轉來。承差也上了馬，說道：「大相公慢來，小的先去報知老爺。」遂將馬加上一鞭，跑向前去。

不多時，又走轉迎著蘇友白說道：「老爺聽見大相公在此，甚是歡喜，說道路上不好相見，叫小的服事大相公同到衙中去相會。」蘇友白道：「回到縣中尚有三四十里路，今日恐不能到。」承差道：「老爺衙門在府中，不往縣間過，此去到府中，止得七八里路了。」二人一路閒話，不多時早到了衙門。

守門人役接著，道：「大相公快請進去，老爺在內堂立等。」蘇友白下了馬，叫小喜打發了，整整衣冠，竟進後堂來。只見蘇御史果立在堂上等候。蘇友白進得堂來，就請蘇御史拜見。拜畢，命坐，就坐於蘇御史側邊。蘇御史看蘇友白人才秀美，滿心歡喜，因說道：「我記得見賢侄時，尚是垂髫❺，數年不見，不意竟成一美丈夫，使劣叔老懷不勝欣慰。」蘇友白道：「愚侄不幸幼失嚴親，早歲慈母見背，又緣道途修阻，不能趨侍尊叔膝前，以承先教，遂致孤身流落，有墮家聲。今瞻前思後，慚愧何堪。」蘇御史道：「劣叔老矣，既無嗣續，況且倦遊，前程有限。我看賢侄英英器宇，自是千里之駒。異日當光吾宗，劣叔可免門戶憂矣。」蘇友白道：「愚侄失之於前，尚望尊叔教之於後。倘不至淪落，聊以衍眉山一派❻，亦可稍盡後人之責。」蘇御史道：「我既無子，汝又父母雙亡，我春間曾有書與汝，道及此事，意欲叔侄改為父子，聊慰眼前寂寞。至於異日誥贈，當還之先兄先嫂。如不然，則是欲續吾嗣，而絕汝宗也。不知賢侄曾細思否？」蘇友白道：「尊叔此意，見之遠，慮之審，使孤子有托，實一先人之所深願也。先人所願，愚侄未有不願者。」蘇御史聽了大喜，遂擇一吉日，安排酒筵，令蘇友白拜他為父。自此以後，遂以父子稱呼。

府縣司道及合郡鄉宦，聞知按院繼了新公子，都來慶賀送禮。不想李中書也在其中，就將寫畫四景的錦屏送來。這日蘇御史公堂有事，就著蘇友白到賓館中來接待眾鄉宦。李中書看見新公子就是蘇友白，

---

❺ 垂髫：古代兒童不束髮，頭髮下垂。因稱兒童、童年為垂髫。髫，兒童垂下的頭髮。

❻ 眉山一派：第四回講述蘇友白身世，說他「原係眉山蘇子瞻之族，只因宋高宗南渡，祖上避難江左，遂在金陵地方成了家業」。

著了一驚，慌忙出位作揖謝罪，道：「前日多有得罪，治弟拜客回來，不知兄翁為何就徑行了，自是怪治弟失陪。治弟備了些薄禮鋪陳，四下訪問，並無蹤跡。以一時俗冗開罪賢豪，至今悔恨無已。更不知為驄馬貴介❼，真可謂有眼不識泰山。今幸再睹台顏，簡慢之罪，乞容荊請。」蘇友白道：「前擾尊府，不勝銘感。小弟次日緣有薄事，急於要行，又恐復叨錢君，故未及謝別賢主，非敢過求。」李中書道：「兄翁海量，或不深罪，然治弟反之於心，終屬不安。」又再三修過，方隨眾鄉宦別去。正是：

接貧驕傲，趨貴足恭。
小人常態，天下皆同。

蘇御史公堂事畢，查點禮物。金銀、紬緞、食用之物，一概不受。止有詩畫文墨關係贊揚德政者，皆稱名為號，只得受了。一一細看，大都套語為多。看到李中書錦屏，四詩清新雋逸，筆墨不群，心下甚愛。就叫衙役擡到後堂，擺列賞玩。適值蘇友白走來，蘇御史就指與蘇友白看，道：「此四詩筆鮮句逸，絕無雕鑿，我甚愛之。李中書資郎自不解此，不知出之何人？我聞你亦愛詞賦，此詩不可以其應酬而不賞也。」蘇友白道：「此四詩實孩兒代筆，倉卒應酬，豈足當父親珍賞。」蘇御史又驚又喜道：「這又奇了！我就疑山東無此雋筆，亦不意吾兒才美如此。我且問你，你如何得代他作？」蘇友白道：「前日孩兒來時，途中被劫，行李盡失，不能前行。在旅次中偶然相遇，他許贈孩兒盤費，故孩兒代他作詩。

❼ 驄馬貴介：對御史公子的尊稱。驄馬，青白色相雜的馬，御史所乘之馬，故借指御史；貴介，尊貴。

只說是送按臺，亦不知就是大人。」

蘇御史道：「連日忙忙，我到也不曾問得你，我春間著承差接你，你許了來，為何後又不至？今日到此，卻又為何？」蘇友白道：「孩兒在家時，出門甚少，原不識路。彼時只道江口大路易行，竟信馬而走，不意錯走到句容鎮上白石村去。次日急要趕回，不料感了些寒病，不能動身，只得借了一個觀音庵住下。養了半月病方好，故失了大人之約。今日之來，就因孩兒在寺裏住時，訪知彼地白鄉宦有一女，多才能詩，美麗異常，孩兒妄想，欲求為婦。人人都道白公擇婿甚嚴，不輕許可。孩兒又訪知金陵吳翰林是他至親，言則必從。今聞吳翰林欽詔進京，故孩兒此來，一則尋訪大人，二則就要央求吳翰林為媒。」蘇御史道：「原來有許多緣故。這白鄉宦想定是白太玄了，白太玄是我同年，他的事我細細盡知。他女兒詩才果妙，此老擇婿果嚴，只因為求婚不從，幾乎連性命不保。」蘇友白問道：「為何？」蘇御史就將賞菊花、代作詩，及楊御史求親不遂，舉保迎請上皇之事，細細說了一遍，道：「以汝才華求他作配，自是佳偶。吳瑞庵作伐固好，我寫書去也有幾分。然此老任性而又多疑，尚有幾分不穩。」蘇友白道：「為何不穩？」蘇御史道：「你今縱有才情，只是一窮秀才。他科甲人家，恐嫌寒微，故曰不穩。以我想來，目今試期近了，我看你才學亦已充足，我與你納了北監，竟去先求功名，倘得少年登第，意興勃勃，那時就央吳瑞庵為媒，我再一封書去，就十分有望，不患不成矣。功名既就，婚姻又成，一則遂你之願，二則滿我之望，豈不美哉。」蘇友白見蘇御史之言與盧夢梨之言相合，便如夢初醒，遂爾承應道：「大人嚴訓，敢不聽從。」只因這一去，有分教：龍虎榜中，標名顯姓；婚姻簿上，跨鳳求凰。正是：

天意從來靳富貴，人情到底愛功名。
漫誇一字千金重，不帶烏紗只覺輕。

不知蘇友白去求功名如何，且聽下回分解。

第十五回　秋試春闈雙得意

詩曰：

人生何境是神仙，服藥求師總不然。
寒士得官如得道，貧儒登第似登天。
玉堂金馬真蓬島，御酒宮花實妙丹。
漫道山中多甲子，貴來一日勝千年。

卻說蘇御史與蘇友白算計停當，就一面差人去起文書，又一面打點銀子，差人進京去納監❶。御史人家幹事甚是省力，不幾日便都打點端正。又過了幾日，蘇御史就對蘇友白說道：「我這衙門中多事，你在此未免忙忙碌碌過了，如今既要求名，莫若早送你進京，尋一靜地潛養潛養，庶幾有益。」蘇友白心下也要進京訪吳翰林消息，連連應諾。便就擇日起程，府縣并各鄉宦聞知，都來送行作餞，李中書加意奉承。又忙亂了幾日，方拜別蘇御史長行。此時是按院公子，帶了小喜并幾個承差，裘馬富盛，一路

❶ 納監：明代科舉，納資取得監生資格。有了監生資格方能和直省的生員一同參加北京順天府的鄉試。蘇友白在金陵已為生員，按制只能參加南京的鄉試，納監是為了在北京參加鄉試。

上好不雄豪，與前窮秀才落落行藏大不相同。

不一日到了京中，尋個幽靜下處住了。一面去行進監之事，就一面差人打聽吳翰林消息。不意吳翰林數日前，已點了湖廣正主考，出京去了。蘇友白惆悵不已，然沒法奈何，只想著盧夢梨之言，安心讀書，以為進取之計。時光易過，倏忽之間早已秋試之期。蘇友白隨眾應試，三場已畢，到了揭曉之日，蘇友白高高中了第二名經魁❷。報到山東，蘇御史不勝歡喜。就寫書差人送與蘇友白，叫他不必出京，可於西山中尋一僻寺，安心讀書，率性等來春中了進士，一同討差回省祭祖，此時不必往來道路，徒費精神。蘇友白一中了，就思南還，一來迫於父命，二來吳翰林尚未回京，三來恐一舉人動白公不得，只得在京中捱過殘冬。到了新年，轉眼已是春闈。蘇友白照舊入場，真是文齊福齊，又高高中了第十三名進士，及至殿試，又是二甲第一。已選了館職，只因去秋順天鄉試，宰相陳循有子叫做陳英，王文有子叫做王倫，俱不曾中得，二相公懷恨，因上一疏，劾奏主考劉儼、王諫二人閱卷不公，請加重罪。虧了少保高穀，回奏景泰皇帝，說道：「大臣子與寒士並進，已自不可，況又不安於命，欲構考官，可乎？」景泰皇帝心下明白，遂不加罪主考，卻又撇二相公體面不過，因特旨欽賜陳英、王倫二人為舉人，一同會試。到了會試，主考劉儼又分房考，恰恰蘇友白又是劉儼房中中的，況且中的又高，及殿試又是二甲第一，選了館職。二相公因恨劉儼，遂與吏部說了，竟將蘇友白改選了浙江杭州府推官❸。蘇友白聞報，以為有了衙門，便可出京。又以為浙江必由金陵過，便可順路去與白公求親，到滿心歡喜，不以為怪。

---

❷ 經魁：明代科舉考試分五經取士，於五經中各取第一名，共五名，稱經魁或五經魁首。

❸ 推官：明代各府置推官一人，專管一府刑獄。

只候蘇御史來京復命，相會過，便要起身。不期蘇御史未來，恰恰吳翰林到先來復命。蘇友白訪知甚喜，忙寫一個「鄉眷晚生」的名帖去拜見。

原來吳翰林在鄉會試錄上見蘇友白中了，甚是歡喜，及見是河南籍貫，又以為同名同姓，就丟開了。這日來拜，見名帖上用一「鄉」字，心下又驚又疑，就不回不在，連忙出去接待。到得前廳，遠遠望見蘇友白進來，恰原是當年梅花下題詩的風流年少，自以為眼力不差，滿心歡喜，就笑欣欣將蘇友白迎上廳來。蘇友白見了，深深打恭，以前輩禮拜見吳翰林。禮畢就坐，吳翰林就問道：「去歲令兄下顧，小酌奉攀時，只知賢兄在鄉間藏修，要應南試，故未蒙降重；不知何故，後又改入北雍，而注河南籍貫？」蘇友白驚訝道：「晚生不幸父母早背，隻身並無弟兄。去春自得罪台憲之後，即浪遊外郡。偶過齊魯，獲遇家叔，家叔自念無嗣，又念晚生孤身，遂收育為子，故得僥倖北雍。河南者，從父籍也。」吳翰林道：「令叔莫非臺中蘇方回兄麼？」蘇友白道：「正是。」吳翰林道：「原來如此。賢兄既無兄弟，則去歲來為賢兄要小弟與白太玄作伐者，卻是何人？」蘇友白喫驚道：「晚生雖實有此念，卻未曾托人相求。不識老先生還記得此人名字否？」吳翰林道：「只記得說是令兄，名字卻忘了。」因問管書帖家人，家人稟道：「名字叫做蘇有德。」蘇友白聽了，又喫一驚道：「原來是蘇有德。」因歎息道：「甚矣，人情之難測也。」吳翰林道：「卻是為何？」蘇友白道：「晚生去春，曾留錦石村，竊慕令甥女之才，欲求為蘋蘩主，百計不能。後訪知惟老先生之言是聽，故欲回京相懇。不意行至半途，忽遇蘇有德，再三款留，詢問晚生行藏。晚生一時不慎，遂真情告之。彼餂知晚生之意，遂力言老先生已欽召進京，徒勞往返，因勸晚生便道進京，又贈晚生行李之費。彼時晚生深感其義氣，故竟渡江北行。不知其蓄假冒狡謀，而有誑于老先生也。此時不識老先生何以應之？」吳翰林道：「小弟一聞賢兄之教，隨發書與舍親矣。」因笑道：「這件事，如今看來，自是賢兄當面錯過，如今卻又千里求人。」蘇友白謬然道：「卻是為何？」吳翰林道：「前歲白太玄奉命使虜，慮有不測，遂以甥女見托。小弟在靈谷寺看梅，見賢兄詩才并丰儀之美，遂欲以甥女附喬，以完舍親之托。總一甥女，也不知賢兄昔何所見，而固執不從，今又何所聞而諄諄如此。豈非當面錯過，而又千里求人？」蘇友白聽了，竟癡呆了半晌，因連連謝罪道：「晚生自作之孽，應自受之。只是晚生日寢處於老先生恩私中，而竟不知，真下愚也。」吳翰林道：「亦非賢兄之過，總是好事多磨耳。」蘇友白道：「多磨猶可，只恐蘇有德這奸人借老先生尊翰大力，負之而去，則奈何？」吳翰林道：「這斷不能。白舍親最精細最慎重，豈容奸人假冒。就使舍親輕信，舍甥女何等慧心明眼，料無墮他術中之理。此兄亦徒作此山鬼伎倆耳。賢兄萬萬放心。至於賢兄之事，都在小弟身上。」蘇友白忙深深打一恭道：「全賴老先生始終玉成，晚生不敢忘德。」喫了三道茶，又敘了些寒溫，方纔辭出。正是：

雪隱鷺鷥飛始見，柳藏鸚鵡語方知。

蘇友白因見吳翰林將前情細細剖明，心中無限追悔，道：「早知燈是火，飯熟已多時。當時不細心訪問，對面錯過，如今東西求人，尚不知緣分如何？」又想道：「白小姐之美，人人稱揚，似非虛贊，當日後園所見，卻未必佳，莫非一時眼花，看不仔細？」又想道：「我聞他自有一女，已許了人，或者看的是他，亦未可知。」心下終有些狐疑。

不一日蘇御史來京復命，父子相見，不勝之喜。蘇御史道：「你功名已成，只有婚姻了。我明日見吳瑞庵，求他周旋，我再寫一書與他，料無不成之理。」蘇友白因心下有事，急急打點要行。蘇御史見憑限緊急，也不敢苦留。又過了數日，就打發蘇友白起身。蘇友白此時就有許多同年及浙江地方官餞送，好不興頭。正是：

來無冠蓋迎，歸有車徒馭。
止此一人身，前後分恭倨。

蘇友白出得都門，本該竟往河南去祭祖，只因要見盧夢梨，就吩咐人夫要打從山東轉到河南。人夫不敢違拗，只得往山東進發。行得十數日，就到了鄒縣。蘇友白叫人夫俱在城外住下，只帶了小喜，仍照舊時打扮，進城來尋訪。不多時到了盧家門首，只見大門上一把大鎖鎖了，兩條封皮橫豎封著，絕無一人。蘇友白心下驚疑不定，只得又轉到後園門首來看，只見後園門上也是一把鎖，兩條封皮封得緊緊。蘇友白愈覺驚疑，道：「這是為何？莫非前日是夢？」再細看時，前日與盧夢梨同坐的一塊白石，依舊門前，四圍樹木，風景宛如昔日。只是玉人不知何處，恰似劉阮重到天台❹一般。

❹ 劉阮重到天台：劉晨、阮肇入天台山仙境，與仙女同居十日離去，回鄉方知人間已過七世，重回天台，則仙女不知何處。參見第九回注❼。

蘇友白只管沉吟惆悵，不期隔壁李中書的家人俱是認得蘇友白的，在前門看見了，即暗暗報知李中書。李中書此時已知蘇友白是簇簇新一個進士，巴不得要奉承，忙叫人四下邀住，隨即開了後門來迎接。只見蘇友白在盧家園門首癡癡立著，忙上前作禮道：「兄翁聯捷，未及面賀為罪。今日降臨，為何不一光顧，卻在此徘徊？」蘇友白忙答禮道：「正欲進謁，偶過於此，覽此風光如故，不覺留連，何期驚動高賢，乃承降重。」李中書一面說，一面就邀蘇友白進園中來。二人重新講禮，禮畢，李中書就叫人備酒，定要留酌，又叫人去請錢舉人來陪。蘇友白因要訪盧家消息，也就不辭。

不一時，有酒了，錢舉人也來了。相見過，敘些寒溫，就上席喫酒。喫了半晌，蘇友白因問道：「前日學生在此下榻時，曾在後園門首遇見隔壁盧家公子，甚是少年。今日為何園門封鎖，一人不見？李老先生與之緊隣，必知其詳。」李中書道：「隔壁是副使盧公諱一泓的宅子。自盧公死，他公子尚小，止好五六歲。此外惟他夫人與一幼女寡處，並無餘丁，那得少年，兄翁莫非錯記了？」蘇友白驚訝道：「學生明明遇著，接談半日，安得錯記！莫非是親族人家子侄，暫住於此？」李中書道：「盧公起家，原是寒族，不聞有甚親眷。況此公在日，為人孤峻，不甚與人往來。他的夫人又是江南宦家，父兄懸遠，且治家嚴肅，豈容人家子侄來住。或者是外來之人，有求於兄翁，故冒稱盧公之子。」蘇友白道：「此兄不獨無求於弟，且大有德於弟。分明從園中出入，豈是外人？這大奇了。」李中書道：「兄翁曾問他名字否？」蘇友白道：「他名夢梨。」李中書想了想道：「夢梨二字，彷彿像他令愛的乳名。」因笑笑道：「莫非他令愛與兄翁相會的？」蘇友白也笑道：「盧公子幼，別無少年，這也罷了。且請問為何前後門俱封鎖，難道他夫人與令愛也是無的？」李中書笑道：「夫人與令愛，這是有的。」蘇友白道：「既有而今安在？」李中書道：「半月前往南海燒香去了，故空宅封鎖於此。」蘇友白道：「只為南海燒香，為何挈家都去？只怕其中還有別故。」錢舉人接說道：「燒香是名色，實別有一個緣故，小弟略聞一二，卻不得其詳。」蘇友白道：「敢求見教。」錢舉人向李中書問道：「老丈亦有所聞麼？」李中書道：「別有緣故，到不曉得。」錢舉人道：「聞得盧公有一仇家，近日做了大官，聞知盧公死了，要來報仇。故盧夫人借燒香之名，實為避禍而去。」蘇友白道：「此去不知何往？」錢舉人道：「盧夫人原是江南宦族，此行定回江南父母家去了。」蘇友白聽了，神情俱失，只得勉強酬應。又飲了半日，只等承應人夫都來了，方纔謝別李錢二人起身。正是：

記得春風巧笑，忽焉明月蘆花。
細想未來過去，大都載鬼一車。

蘇友白別了李錢二人，就叫人夫往河南進發。一路上思量道：「盧郎贈我的金鐲明珠，日在衣袖中，而其人不知何處。他夫人與小姐既避禍去，未必一時便歸，且江南宦族甚多，何處去問？他當日曾說重來未必能見，便有深意了。既重來難見，何不并當時不見？奈何相逢戀戀，別去茫茫，單留下這段相思與我。」又想道：「他說白小姐事成，他事亦成，我看盧兄有心人，或別有深意，亦未可知。莫若且依他言，去求白小姐之事。」正是：

得之為喜，未得為愁。
喜知何日，愁日心頭。

按下蘇友白一路上相思不題。

且說白侍郎自從病好了，也不出門，也不見客，只在家中與白小姐作詩消遣。到南場秋試畢，看試錄上卻不見有蘇友白名字。及順天試錄，到第二名轉是蘇友白，及看下面，卻是監生，河南人。心下驚疑，因想道：「莫非蘇友白因前程黜退，納了北監？」又想道：「監便納的，籍貫卻如何改得？自是同名同姓。」也就丟開。到了次年春間，又想道：「我擇婿數年，止有這個蘇友白中意，卻又浮踪浪跡，無處去尋訪。女孩兒今年已是十八于歸之期，萬不可緩。我聞武林西湖，乃天下之名勝，文人才子，往往流寓其間，我乘此春光，何不前去一遊？一則娛我老懷，二則好歹擇一佳婿，完紅玉婚姻之事。只是他一人在家不便。」心下踟躕不定。

又過了數日，忽報山東的盧太太同小姐與小公子挈家都到，在外面。白公大驚道：「這是為何。」不慌忙叫將盧太太與盧小姐的轎擡進後廳來，其餘僕從，且發在前堂。原來這盧太太正是白公的妹子。不一時轎進後廳，白公與紅玉小姐接住。先是白公與盧夫人兄妹拜見過，就是盧小姐與小公子拜見母舅。白公道：「甥兒甥女幾年不見，也是這等長成了。」拜畢，就是白小姐拜見盧姑娘。白小姐拜罷，纔是姊妹并小兄弟三人交拜。大家拜完，坐定。

白公就問道：「只因路遠，久不相聞。不知今日為著何事，卻挈家到此。」盧夫人道：「你妹夫在江西做兵備❺時，有一個金谿知縣，做官貪酷，你妹夫上疏將他參壞了，不知後來怎麼又謀幹，改補了別縣，如今又不知怎麼行取了御史，探知你妹夫去世，他舊恨在心，新又點了山東按院，要來報仇。我一個孤寡之人，你外甥又小，山東又無親族，如何敵得他過。故與甥女商議，乘他未曾入境，推說南海燒香，來借哥哥這裏暫住些時，避他一避。」白公道：「原來為此。這也論得是。如今時勢，這等惡人，只是避他避罷了。且吾妹今日來得正好，我目下要往武林一遊，正慮你侄女獨自在家，無人看管。恰好吾妹到來，可以教訓他，又有甥女與他作伴，我就可放心去了。」盧夫人道：「有我在家相陪姪女，哥哥去自不妨。只是我此來，一則避禍，二則還有一事要累哥哥。」白公道：「又有何事？」盧夫人道：「自你妹夫去世，門庭冷落。你甥女今年是十七歲了，婚姻尚未有人。雖有幾家來求，我一寡婦，見人不便，難於主張。故同他來，要求娘舅與他擇一佳婿，完他終身之事。」白公歎一口氣道：「擇婿到也是件難事。我為紅玉婚事，受了多少惡氣，至今尚未得人。你是一個婦人家，更不便於選擇，既是托我，我當留心。但我看甥女容貌妍秀，體態端淑，女紅諸事，自然精工。」盧夫人道：「描鸞刺繡，針指之事，雖然件件皆能，卻非其好；素性只好文墨，每日家不是寫字，就是做詩，自小到如今，這書本兒從未離手。他父親在日，常常說他聰明，任他吟弄。我也不知他做得好，做得不好，娘舅幾時閒了，考他一考。」白公驚喜道：「原來也好文墨，正好與紅玉作對。」白公口便是這等說，心下也只道他略略識字，未必十分。說罷，就叫家人收拾內廳傍三間大樓，與盧夫人同小姐公子住。行李搬了進來，其餘僕從，都發在外面群房內住。安置停當，就吩咐備酒接風。

❺ 兵備：明代節制衛所的武官，也稱守備。

不一時酒有了，是兩桌：一桌在左邊，盧夫人坐了，盧小姐與盧公子就坐在橫頭；一桌在右邊，白公坐了，白小姐就坐在橫頭。兄妹一面飲酒，一面說些家事。飲了一會，盧夫人問白小姐道：「姪女今年想也是十七？」白小姐答道：「十八了。」盧夫人道：「這等大夢梨一歲，還是姐姐。」白公道：「我一生酷好詩酒，況無子嗣，到虧你侄女日夕在前吟弄，娛我晚景。今不意甥女也善文墨，又是一快。」因對夢梨小姐說道：「你有做的或詩或詞，誦一篇與我賞玩。」夢梨小姐答道：「雖有些舊作，俱是過時陳句，不堪復吟。母舅若肯教誨甥女，乞賜一題，容夢梨呈醜，求母舅與姐姐改政。」白公聽了大喜道：「如此更好。也不好要你獨做，我叫紅玉陪你。」盧小姐道：「得姐姐同做，使甥女有所模倣，更為有益。」白公心下還疑盧小姐未必精通，因暗想道：「我若出一題二人同做，便妍媸相形，不好意思。莫若出兩個題目，各做一首，縱有低昂，便不大覺了。」因說道：「我昨日偶會金陵一友，傳來二題到也有致，一個是老女歎，一個是擊腕歌。他說金陵詩社中名公，無人不做。你姊妹二人，何不就將此題各拈一首？」盧小姐答道：「是。還求母舅將題目鬮開。」白公道：「這個不難。」隨叫嫣素取過筆硯并兩幅花箋，一幅上寫了老女歎，一幅上寫了擊腕歌，下面都注了要四換韵歌行。寫完，到將題目卷在裏面，外面卻看不見，又拿起來攪一攪，並放在桌上，道：「你二人可信手各取一幅去。」二小姐忙立起身來，各取了一幅。打開一看，白小姐卻是老女歎，盧小姐卻是擊腕歌。原來白公與白小姐時常做詩，這些侍婢都是伏事慣的，見二小姐分了題，就每人面前送過筆硯來。此時二小姐各要逞才，得了題，這一個搆思白雪，那一個就練句陽春。只見兩席上墨花亂墜，筆態橫飛，頃刻間各各詩成四韵。正是：

筆落驚風雨，詩成泣鬼神。
千秋才子事，一旦屬佳人。

二小姐詩做完了，卻也不先不後，同送到白公面前。白公看見盧小姐做詩，殊無苦澀之態，能與白小姐一時同完，心下已有三分驚訝，就先展開一看，只見上寫著：

擊腕歌

楊柳花飛不捲簾，美人幽恨上眉尖。
翠蛾春暖懶未畫，金針晝長嬌不拈。
欲隨紅紫作癡玩，踏青鬬草時俱換。
笑語才郎賭弈棋，不賭金釵賭擊腕。
輸贏擊腕最消魂，欲擊遲遲意各存。
輕攬素綃雲度影，斜飛春筍玉留痕。
相爭相擊秋千下，擊重擊輕都不怕。
盡日貪歡不肯休，中庭一樹梨花謝。

白公細細看完，見一字字尖新秀雋，不覺真心驚喜，因對盧夫人說道：「我只道是閨娃識字，聊以洗脂粉之羞，不知甥女有如此高才，謝家道韞不足數矣。」就一面將詩遞與白小姐道：「我兒你看，句逸字芬，真香奩佳詠，你今日遇一敵手矣。」白小姐看了，也贊不絕口。盧小姐遜謝道：「甥女閨中孤陋，蕪詞恐涉妖冶，尚望母舅與姐姐教正。」說畢，白公方將白小姐詩展開來看，只見上寫著：

老女歎

春來紫陌花如許，看花陌上多遊女。
花開花落自年年，有女看花忽無語。
看花無語有所思，思最傷心人不知。
記得畫眉妬新月，曾經壓鬢笑花枝。
前年恨殺秋風早，今春便覺腰圍小。
可憐如血石榴裙，不及桃花顏色好。
歲月無情只自噓，幾迴臨鏡憶當初。
隣家少婦不解事，猶自妝成矜向予。

白公看了道：「渾含不露，深得盛唐風體，當與甥女並驅中原，不知鹿死誰手。」因叫嫣素送與盧小姐看，盧小姐細細看了，因稱贊道：「姐姐佳作，體氣高妙，絕無煙火，小妹方之，滿紙斧鑿矣。」因暗想道：「白小姐才華如此，怪不得蘇郎癡想。」只因這兩首詩，你敬我愛，又添上許多親熱。正是：

親情雖本厚，到底只親情。
才與才相合，方纔愛慕生。

二小姐不知後來如何，且聽下回分解。

第十六回　花姨月姊兩談心

詩曰：

漫言二女不同居，只是千秋慧不如。
記得英皇❶共生死，未聞鸞素❷異親疏。
汝躬不閱情原薄，我見猶憐意豈虛。
何事醋酸鶬肉妬，大都愚不識關雎。

卻說白公自見盧小姐作詩之後，心下甚是歡喜道：「我到處搜求，要尋一個才子卻不能夠，不期家門之中到又生出這等一個才女來，正好與紅玉作伴。只是一個女婿尚然難選，如今要選兩個，越發難了。莫若乘此春光，往武林一遊，人文聚處，或者姻緣有在，亦未可知。」遂與盧夫人及紅玉、夢梨二小姐將心事一一說了，便吩咐家人，打點舟車行李，就要起程。紅玉小姐再三叮囑道：「家中雖有姑娘看管，爹爹暮年在外，無人侍奉，亦須早歸。」白公許諾。不一日，竟帶領幾個家人，往武林去了。不題。

❶英皇：女英和娥皇，同為舜的妃子。
❷鸞素：小蠻和樊素，同為白居易的侍姬。參見敘注❿。

卻說白小姐見盧小姐顏色如花，才情似雪，十分愛慕。盧小姐見白小姐詩思不群，儀容絕世，百般敬重。每日不是你尋我問奇，就是我尋你分韵。花前清晝，燈下良宵，如影隨形，不能相捨。說來的無不投機，論來的自然中意。

一日白小姐新妝初罷，穿一件淡淡春衫，叫嫣素拿了一面大鏡子，又自拿一面，走到簾下迎著那射進來的光亮，左右照看。不料盧小姐悄悄走來看見，微笑道：「閨中韻事，姐姐奈何都要占盡。今日之景，又一美題也。」白小姐也笑道：「賢妹既不容愚姐獨占，又愛此美題，何不見贈一詩，便平分一半去矣。」盧小姐道：「分得固好，但恐點染不佳，反失美人之韻，又將奈何？」白小姐道：「品題在妹，姐居然佳士，雖毛顏❸復生，亦無慮矣。」盧小姐遂笑笑，忙索紙筆題詩一首呈上，白小姐一看，只見上寫五言律一首：

美人簾下照鏡

妝成不自喜，鸞鏡下簾隨。
影落迴身照，光分逐鬢窺。
梨花春對月，楊柳晚臨池。

❸毛顏：疑指毛延壽，漢宮廷畫工。元帝後宮很多，不得一一都見，使毛延壽畫像，按圖召幸。諸宮人皆賄賂毛延壽，獨王嬙（昭君）不屑於此，遂不被元帝召見。後匈奴求美人為閼氏，王嬙被選遣。臨行召見，元帝方知美冠後宮，然出塞和番已不能反悔，於是將毛延壽諸畫工處死。事見劉歆西京雜記。

已足銷人魄，何須更拂眉。

白小姐看了歡喜道：「瀟灑風流，六朝佳句。若使賢妹是一男子，則愚姐願侍巾櫛終身矣。」盧小姐聽了，把眉一蹙，半晌不言，道：「小妹既非男子，難道姐姐就棄捐小妹不成？此言殊薄情也。」白小姐笑道：「吾妹誤矣，此乃深愛賢妹才華，願得終身相聚而恐不能，故為此不得已之極思也。正情之所鍾，何薄之有？」盧小姐道：「終身聚與不聚，在姐與妹願與不願耳。你我若願，誰得禁之，而慮不能。」白小姐道：「慮不能者，正慮妹之不願也。妹若願之，何必男子。我若不願，不願妹為男子矣。」盧小姐乃回嗔作喜道：「小妹不自愧其淺，反疑姐姐深意，真可笑也。只是還有一說，我兩人願雖不違，然聚必有法。但不知姐姐聚之法，又將安出？」白小姐道：「吾聞昔日娥皇、女英同事一舜，姐深慕之，不識妹有意乎？」盧小姐大喜道：「小妹若無此意，也不來了。」白小姐道：「以你我才貌，雖不敢上媲英皇，然古所稱閨中秀、林下風，頗亦不愧。但不識今天之下，可能得一有福才郎，消受爾我？」

盧小姐沉吟半晌道：「姐姐既許小妹同心，有事便當直言，何必相瞞？」白小姐道：「肝膽既瀝，更有何事相瞞？」盧小姐道：「既不瞞我，姐姐意中之人，豈非才郎？何必更求之天下。」白小姐笑道：「妹何詐也。莫說我意中無人，縱我意中有人，妹亦何從而知也？」盧小姐大笑道：「俗語說得好，若要不知，除非莫為。況才子佳人一舉一動，關人耳目，動成千秋佳話。妹雖疏遠，實知之久矣。」白小姐不信道：「妹既知之，何不直言。莫非誤聞張軌如新柳詩之事乎？」盧小姐笑道：「此事人盡知之，非妹所獨知也。妹所知者，非假冒新柳詩之張，乃真和新柳詩並作送鴻迎燕之蘇郎也。」白小姐聽見說出心事，便癡呆了，做聲不得，只以目視嫣素。盧小姐道：「姐妹一心，何嫌何疑而作此態？」白小姐驚訝半晌，知說話有因，料瞞不過，方說道：「妹真有心人也。此事只我與嫣素知道，雖夢寐之中未嘗敢泄，不識吾妹何以得知？莫非我宅中婢妾有窺測者，而私與妹言？」盧小姐笑道：「姐姐此事，鬼神不測，那有知者？此語實出蘇郎之口，入小妹之耳。別無知者，姐姐不必疑也。」白小姐道：「此言乃妹妹戲我。蘇郎去此將一載矣，我爹爹叫人那裏不去尋訪，并無消息，知他近日流落何方？就是到在山東，妹妹一個閨中艷質，如何得與他會？」盧小姐道：「姐姐猜疑亦是，但小妹實是見過蘇郎，談及姐姐之事，決非虛哄姐姐。」白小姐道：「妹妹說得不經不情，叫我如何肯信。」盧小姐道：「姐姐今日自然不信，到明日與蘇郎相會時，細細訪問，方知妹言之不誣也。」白小姐道：「蘇郎斷梗浮萍，一去杳然，似不以我為念。妹妹知無相會之期，故為此說。」盧小姐道：「姐姐是何言也！蘇郎為姐姐婚事，東西奔走，不知有生，奈何姐姐為此薄倖之言，豈不辜負此生一片至誠。昨秋已登北榜，何言斷梗浮萍。」白小姐驚喜道：「北榜第二名原來還是他！為何寫河南籍？」盧小姐道：「聞知他叔子蘇按院是河南人，如今繼他為子，故此就入籍河南。」白小姐道：「他既中舉，就該歸來尋盟，為何至今絕無音耗？」盧小姐道：「想是要中了進士纔歸，姐姐須耐心俟之，諒也只在早晚。」

白小姐道：「我看賢妹言之鑿鑿，似非無據。但只是妹妹一個不出閨門女子，如何能與他相見？若是轉問於人，又未必曉得這般詳細。妹妹既然愛我，何不始末言之，釋我心卜之疑。」盧小姐道：「言已至此，只得與姐姐實說了，只是姐姐不要笑我。」白小姐道：「閨中兒女之私，有甚於此。妹不嗤我足矣，愚姐安敢笑妹。」盧小姐道：「既不相笑，只得實告。去年蘇郎為姐姐之事，要進京求吳翰林作媒。不期到了山東，路上被劫，行李俱無，在旅次徘徊。恰好妹子隔壁住的李中書遇見，說知此情，見蘇郎是個飽學秀才，就要他做四景詩，做錦屏送按院，許贈盤纏，故邀他到家，留在後園居住。妹子的住樓與他後園緊接，故妹子得以窺見。因見他氣宇不凡，詩才敏捷，知是風流才子。妹子因自思父親已亡過了，煢煢寡母，兄弟又小，婚姻之事誰人料理？若是株守常訓，豈不自誤。沒奈何，只得行權改做男裝，在後園門首與他一會。」白小姐聽了，驚喜道：「妹子年紀小小，不意到有這等奇想，又有這等俏膽，可謂美人中之俠士也。」盧小姐道：「也不是甚奇想，就是姐姐顧妹為男子不得已之極思也。」白小姐道：「這也罷了。但妹子與他乍會，我的事如何說的起？書生可謂多口。」盧小姐道：「非他多口。只因妹子以婚姻相托，他再三推辭，不肯承應，妹強逼其故，他萬不得已，方吐露前情也。且事在千里之外，又諒妹必不能知。不意說出舅舅與姐姐，恰我所知，信有緣也。」白小姐道：「賢妹之約，後來如何？」盧小姐道：「我見他與姐姐背地一言，死生不負，必非浪子。今日不負姐姐，則異日必不負妹，故妹子迫之愈急，他不得已方許雙棲。妹子所以借避禍之機，勸家母來此相依，實為有此一段隱情，要來謀之姐姐。不意姐姐弘關雎樛木之量，許妹共事，與蘇郎之意不謀而合，可謂天從人願，不負妹之一段苦心矣。」白小姐道：「賢妹真有心人也。蘇生行止，我茫然若墮煙霧，不是妹妹說明，至今猶然蕉鹿。妹妹又能移花接木，捨己從人，古之女俠當不過是。蘇生別去，後來入籍河南之信，妹又何以得知？」盧小姐道：「隔壁李中書專好趨承勢要，前日見他備厚禮去賀按院新公子，說就是題詩之人，因前慢他，故欲加厚。非蘇君而誰？按君河南人，故妹子知其入籍。後北榜發了，李中書又差人去賀，故知他中。」白小姐道：「如此說來，是蘇郎無疑矣。彼既戀戀不忘，則前盟自在，今又添賢妹一助，異日閨閫之中不憂寂寞矣。」

盧小姐道：「前日妹子避亂來此，恐蘇郎歸途不見，無處尋我，曾差一僕進京寄書與他，尚無回信。目今會試已過，但不知蘇郎曾僥倖否？姐姐何不差人一訪。」白小姐道：「我到忘記了，前日有人送會試錄與爹爹，我因無心，不曾看得，今不知放在何處？」嫣素在傍道：「想是放在夢草軒中，待我去尋了來。」不多時果然就尋了來，二小姐展開來看，只見第十三名就是蘇友白。二小姐滿心歡喜道：「可謂天從人願矣。」自此之後，二小姐愈加敬愛，一刻不離。正是：

一番辛苦蜂成蜜，百結柔情蠶吐絲。
不是美人親說破，寒溫冷暖有誰知。

按下白盧二小姐在閨中歡喜不題。卻說蘇友白從山東一路轉到河南，祭了祖，竟往金陵而來。不一日到了，就要到錦石村來拜白公。一面備辦禮物，一面就差人將吳翰林與蘇御史的兩封書先送了去。心下只指望書到，必有好音。不期到了次日，送書人回來稟復道：「小的去時，白老爺不在家，往杭州西湖遊賞去了。兩封書交與管門人收下，他說只等白老爺回來，方有回書。我對他說，老爺要去拜望，管門的說，他老爺出門，并無一人接待，不敢勞老爺車駕。若要拜，只消留一帖上門簿便是了。」蘇友白聽得，呆了半晌，心中暗想道：「我蘇友白只恁無緣，到山東，盧夢梨又尋不見，到此，白公又不在家。

如何區處？」又想道：「白公少不的要回來，莫若在此暫等幾日。」因又問道：「你就該問白老爺幾時方回。」差人道：「小人問過，他說道，白老爺去不久，賞玩的事情，一月也是，兩三月也是，那裏定得日期。」蘇友白想道：「白公雖不在家，我明日原去拜他，或取巧見見嫣素，訪問小姐近日行藏也好。」又想道：「我若去時，車馬僕從，前前後後，如何容得？一人獨訪，就是廳堂之上，嫣素也不便出來，去也徒然。我若在此守候，憑限又緊。既是白公在西湖遊賞，莫若就到湖上去尋他見罷。」算計定了，適值衙役來接，蘇友白就發牌起身。

一路無詞，只七八日就到了杭州。一面參見上司，一面到任忙了幾日，方纔稍暇，就差人到西湖上，訪問金陵白侍郎老爺寓在何處。差人尋了一日，來回復道：「小的到西湖各寺，并酒船莊院，都尋遍，并說沒有甚麼白侍郎到此。」蘇友白道：「這又奇了，他家明說到此，如何又不在？」又叫差人城中各處去尋訪不題。

原來白侍郎雖在西湖上遊賞，卻因楊御史在此做都院，恐怕他知道，只說前番在他家擾過，今日來打秋風，因此改了姓名。因白字加一王字，只說是皇甫員外，故無人知道。就租了西冷橋傍一所莊院住下，每日家布衣草履，叫人擕了文房四寶，或是小舟，或是散步，流覽那兩峰六橋之勝。每見人家少年子弟，便留心訪察。

一日偶在冷泉亭上閒坐，賞玩那白石清泉之妙。忽見一班有六七個少年，都是闊巾華服，後面跟隨許多家人，擕了氈單，擡著酒榼，一擁都到冷泉亭上，要來飲酒。看見白公先坐在裏面，雖然布衣草履，然體貌清奇，又隨著兩個童子，不像個落寞之人，便大家拱一拱手，同坐下。不多時眾家人將酒榼擺齊，眾少年便邀白公道：「老先生不棄嫌，便同坐一坐。」白公見六七人都是少年，只恐有奇才在內，故不甚推辭，只說道：「素不相識，如何好擾？」眾少年道：「山水之間，四海朋友，這何妨的。」白公道：「這等多謝了。」也就隨眾坐下。

飲不得一二杯，內中一少年問道：「我看老先生言語不像是我杭州人，請問貴鄉何處？高姓大名？因何至此？」白公道：「我是金陵人，覆姓皇甫，因慕貴府山水之妙，故到此一遊。」那少年又問道：「還是在庠❹？還是在監❺？」白公道：「也不在庠，也不在監。只有兩畝薄田，在鄉間耕種而已。」那少年道：「老兄既是鄉下人，曉得來遊山水，到是個有趣的人了。」白公道：「請問列位先生，還是在庠？還是在監？」內中又一少年道：「我們七人原是同社。」因指著眾人道：「這三位是仁和學，這兩位是錢塘學，我小弟原也是府學，近加納了南雍❻。」又將手指著那先問話的少年道：「惟此位與老兄一樣，也不在學，也不在監。」白公道：「這等想是高發了。」那少年笑道：「老兄好猜，一猜一著。此位姓王，是去秋發的，簇簇新新一個貴人。」白公道：「這等說，都是斯文一脈，失敬了。」王舉人就接說道：「甚麼斯文，也是折骨頭的生意。你當容易中這個舉人哩，嘴唇皮都讀破了，反是老兄不讀書的快活。多買幾畝田，做個財主，大魚大肉，好不受用。」又一少年道：「王兄你既得中，就是神仙了，莫要說這等風流話。像我們做秀才的纔是苦哩，宗師到了，又要科考歲考，學裏又要月考季考，朋

❹ 在庠：具有生員資格的士人為庠生，或稱在庠。庠，古代鄉學名。府學為郡庠，縣學為邑庠。

❺ 在監：即國子監生。監，國子監。

❻ 南雍：明代在南京設立國子監，稱南雍，也稱南監。

友們還要做會結社，不讀書又難，讀書又難。」又一少年道：「老哥只檢難的說，府裏縣裏去說人情，喫葷飯容易的就不說了。」大家都笑起來。

又喫了半晌內中一少年道：「酒多了，我不喫了。我們今日原是會期，文字既不曾做，也該出個詩題，大家做做，聊以完今朝一會之案。」又一少年道：「酒後誰耐煩做詩！」那少年道：「詩就不做，出個題目，明日見朋友也好掩飾。」王舉人道：「不要說這不長進的話，要做就做，如詩不成罰酒三碗。」那少年道：「這等方有興。只是這位皇甫老兄卻如何？」王舉人道：「他既不讀書，如何強他做詩？只喫酒罷。」那少年道：「有理有理，請出題目。」王舉人道：「就是遊西湖罷了，那裡又去別尋。」眾少年道：「題目雖好，只是難做些，也說不得了。」就叫家人將帶來的紙墨筆硯，分在各人面前，大家做詩。也有沉吟構思的，也有銜杯覓句的，也有拈毫起草的，也有搖首苦吟的。大家做了半日，並無一個成篇。白公看了，不覺失笑。王舉人道：「老兄不要笑，你不讀書，不曉得做詩的苦。古人云：吟成五個字，撚斷數莖鬚。」白公道：「我書便不讀，詩到曉得做兩句。」眾少年道：「你既曉得做詩，何不就也做一首？」白公道：「既要做，須限一韵，不然這遊西湖詩，作者甚多，只說是抄舊了。」王舉人見白公說大話，心下想道：「他既要限韵，索性難他一難。」忽擡頭看見亭傍一顆海棠花，因指著說道：「就以此海棠花的『棠』字為韻罷。」白公道：「使得。」就叫跟隨的童子在拜匣中取出一方端溪舊硯，一枝班管兔毫，一錠久藏名墨，一幅烏絲箋紙，放在席上。眾人看筆墨精良，先有三分疑惑，暗想道：「不料這個老兒到有這樣好東西，必定是個財主了。」又想道：「若是個財主，必做不出。」正猜疑間，只見白公提起筆來，行雲流水一般，不消片刻，早已四韻皆成。白公做完，眾少年連忙取過來看，只見上寫著：

鶯聲如織燕飛忙，十里湖堤錦繡香。
日蕩芳塵馳馬路，春圍笑語蹴毬場。
山通城郭橋通寺，花抱人家柳抱莊。
若問東風誰領略，玉簫金管在沙棠。

金陵皇甫老人題

眾少年看了，都喫驚道：「好詩，好字，又如此敏捷！不像是個不讀書的，莫非是發過的老先生，取笑我們？」白公笑道：「那有此事，我學生詩雖做得幾句，實是不曾讀書。古人有云：詩有別才，非關學也。」此時日已西墜，只見接白公的家人，擡著一乘山轎，也尋將來了。白公就立起身來，辭眾少年道：「本該還在此相陪，只是天色晚了，老人家不敢久留。」眾少年見此光景，都慌忙起身相送。白公又謝了，竟上轎，家人童子簇擁而去。眾少年猜猜疑疑，知他不是常人，始悔前言輕薄。正是：

秋水何嘗知有海，朝菌決不信多年。
書生何事多狂妄，只為時窺管裏天。

一日，偶有昭慶寺僧閒雲來送新茶與白公，白公就收拾些素酒，留他閒話。因問道：「西湖乃東南名勝，人文所聚，不知當今少年名士，推重何人？」閒雲道：「這湖上往來的名士最多，然也有真名的，也有虛名的。惟近日松江來了二位相公，一位姓趙，號千里，一位姓周，號聖王，這兩個人方是真正名士。」白公道：「何以見得？」閒雲道：「年又少，人物又清俊，做出來的文章，無一人不稱羨。每日間來拜他的鄉紳朋友，絡繹不絕，天下的名公貴卿都是相識，或是求他作文，或是邀他結社，終日湖船裏喫酒忙不了。前日去見撫臺楊老爺，楊老爺面見，甚是優待，說遲兩日還要請他哩。昨日又有人來，求他選鄉會墨卷。若不是個真正才子，如何騙得許多人動。」白公道：「此二人寓在那裡？」閒雲道：「就寓在敝寺東廊。」白公道：「東廊那一房？」閒雲道：「不消問得，到了寺前，只說一聲趙千里、周聖王，那一個不曉得。」白公道：「這等說，果然是一個名士了。」又說了些閒話，閒雲別去。白公暗喜道：「我原想這西湖上有人，今果不出吾料。我明日去會他一會，若果是真才，則紅玉夢梨兩人之事完矣。」

到次日，葛巾野服，打扮做山人行徑，寫了兩個名帖，只說是金陵皇甫才，帶了一個小童，來拜訪二人。到了寺前，纔要問，就有人說：「你們料想是拜趙周二相公的了，往東廊去。」白公進得東廊，早望見一僧房門口，許多青衣僕從，或拿帖子，或持禮物，走出走入，甚是熱鬧。白公料道是了，走到門前，就叫小童將名帖遞將過去。管門人接了，回道：「家相公出門了，失迎。老相公尊帖留下罷。」白公道：「你二位相公往那裡去了？」管門人道：「城裡王春元家請去商量做甚碑文，就順路回拜客去，只怕午後纔得回來。今日是錢塘張爺請，回來就要去喫酒了。」白公道：「既這等，名帖煩管家收了，再來拜罷。」管門人應諾，就問小童：「你相公寓在那裡？我們相公明日好來回拜。」小童道：「在西冷橋秦衙莊上。」說罷，白公方纔出寺，只見進寺來拜趙周二人的紛紛，白公心下笑道：「何物少年，傾人如此。」

回到寓所歇息了一回，將近得日落，白公又步到西冷橋上閒看。只見一隻大酒船，笙簫歌吹，望橋下撐來。傍邊有人說道：「這是錢塘縣大爺請客。」不多時到了橋下，白公留心一看，只見縣尊下陪，上面兩席坐著兩個少年在那裏高談闊論。遠遠望去，人物到也風流。看不多時，就過去了。白公看了，甚是思慕。

到次日又去拜，又不在。只候了四五日，方見一個家人拿著兩個名帖，慌慌忙忙先跑將來問道：「這是皇甫相公寓處麼？」家人答道：「正是。」那家人道：「快接帖子，松江趙周二相公來拜，船就到了。」白公聽見，忙出來迎接。只見二人已進門了，相讓迎入。講禮畢，分賓主坐下。趙千里就說道：「前承老先生光顧，即欲趨謁，奈兩日有事於撫臺，昨又為縣君招飲，日奔走於車馬之間，是以候遲，萬望勿罪。」白公道：「二仁兄青年美才，傾動一時，使人欣羨。」周聖王道：「孤陋書生，浪得虛名，不勝慚愧。」因問道：「老丈貴鄉？」白公道：「金陵。」趙千里道：「金陵大邦，老丈誠大邦人物。」因問道：「貴鄉吳瑞庵翰林與白太玄工部，老丈定是相識？」白公驚道：「聞是聞得，卻不曾會過。敢問二兄何以問及？」趙千里道：「此二公乃金陵之望，與弟輩相好，故此動問。」白公道：「曾會過否？」趙千里道：「弟輩到處遨遊，怎麼不曾會過？去秋吳公楚中典試，要請小弟與聖王兄去代他作程文并試錄前序，弟輩因社中許多朋友不肯放，故不曾去得。」白公道：「原來吳瑞庵如此重兄。只是我聞得白太玄此老甚是寡交，二兄何以與他相好？」周聖王道：「白公為人雖然寡交，卻好詩酒，弟輩與他詩酒往還，故此綢繆。」白公笑道：「這等看來，可謂天下無人不識君矣。」二人談了一會喫過茶，就忙忙起身。白公也就不留，相送出門而去。正是：

何所聞而來，何所見而去。
所見非所聞，虛名何足慕。

白公送了二人去，因歎息道：「名士如此，真足羞死。」不知後來如何，且聽下回分解。

第十七回　勢位逼倉卒去官

詩曰：

小人情態最堪憎，惡毒渾如好奉承。
見客便猶門戶犬，纏人不去夏秋蠅。
佛頭上面偏加糞，冷眼中間卻放冰。
賠面下情饒惹厭，誰知到底不相應。

卻說白公要在西湖上擇婿，擇來擇去，不是無才惡少，便是誇詐書生，並無一個可人。住了月餘，甚覺無味，便渡過錢塘江，去遊山陰禹穴不題。

且說蘇友白自到任之後，日日差人去尋訪白公，並無蹤跡，在衙中甚是憂悶。一日，因有公務去謁見楊撫臺❶，楊撫臺收完文書，就掩門留茶。因問道：「賢司李❷甚是青年。」蘇友白道：「不敢，推官今年二十有一。」楊巡撫道：「本院在京時，與尊公朝夕盤桓，情意最篤，到不曾會得賢司李。」蘇

❶ 撫臺：對巡撫的尊稱。巡撫為省級地方政府的長官，總覽一省的軍事、吏治、刑獄、民政等，也稱撫院。

❷ 司李：也稱司理，即推官。參見第十五回注❸。

友白道：「推官與家尊原係叔侄，去歲纔過繼為子，故在京時不曾上謁老大人。」楊巡撫道：「原來如此。我記得尊公一向無子，賢司李聲音不似河南，原籍何處？」蘇友白道：「推官原係金陵人。」楊巡撫道：「我在齒錄上見賢司李尚未授室，何也？」蘇友白道：「推官一向流浪四方，故此遲晚。」楊巡撫道：「如今也再遲不得了。」又說道：「昨聞陳相公加了宮保，本院要做一篇文字去賀他，司李大才，明日還要借重。」蘇友白道：「推官菲才，自當效命。」喫了兩道茶，蘇友白就謝了辭出。

原來這楊巡撫就是楊廷詔，他有一女，正當笄年，因見蘇友白少年進士，人物風流，便就注意於他，故此留茶詢問。知他果未娶親，不勝歡喜。到次日府尊❸來見，也就留到後堂，將要攀蘇友白為婿之事說了，就央府尊作伐。府尊不敢推辭，回衙就請蘇友白來見，說道：「寅兄❹恭喜了。」蘇友白道：「不知何喜？」府尊道：「今日去見撫臺，撫臺留茶，說道他有一位令愛，德貌兼全，因慕寅兄青年甲弟，聞知未娶，故托小弟作伐，意欲締結朱陳之好。此乃至美之事，非喜而何，故此奉賀。」蘇友白道：「蒙撫臺厚意，堂翁❺美情本不當辭，只是晚弟家尊，已致書求聘於敝鄉白工部之女矣。」府尊道：「尊翁大人為寅兄求聘，事之成否，尚未可定。撫臺美意諄諄，眼前便是，如何辭得？」蘇友白道：「白公之婚，久已有約，況家君書去，兼有吳瑞庵太史為媒，斷無不允之理，豈敢別有所就。撫臺美意，萬望堂翁為晚弟委曲善辭。」府尊道：「辭亦何難，只是又有一說，撫臺為人也是難相與的，況你我做官又在

❸ 府尊：知府。明制一府管轄數州縣，知府為府一級行政長官。
❹ 寅兄：官署中同僚的敬稱。
❺ 堂翁：對知府的尊稱。知府為府署的堂官，故稱。

他屬下，這親事回了，便有許多不便。」蘇友白道：「做官自有官評，這婚姻之事卻萬難從命。」府尊道：「雖如此說，寅兄還要三思，不可過於固執。」蘇友白道：「他事尚可通融，這婚姻乃人倫禮法所關，既已有求，豈容再就，只求堂翁多方復之。」

府尊見蘇友白再三不允，沒奈何，只得就將蘇友白之言，一一回復了撫臺。撫臺聞知他求的就是白公之女，心下暗想道：「白太玄女兒才美有名，人人所慕，又有吳瑞庵作伐，況蘇方回又與他相厚，十有九成，他如何不去指望，卻來就我？我雖官高似他，他一個青年甲科未必在心，除非白老回復了他，他那時自然來就我了。但不知白公近作何狀。」尋思了半晌，再無計策。忽想道：「前日白老留我盤桓時，曾有一個西賓張軌如日日相陪，我別來到也忘了。前日傳一帖，說是他來謁見，想是借白老一脈要來抽豐。我因沒甚要緊，不曾接待，今莫若請他來一飯，一者可完他來意，二則可問白公近狀。倘有可乘之機，再作區處。」主意定了，就叫中軍官發一個單名帖，請丹陽張軌如相公後堂一飯。中軍領命，忙發一帖，差人去請。

原來張軌如自從在白公家出了一場醜，假托鄉試之名辭出。在家無甚顏色，因思與楊巡撫有一面，就到杭州來躲躲。拜了楊巡撫，許多時不見回拜，只道楊巡撫沒情，也就丟開了。不期這日差人拿個名帖來請，滿心歡喜，連忙換了衣巾，到軍門前伺候。只候到午後，傳梆開門叫請，方纔進去。相見過，坐定。楊巡撫說道：「承降後就要屈兄一敘，因衙門多事，遲遲勿罪。」張軌如道：「前賜登龍，已不勝榮幸，今復蒙寵召，何以克當。」不一時擺上酒來，飲了數杯。楊巡撫道：「兄下榻於白太玄處，何以有暇至此？」張軌如道：「生員因去秋鄉試，就辭了白老先生，故得至此而親炙道德之輝。」楊巡撫道：「原來兄辭了白太玄了，不知他令愛姻事，近日如何，兄還知道麼？」張軌如道：「不瞞老恩臺說，生員前在白公處，名雖西席，實見許東床。不意後為匪人所譖，白公聽信，故生員辭出。近聞他令愛猶然待字。」楊巡撫道：「白老為人最是任性，當初在京時，本院為小兒再三求他，他也不允。」張軌如道：「若是這等擇婿，只怕他令愛今生嫁不成了。」楊巡撫大笑道：「果然，果然。近聞蘇推官央吳瑞庵為媒去求他，兄可知道？」張軌如道：「這到不知，且請問這蘇推官是誰？」楊巡撫道：「就是新科的蘇友白。」張軌如道：「這個蘇友白是河南人。」楊巡撫道：「他乃叔是河南人，故入籍河南，卻是金陵人。」張軌如大驚道：「原來就是蘇蓮仙兄，生員只道又是一個。」楊巡撫道：「兄與他有交麼？」張軌如道：「蘇兄與生員最厚，他曾在生員園裏住了月餘。」楊巡撫道：「如此卻好，本院有一事相托。」張軌如道：「請問何事？」楊巡撫道：「本院有一女，意欲招他坦腹，他因注意白公之女，故再三不允。兄既與他相厚，就煩兄去與他說，白公為人執拗，婚姻事甚是難成，不如就了本院之婚。倘得事成，自當有報。」張軌如打一恭道：「生員領命。」又飲了幾杯，就起身謝了辭出。

張軌如回到下處，心中暗想道：「我當初為白家這頭親事，不知費了多少心機，用了多少閒錢，我便脫空，他到中了一個新進士，打點做女婿，叫我如何不氣。莫若掉吊了，大家不成，也還氣得他過，且可借此奉承撫臺。只是小蘇是個色中餓鬼，一向想慕白小姐若飢若渴，若只靠口舌勸阻，他如何肯聽？我想白公家近事，他也未必得知，莫若調一個謊，只說白小姐死了，絕了他的念頭，則楊撫臺之婚，不患不成矣。」算計定了。

到次日備些禮物，寫了名帖，就來拜賀蘇友白。門役傳報進去，蘇友白此時正沒處訪白公踪跡，見了張軌如名帖，心下歡喜道：「見此人便知白家消息矣。」忙到寅賓館來相見。二人喜笑相迎，見禮畢，歡然就坐。張軌如道：「兄翁突然別去，小弟無日不思。今幸相逢，然咫尺有雲泥之隔了，不勝欣慶。」蘇友白道：「常想高情，僥倖後即欲遣候，奈道遠莫致。前過金陵，又緣憑限緊急，不能造謁，惆悵至今。今幸遙臨，曷勝快慰。且請問吾兄，白太老設西席待兄，旦夕不離，如何卻捨而遠出？」張軌如道：「小弟初念，原只為貪求他令愛，此兄翁所知也。後來他令愛死了，小弟還只管戀戀何用？故此辭了。」蘇友白聽了，大驚道：「那個死了？」張軌如道：「就是他令愛白小姐死了，兄翁難道還不得知？」蘇友白癡呆了半晌，道：「小弟那裏知道。」因問幾時死的，得何病症，張軌如道：「死是去年冬間。大都女子有才不是好事，白小姐自恃有才，終朝吟詠，見了那些秋月春花，豈不傷感！又遇著這等一個崛強父親，一個女婿選來選去，只是不成。閨中抱怨，染成一病，就厭厭不起。醫人都道是弱症，以小弟看來，總是相思害死了。」

蘇友白聽說是真，不覺撲簌簌落下淚來，道：「小弟遲歸者，為功名也。為功名者，實指望功名成而僥倖小姐一日之婚姻也。今日功名雖成，而小姐已逝，則是我為功名所誤，小姐又為我所誤也。古人云：『我雖不殺伯仁，伯仁實由我而死。冥冥之中，負此良友❻。』正今日小弟與白小姐之謂也，寧不

❻我雖不殺伯仁四句：此話為晉代王導所說。伯仁是周顗的字，周顗與王導交情很深，元帝時為尚書僕射，王導堂兄江州刺史王敦在永昌元年起兵，朝臣有人勸元帝盡誅王氏，王導向周顗求助，周顗當面不睬，實際卻為王導辯護，使王導宗族免於被誅。後王敦攻入建業，處置周顗，殺前曾徵詢王導意見，王導不答，遂殺之。後來王導得知周顗曾在元帝面前為自己辯護，於是痛哭流涕地說：「吾雖不殺伯仁，伯仁由我而死。幽冥之

痛心乎！」張軌如道：「公庭之上，士民觀瞻，兄翁似宜以禮節情。」蘇友白道：「晉人有言：『情之所鍾，正在我輩。』又言『禮豈為我輩而設』，小弟何人，仁兄奈何不諒？」張軌如道：「兄翁青年科第，豈患天下無美婦，而必戀戀於此？」蘇友白道：「小弟平生所慕，白小姐一人而已。今白小姐人琴既亡，小弟形影自守，決不負心而別求佳麗。」張軌如道：「一時聞信，自難為情也，怪兄翁不得。只是兄翁一身，上關宗祧，中係蘋蘩，豈可為硜硜之言！兄翁亦當漸漸思之。」蘇友白道：「仁兄愛我，語語至情。但我心匪石，恐不能轉也。」張軌如道：「兄翁過悲，到是小弟多言了。小弟且別去，改一日再來奉慰。」蘇友白道：「方寸甚亂，不敢強留，容日奉攀，再領大教。」說畢，二人相送別去。

到次日，蘇友白去回拜張軌如。張軌如又勸道：「兄翁與白小姐雖有憐才之心，而實無婚姻之約。若必欲以白小姐之死而不娶，則是以桑濮待白小姐矣。近聞楊撫臺有一小姐，才美出倫，前托府尊來扳兄翁，道是兄翁以先聘白小姐為辭。今聞白小姐已死，則兄翁再無推托之理。又知小弟在兄翁愛下，故托小弟再言之，兄翁不可錯了主意。」蘇友白道：「小弟癡愚，出於至性。今日婚姻實有不忍言者，撫臺之命，萬萬難從，只望仁兄轉辭。」張軌如百般苦勸，蘇友白百般苦辭。張軌如沒法，只得回復楊巡撫，將與蘇友白往復的言語一一說了。楊巡撫笑道：「這且由他，兄且請回，我自是有處。」正是：

採不得香蜂蝶恨，留春無計燕鶯羞。
花枝失卻東皇意，雨雨風風那得休。

中，負此良友！」事見晉書周顗傳。

卻說楊巡撫見蘇友白不從親事，懷恨在心，就批發幾件疑難之事與蘇友白審問。蘇友白審問明白，申詳上去，多不中撫臺之意，往往駁了下來。下面審了又審，上面駁了又駁。幾件事完了，又發幾件下來。或是叫他追無主的贓銀，或是叫他拿沒影的盜賊，弄得個蘇友白日日奔忙，事完了，又討不得一些好意。

蘇友白心下想道：「這明是為婚姻不成，要奈何我了。我是他的屬官，如何抗得他過？我想白小姐又死了，盧夢梨與盧小姐又無影響，我一個隻身，上無親父母，內無妻妾，又不圖錢財，只管戀這頂烏紗，在簿書中作馬牛，甚覺無味。況上面又有這個對頭，我如今到任不久，他要難為我也無題目，到明日做久了，他尋些事故參論，那時與他分辨便費力了。不如竟挂冠而去，使他一個沒趣，旁人自知為他去的，也有公論，後日倘要改補，卻也容易。」算計定了，就將上司批的事情，一件一件都申報完了，本衙牌票一概銷了，又寫下一封書，差一人役送與府尊，煩他報知三院并各司道。他原無家眷，自家便服，只帶了原來的家人并小喜，與些隨身行李，大清晨，只推有按院訪察公事，不許衙役跟隨，竟自出錢塘門來，要叫船回金陵去。

出得城門，到了湖上，心下又想道：「我無故而行，堂尊兩縣得知，定要差人來趕。我若北去，定然趕上。若趕了回去，反為不妙。不如到過錢塘江，往山陰禹穴一遊，過了數日，他每尋趕不著，自然罷了。那時再從容回去，有何不可。」主意定了，就湖上叫了一隻小船，返轉往江頭而來。

到了岸，蘇友白就緩緩步行。行了里許，見一大寺，門前松柏森森，到也幽潔。蘇友白就撿一塊乾淨石上坐下歇息。坐了一會，只見一個起課的先生在面前走了過去，蘇友白偶然一看，只見那先生：

一頂方巾透腦油，海青穿袖破肩頭。
面皮之上加圈點，頸項旁邊帶癭瘤。
課筒手拿常搖響，招牌腰掛不須鉤。
誰知外貌不堪取，腹裏玄機神鬼愁。

蘇友白看見那先生生得人物醜陋，衣衫藍縷，也不在心，任他過去。忽見他腰間推著個小小招牌，上面寫著「賽神仙課泄天機」七個字，猛然想起道：「我記得舊年初出門，遇著那個要馬鞭子尋妻子的人，曾對我說他起課的先生，正叫做賽神仙。方纔過去的這個先生，莫非就是他！我前在句容鎮上，還要去尋他，如今怎麼當面錯過。」忙叫一個家人趕上，請了轉來。

那賽神仙見有人請，就復身回來，與蘇友白拱拱手，也就坐在一塊石上，問道：「相公要起課麼？」蘇友白道：「正是要起課。且請問先生，是定居於此，還是新來的？」賽神仙道：「我學生到處起課，那有定居，去年秋間纔到此處。」蘇友白道：「去春卻在何處？」賽神仙道：「去春在句容鎮上，住了半年。」蘇友白聽了，知正是他，心下歡喜。因問道：「先生你在句容鎮上時，有一人不見妻子，求你起課，你許他趕到四十里外，遇一騎馬人，討了馬鞭就有妻子，還記得麼？」賽神仙道：「課是日日起，那裡記得許多。」因想了一想道：「是是是，我還記得些影兒。那日想起得是個姤卦。姤者遇也，姤者又婚姤也，故所遇皆婚姤之事，故許他尋得著。後來不知怎麼尋著。相公為何曉得？」蘇友白道：「他遇見的正是我，要了我的馬鞭了，就扒到一顆大柳樹上去折柳條與我換，恰恰看見他妻子，被人拐在廟中，故此尋著。先生神課，真賽過神仙也。」賽神仙道：「這都是伏羲、文王、周公、孔子四聖人著此爻象之妙，與我學生何干，學生只知據理直斷。」蘇友白道：「據理正難。我今要煩先生起一課。」賽神仙就將手中課筒遞與蘇友白道：「請通誠。」蘇友白接了，對著天地暗暗禱祝了一番，仍將課筒遞還賽神仙。賽神仙拿在手中搖來搖去，口中念那些「單單單，拆拆拆，內象三爻，外象三爻」的許多儀文，不多時起成一課，道：「這也奇，正說姤卦，恰恰又起一個姤卦，不知相公那裡用。」蘇友白道：「是為婚姻的。」賽神仙道：「我方纔說過的，姤者遇也，又婚姤也。這婚姻已有根了，絕妙的一段良緣，目前就見。一說一肯，不消費力。內外兩爻發動，更有一樁奇妙之處，一娶卻是兩位夫人。」蘇友白笑道：「若是兩個，或前或後有之，那有一娶便是兩個？」賽神仙道：「兩爻相對發動，若是前後不為稀罕。」蘇友白道：「若要一娶兩個，除非是人家姊妹同嫁。」賽神仙道：「外屬乾內屬巽，雖是姊妹，卻又一南一北，不是親姊妹。」蘇友白道：「不瞞先生說，我求婚兩年，止訪得有兩家之人，到是一南一北，今不幸一個死了，一個不知飄流何處。雖別有人家肯與我，卻又不中我意，自分今生斷無洞房之日。先生又說得如此容易，莫非取笑？」賽神仙道：「起課是我的生意，如何取笑。課上若無，我自不敢許；卦上既有，難道叫我去了不成。」蘇友白笑道：「我隻身於此，無踪無影，叫我那裡去求？既先生說目前就見，請問該在那一方？」賽神仙將手輪一輪道：「又作怪了，這兩位夫人雖在金陵地方，然今日去求，卻要過錢塘江，往山陰禹穴一路尋去，不出半月定要見了。」蘇友白道：「這一發不能了。我小弟從來癡念頭，必要訪見其人，才貌果是出類，方可議婚。那有人在一處，定親又在一處能成之理？」賽神仙道：「這卦象好的緊，兩位夫人俱是絕色，大是得意之人，相公萬萬不可錯過。若錯過這頭親事，再也不能了。」蘇友白道：「雖如此說，但我此去過了江，並無一人熟識，叫我那家去求？」賽神仙道：「姤者遇也，不消去求，自然相遇。」蘇友白道：「不知是甚等人家？」賽神仙道：「這又有些奇怪，說來時也只平平，到成時，卻又是大貴之家。」蘇友白道：「今日先生此課，斷來都自相矛盾，莫有差錯？」賽神仙道：「我先說的，我非神仙，只好據理直斷。理之所在，到應驗時方知其妙，此時連我也不解。」蘇友白道：「我記得先生替那尋妻子的起課時，連我的衣服顏色都斷出。今日我此去所遇婚姻之人，是何形狀，也斷得出麼？」賽神仙又將手輪一輪，說道：「此去到丙寅日午時，若遇著個老者，生得清奇古怪，穿一件白布衣服，便是他了。這段婚姻萬分之美，就走遍天下也求不出。相公你萬萬不可錯過，若錯過，那時悔就遲了。」

蘇友白道：「可消再繳一課。」賽神仙道：「我的課，一課是一課，從來不繳。若要問別事，便要再起。」蘇友白道：「正是，還要起一課。」又禱祝了，賽神仙重排爻象，又起成一課，卻是賁卦。賽神仙道：「賁者，文明之象也。問何事？」蘇友白道：「問前程起復。」賽神仙道：「這前程未曾壞，何用起復。」蘇友白道：「壞已壞了。」賽神仙道：「不曾，不曾。」蘇友白道：「你且斷是何等前程。」賽神仙道：「甲科不必說，文明之象，大都是翰苑前程。」蘇友白笑道：「先生這卻斷錯了，一個節推已離了任，便是壞了。就是起復，也不能夠翰林。就能夠翰林，也是起復了。」賽神仙又將手輪一輪，道：「明明翰林，何消復得！我到不錯，只怕這個節推到做錯了。」蘇友白似信不信道：「既這等，多勞了。」就叫家人取了五錢銀子，與他作課錢。賽神仙得了銀子，竟飄然而去。正是：

天地有先機，世人不能識。
只到事過時，方知凶與吉。

蘇友白起了課，半疑半信，只因初意原要過江，今合其意，故叫了一隻船，竟渡過錢塘江，望山陰一路而來。只因這一來，有分教：冰清不減玉潤，泰山直接東床。正是：

無緣千里空奔走，有幸相逢咫尺間。
造化小兒太無賴，攛來掇去許多般。

不知蘇友白此去，果遇其人否，且聽下回分解。

第十八回　山水遊偶然得婿

詩曰：

物自分兮類自通，難將夏事語冰蟲。
絕無琴瑟音相左，那有芝蘭氣不同。
鮑子❶所知真不朽，鍾期之聽抑何聰。
果然伯樂❷逢良馬，只在尋常一顧中。

卻說蘇友白遇見賽神仙起了課，說得活活現現，只得依了他，望西興一路而來。恐怕人知，隱起真名，因與白小姐和「新柳詩」，就說姓柳，逢人只說是柳秀才。不數日，到了山陰道上，真個是千巖競秀，萬壑爭流，無窮好景，應接不暇。蘇友白心下甚是愛戀，就在形勝之處尋了一個古寺，叫做禹寺，住下。日夕遊賞。

❶鮑子：鮑叔牙，也稱鮑叔，春秋時齊國人。薦管仲為齊國相而成霸業。管仲說：「生我者父母，知我者鮑子也。」見史記管晏列傳。
❷伯樂：春秋秦穆公時人，以善相馬著稱。

不期白侍郎遊禹穴回來，也住在這禹寺中。一日飯後，二人都出來遊玩景致，忽然撞見。蘇友白擡頭一見，恰是個老者，頭上帶著一頂葛巾，身上穿著一件白布道袍，生得清奇古怪，不是尋常。蘇友白心下暗想賽神仙之言，不勝驚訝，就立定了腳不走。白公看見蘇友白青年俊秀，一表人才，甚是歡喜。又見蘇友白立定了看他，白公也就立住了。二人面目相對，大家就拱一拱手，你看我，我看你，不忍別去。白公因笑說道：「仁兄獨自散步於此，山水之興甚豪。」蘇友白亦笑答道：「晚生豈敢稱豪，亦步老先生之後塵耳。」白公見路傍長松數株，歷落可愛，因說道：「同是山水中人，何不松下稍坐一談。」蘇友白道：「固所願也，只恐不敢仰攀。」

二人遂入松間，尋了兩塊石頭坐下。蘇友白道：「敢問老先生高姓貴鄉，因何到此？」白公道：「學生覆姓皇甫，金陵人氏，因慕山陰禹穴之妙，故漫遊至此。不知仁兄貴姓，到此貴幹？我聽仁兄聲音，似是同鄉。」蘇友白道：「晚生賤姓柳，亦慕此地山水而來。正也是金陵人。在本鄉到不曾拜識荊州❸，不意於此得奉台顏，可謂厚幸。」白公道：「學生老人，無用於世，故借此山水，聊以娛閒。柳兄青年秀美，自是金馬玉堂人物，何亦徜徉於此？」蘇友白道：「晚生聞太史公遊遍天下名山大川，胸襟浩瀚，故文章擅今古之奇，正老先生今日之謂也。晚生末學，雖竊慕之，而愧非其人。」白公道：「大才自有大志，非老朽之夫所能知也。但遠遊人子有戒，柳兄獨不聞乎？」蘇友白道：「不幸父母雙亡，隻身未娶，故得任意飄流。重蒙台誨，不勝悽感於衷。」白公道：「原來如此。」蘇友白道：「請問老先生，

❸ 荊州：唐代曾任荊州長史的韓朝宗，世稱荊州。韓朝宗以識拔後進為世人所重，李白與韓荊州書曰：「白聞天下談士相聚而言曰：『生不用封萬戶侯，但願一識韓荊州。』」這裡用「荊州」代稱白公，表示敬仰之意。

尊府在金陵城中何處？明日歸去時，好來趨謁。」白公道：「我學生居鄉，離城六七十里，叫做錦石村。」蘇友白道：「原來就是錦石村！村中白太玄工部相識否？」白公見問，心下暗笑道：「他又來問，莫非此人也是一個趙千里？」因答道：「白太玄正是舍親，怎麼不認得。柳兄問他，想是與他相好？」蘇友白道：「不是相好，晚生因素慕其高風，故偶爾問及。」白公道：「白舍親為人最是高傲，柳兄何以慕之？」蘇友白道：「俗則不能高，無才安敢傲。高傲正文人之品，晚生慕之，不亦宜乎。但只是此公，也有一件不妙處。」白公道：「那一件？」蘇友白道：「無定識，往往為小人播弄。」白公道：「正是，我也是這般說。柳兄既不與交，何以知其詳也？」蘇友白道：「白公有一令愛，才美古今莫倫，老先生既係親戚，自然知道。」白公道：「這個知道。」蘇友白道：「有女如此，自應擇婿，奈何擇來擇去，只在膏粱白木❹中求人，而才子當前不問也？故晚生說他個無定識。」白公道：「柳兄曾去見舍親麼？」蘇友白道：「晚生去是去的，見是未見。」白公道：「柳兄也莫要錯怪了舍親，也只是無緣，未及與柳兄相會耳。若是會見柳兄，豈有不知子都之姣者。」蘇友白道：「晚生何足道，但只是他選入幕者，未必佳耳。」白公暗想道：「天下事最古怪，我錯選一個張軌如，他偏曉得，我注意一個蘇友白，他就未必得知。真是好事不出門，惡事行千里。」因問道：「金陵學中有一個蘇友白，柳兄也相認麼？」蘇友白聽了，心下喫一驚道：「他如何問我？」因答道：「蘇友白與晚生同窗最相好的，老先生何故問他？」白公道：「且請問柳兄，你道蘇友白才品何如？」蘇友白微笑道：「不過是晚生一流人耳。」白公道：「得似柳兄，其人可知。白舍親曾對學生說，他注意東床之選者，蘇生也。其餘皆狂蜂浪蝶，自

❹ 膏粱白木：富貴人家及其子弟。

奔忙耳。柳兄如何說他無定識？」蘇友白聽了，心下又驚又喜，又不勝歎息，道：「原來如此，這是晚生失言了。」二人說畢，又談論些山水之趣，只坐到夕陽時候，方起身緩緩同步回寺而別。正是：

青眼共看情不厭，素心相對話偏長。
不知高柳群峰外，鳥去雲歸已夕陽。

卻說蘇友白回到寓處，心下暗暗想道：「原來白公胸中亦知有我，我若早去覿面求親，事已成了。只因去尋吳瑞庵，遂被功名耽延歲月，歸來遲了，以致白小姐含恨九泉。這等看來，我蘇友白雖死亦不足盡辜矣。但我初來原無意功名，卻是盧夢梨苦苦相勸。」又想道：「盧夢梨勸我也是好意，只說是功名到手，百事可為。誰知白小姐就死，連他也無踪影，總是婚姻簿上無名，故顛顛倒倒如此。前日賽神仙說我此來定有所遇，今日恰遇此人。」又叫取曆書來看，恰又是丙寅日，心下甚是奇怪：「莫非婚姻在此人身上？」一夜千思百想。

到次日，忙寫了一個「鄉眷晚生」帖子，來拜白公。白公就留住不放。二人焚香吊古，對酒論文，盤桓了一日方散。到次日，白公來拜蘇友白，蘇友白也留下飲酒。自此以後，或是分題做詩，或是看花品水，二人情投意合，日夕不離。

白公心下想道：「蘇友白雖說才美，我尚未見其人。今與柳生盤桓數日，底裏盡窺，才又高，學又博，人物又風流俊秀，我遨遊兩京各省閱人多矣，從未見如此十全者，況他又未娶妻，若再誤過，卻不是他笑我的無定識了。只是還有一件，若單完了紅玉之事，夢梨甥女卻教我那裡去再尋這等一個配他，他們豈不說我分親疏厚薄了。若是轉先說與夢梨，再替紅玉另尋，這又是矯情了。我看他姊妹兩個才貌彷彿，情意相投，莫若將他二人同嫁了柳生，便大家之事都完了，豈不美哉。我看柳生異日自是翰苑之才，功名決不在我之下，捨此人不嫁，再無人矣。」

主意定了，白公便對蘇友白說道：「學生有一事，本當托一個朋友與仁兄言之，但學生與仁兄相處在世俗之外，意欲直告，不識可否？」蘇友白道：「有何台諭，自當恭聽。」白公道：「非別事也，柳兄前日說白太玄擇婿的只管擇來擇去，有美當前卻又不問。我再三思之，此言甚是有理。今我學生也有一個小女，又有一個舍甥女，雖不敢說個絕世佳人，卻也與白太玄的女兒依稀彷彿，不甚爭差。今遇柳兄青年才美，國士無雙，恰又未娶，若不願結絲蘿，異日失身非偶，豈不是笑白太玄的又將笑我學生了。不知柳兄亦有意否？」蘇友白聽見說出一女一甥女是兩個，與賽神仙之言一一不爽，甚是驚訝，忙應道：「晚生一時過激之言，老先生不以為狂，反引以自例，而欲以寒素充東床之選，何幸如之。但只是晚生尚有一隱衷，不知可敢上達？」白公道：「知己相遇，何妨盡言。」蘇友白道：「晚生雖未受室，然實曾求聘二女。其一人琴俱亡，已抱九泉之痛；其一避禍而去，音耗絕無。在死者雖不能起帳中之魂，然義無復娶之理；在生者倘去珠復還，恐難比下山之遇。區區情義所關，望老先生有以教之。」白公道：「死而不娶，固情義之言。然柳兄青年，無後之戒，又所當知也。去珠復還，別行權便。當其未還，安可株守？」蘇友白道：「台教甚善，敢不敬遵。只恐晚生涼質菲才，不足辱老先生門楣之選。」白公道：「寒微之門，得配君子，不勝慶幸。」蘇友白道：「既蒙垂愛，即當納采，但旅次不遑，奈何？」白公道：「一言既許，終身不移。至於往來儀文，歸日行之未晚。」二人議定，各各歡喜。

大家又遊賞了三兩日，白公就先辭道：「我學生離家久，明日就要回去了。柳兄不知何日返棹？」蘇友白道：「晚生在此也無甚事，老先生行後，也就要動身了。大都違顏半月，即當至貴村叩謁矣。」白公道：「至期，當掃門恭候。」說罷，到次日白公就先別而去，不題。

卻說蘇友白自白公去後，心下想道：「這賽神仙之課，真是活神仙，他說來無一言不驗。只是起我的功名課，說我是翰林未壞，這就不可解了。」又遊覽了數日，想道：「我如今回去，料無人知覺。」遂叫家人僱了一隻船，依舊渡過錢塘江而來。

且說楊巡撫初意再三難為蘇友白，心裏也只是要他從這頭親事，不期蘇友白竟自挂冠而去，府縣來報了，心下也有些怏怏，隨叫府縣去趕。府縣官差人各處去趕，那裏有個影兒。府縣回報，楊巡撫心下想道：「蘇友白雖是我的屬官，但他到任不久，又無過失贓罪，我雖不曾明明趕他去，然他之去，實實為我，監按二院俱是知道的。蘇方回在京聞之，豈不恨我。」也覺有些不妙。正在沉吟之際，忽送報來，楊巡撫展開一看，只見吏部一本認罪事：「奉聖旨：蘇友白既係二甲第一，該選館職，如何誤選浙推？本該降罰，既自首認罪，姑免究。蘇友白著改正，原受館職，浙推另行補選。欽此。」原來蘇友白已選了館職，因閣下怪他座主，故叫吏部改選了推官。後來翰林院官俱不肯壞例，說道：「二甲既授翰林，從無改選有司之理。」大家要出公疏，參論吏部違制徇私。吏部慌了，只得出本認罪，故有此旨。楊巡撫見蘇友白復了翰林，甚覺沒趣。又恐他懷恨在心，進京去說是說非，只得又叫人各處去追尋。

不期一日府尊在西湖上請客，客尚未至，獨自在船中推窗閒看。恰好這日蘇友白正過江來，到湖上叫了一隻小船，自南而北，適打從府尊大船邊過。早被府裏門子看見，忙指說道：「這是蘇爺。」府尊擡頭一看，果見是蘇友白，忙吩咐叫快留住蘇老爺船，急急迎出船頭來。眾衙役早將蘇友白小船拽到船頭邊來。蘇友白忽被府尊看見，沒法奈何，只得走上船來。府尊忙接著說道：「蘇老先生為何不別而行？小弟那裏不差人尋到。」蘇友白道：「晚弟性既疏懶，又短於吏治，故急急避去，以免曠官之罪，理之宜也。怎敢勞堂翁垂念。」府尊就邀蘇友白入船，作了揖，就放椅子在上面，請蘇友白坐。蘇友白不肯，只要東西列坐。府尊道：「老先生自然上坐，不消謙得。」蘇友白道：「堂翁為何改了稱呼，豈以晚弟不在其位而外之也。」府尊道：「翰林自有翰林之體，與在敝衙門不同，焉敢仍舊。」蘇友白大驚道：「晚弟既去，便是散人，怎麼說個翰林？」府尊道：「原來老先生尚未見報。吏部因誤選了老先生為有司，貴衙門不肯壞例，要動公舉，吏部著急，只得出疏認罪，前已有旨改正了。老先生恭喜，容當奉賀。」蘇友白聽了，又驚又喜，暗想賽神仙之課，其神如此。

二人就坐，喫過茶，又說了一會，蘇友白就要起身別去。府尊道：「撫臺自老先生行後，甚是沒趣，大怪小弟不留，昨日還面諭兩縣尋訪。今小弟既遇，怎敢輕易放去。」遂叫放船，親送到昭慶寺禪堂，留蘇友白住下。又撥四名差役伺候，方纔回船去請客。

此時早已有人報知各衙門，先是兩縣并府廳來謁見。到次日，各司道都來拜望。不一時，楊巡撫也來拜了。相見時，再三謝罪，就一面湖上備酒相請，十分綢繆。蘇友白仍執舊屬之禮，絕不驕傲。正是：

入仕要分大小，為官只論衙門。

真似轆轤打水，或上或下難論。

却說張軌如此時尚在湖上未歸，打聽得蘇友白這等興頭，心下想道：「一個巡撫，前日那等奈何他，今日這等奉承他，真是世情看冷暖，人面逐高低。我老張為何這等獃，只想與他為仇。況他待我原無甚不好，只為一個白小姐起的釁。如今白小姐與我既無分了，何不掉轉面孔，做個好人，將白小姐奉承了他，必然歡喜。我與他一個翰林相處，決不喫虧。」算計定了，就來拜蘇友白。

二人相見，張軌如說道：「兄翁知晚弟今日來之意乎？」蘇友白道：「不知也。」張軌如道：「一來請小弟之罪，二來賀兄翁之喜。」蘇友白道：「朋友相處，從無過言，何罪之請？內外總是一官，何喜可賀？」張軌如道：「晚弟所賀者非此，乃兄翁之大喜。」蘇友白道：「這等萬望見教。」張軌如道：「晚弟前日所言白小姐死信，其實是虛。以前言之，乃晚弟之罪，故來請；以今日言之，豈非兄翁之喜乎？故來賀。」蘇友白大驚道：「那有此事！」張軌如笑道：「其實未死，前言戲之耳。」蘇友白又驚又喜道：「仁兄前日為何相戲？」張軌如道：「有個緣故，只為楊撫臺要攀兄翁為婚，知兄翁屬意白小姐，故挽晚弟作此言，以絕兄翁之念耳。」蘇友白聽了是真，滿心歡喜，因大笑道：「如此說來，真是仁兄之罪與小弟之喜也。」張軌如道：「容晚弟去與兄翁作伐，將功折罪何如？」蘇友白道：「此事前日家尊與吳瑞庵俱有書去，再得仁兄一行更妙。只是怎敢勞重。」張軌如道：「才子佳人，世之罕有，撮合成事，與有榮焉，何敢辭勞。」蘇友白道：「既蒙慨許，明日當登堂拜求。」張軌如道：「一言既出，駟馬難追。晚弟明日准行。兄翁玉堂人物，又有尊翁大人與吳瑞庵一書，自然一說一成。兄翁只消隨後來受享洞房花燭之福也。」蘇友白道：「若得如仁兄之言，感德非淺，定當圖報。」說畢，張軌如辭出。

蘇友白心下暗想道：「白小姐既在，則這段姻緣尚有八九分指望。只是新近又許了皇甫家這頭親事，卻如何區處？皇甫公是一個仁厚長者，待我情分不薄，如何負得？若是一個，或者兩就也還使得；如今皇甫家先是兩個了，如何再開得口。前日賽神仙的課，叫我應承，他說的話，無一句不驗。難道不是姻緣，叫我應承，莫非白小姐到底不成？」又想道：「皇甫公為人甚是真誠，我前日已有一言，他說臨時行權。今莫若仍作柳生，寫書一封，將此情細細告知，與他商量，他或者有處，亦不可知。」算計定了，隨寫一書，次日來見張軌如，只說一友相托，轉寄錦石村皇甫員外處的。張軌如應諾，就起身先去作了。然後蘇友白辭別了浙江多官，隨後望金陵而來。正是：

> 蝶是莊周周是蝶，蕉非死鹿鹿非蕉。
> 此身若問未來事，總是漫漫路一條。

不題蘇友白隨後而來，且說白小姐與盧小姐自白公出門後，日夕論文做詩耍子。忽一日，管門的送進兩封書來，一封是吳翰林的，一封是蘇御史的。原來白公在家時，凡有書札往來，白小姐俱開看慣的，故這日書來，白小姐竟自拆開，與盧小姐同看。只見蘇御史書上寫：

　年弟蘇淵頓首拜

恭候

台禧

副啟壹通

自榮歸之後，不奉　台顏者經年矣。想東山高臥，詩酒徜徉，定百福之咸臻❺。弟役役王事，緬憶高風，不勝塵愧。舍姪友白原籍貴鄉，一向隔絕，昨歲道遇，弟念乏嗣，因留為子。今僥倖聯捷，濫授節推，然壯年尚未受室。聞　令愛幽閒窈窕，過於關雎，故小兒展轉反側，求之寤寐。弟不自揣，遂從兒女之私，干瀆大人之聽。倘不鄙寒微，賜之東坦，固啣感之無窮。倘厭憎蘿蔦，不許附喬，亦甘心而退聽。斷不敢復蹈前人之轍，而見笑於同心也。臨楮不勝待命之至。

二小姐看了，喜動眉宇。再將吳翰林書站展開，只見上寫著：

眷弟吳珪頓首拜

去歲匆匆進京，誤為奸人倚草附木，矯竊弟書，以亂　台聽。雖山鬼伎倆，不能逃　兄翁照察，然弟疏略之罪，不獲辭矣。今春復命，而會蘇兄，驚詢其故，始知前誤。蘇兄近已戰勝南宮，司李西浙，夢想絲蘿，懇予柯斧，今借之官之便，晉謁泰山。　兄翁一顧，自知衛玉荀青❻之有真也。從前擇婿甚難，今日得人何易。弟不日告假南還，當即喜筵補申賀慶。先此布心，幸　垂聽焉。餘不盡。

二小姐看完，滿心快暢。盧小姐就起身與白小姐作賀道：「姐姐恭喜！」白小姐忙答禮道：「妹妹同此，何獨賀我。」盧小姐道：「姐姐之事，既有蘇御史父命來求，又有吳翰林親情作伐，舅舅回來，

---

❺ 咸臻：都到。臻，到達。

❻ 衛玉荀青：衛玉，晉人衛玠有玉人之譽，故稱衛玉。參見第四回注❿。荀青，待考。

見了自然首肯。小妹之事，雖然心許，尚爾無媒。即使蘇郎不負心而追尋前盟，亦不知小妹在于此處。即使得了妹書，根尋到此，舅舅愛姐姐實深，安肯一碗雙匙，復為小妹地乎！這等想來，小妹之事尚未有定。」白小姐道：「賢妹所慮，在世情中固自不差。只是我爹爹不是世情中人，愛愚姐自愛賢妹，況又受姑娘之托，斷不分別彼此，教愚姐作妬婦也。」盧小姐道：「雖如此說，尚有許多難處。纔聘其女，又欲聘其甥女，在蘇郎既難啟口；女選一人，甥女另選一人，在舅氏亦不為壞心。小妹處子，惟母與舅氏之言是聽，安敢爭執。」白小姐道：「賢妹不必多慮，若有爭差，愚姐當直言之。如賢妹之事不成，我也不獨嫁以負妹也。」盧小姐道：「若得如此，深感姐姐提攜。」又說道：「吳翰林書上說，今借之官之便晉謁泰山，則蘇郎一定同書來拜矣。倘若來，怎麼透個消息，使他知我在此更妙。」白小姐道：「這有理。」因叫人去問管門的道：「蘇爺曾來拜麼?」管門人回道：「蘇爺差人說要來拜，是小的回了老爺不在家，無人接待，就要拜，只消留帖上門簿，不敢勞蘇爺遠來。差人去了，今日不知還來也不來。」白小姐道：「既這等回了，蘇郎自然不來矣。」盧小姐道：「想便是這等想，就是來也難傳信。」白小姐笑道：「傳信有何難?只消賢妹改了男裝，照前相見，信便傳了。」盧小姐忍不住也笑了。正是：

閨中兒女最多情，一轉柔腸百慮生。
忽喜忽愁兼忽憶，等閒費殺俏心靈。

二小姐在心中歡喜，不知後來如何，且聽下回分解。

第十九回　錯中錯各不遂心

詩曰：

造化何嘗欲見欺，大都人事會差池。
睜開眼看他非汝，掉轉頭忘我是誰。
弄假甚多皆色誤，認真太過實情癡。
姻緣究竟從前定，倒去顛來總自迷。

卻說白盧二小姐日日在家閒論，忽一日報白公回來，盧夫人同二小姐接住。只見白公滿面笑容，一面相見，一面白公就對盧夫人說道：「賢妹恭喜，我已擇一佳婿，甥女并紅玉親事俱可完了。」盧夫人聽了，歡喜道：「如此多謝哥哥費心。」盧夫人見過，二小姐就同拜見白公。白公笑嬉嬉說道：「你姊妹二人才美相敵，正好作伴，我也捨不得將你們分開。」二小姐聽了，心下只認道定是蘇友白在杭州會見白公，求允了親事，故為此言。暗暗歡喜，遂不復問。盧小公子也拜見過舅舅。一面查點行李，一面備酒與白公接風。

白公更換了衣服，歇息了半晌，然後大家坐定。盧夫人先問道：「哥哥為何去了許久？一向只在湖上，卻是又往別處？」白公道：「我到杭州，恐怕楊巡撫知道，只說我去干謁他，故我改了姓名，只說是皇甫員外，在湖上潛住。人家年少子弟到也不少，只是絕無一個真才。」就將在冷泉亭做詩，并趙千里周聖王虛名誇詐之事，細說了一遍。二小姐都笑個不休。盧夫人又問道：「後來卻又如何？」白公道：「我在湖上住了許久，看來看去，人才不過如此。遂渡過錢塘江去，遊覽那山陰禹穴之妙。忽遇一個少年，姓柳，也是金陵人，他人物風流，真個是謝家玉樹❶，他與我同在禹寺裏作寓，朝夕間論文做賦，談今吊古，足盤桓了半月有餘。我看他神清骨秀，學博才高，旦暮間便當飛騰翰苑。我目中閱人多矣，從未見此全才，意欲將紅玉嫁他，又恐甥女說我偏心；欲要配了甥女，又恐紅玉說我矯情。除了柳生，若要再尋一個，萬萬不能。我想娥皇女英同事一舜，古聖人已有行之者。我又見你姊妹二人互相愛慕，不啻良友，我也不忍分開，故當面一口就都許了他。這件事我做得甚是快意，不知吾妹以為何如？」二小姐聽得呆了，面面相覷，不敢做聲。盧夫人答道：「哥哥主張有理，我正慮夢梨幼小，不堪獨主蘋蘩，今得依傍侄女，我便十分放心了。況柳生才美如此，終身可托，你妹夫九泉之下亦瞑目矣。」白公大喜道：「此言正合我心，我又無子，止有紅玉一女繫心，今得柳生為婿，於願足矣。雖明日蓋棺，亦暢然無累矣。」白公說說笑笑，甚是歡喜。盧夫人不知就裏，也自快暢。

獨有二小姐勉強應承，心下大費躕躕，又不好說出蘇友白求親之事，白小姐就目視嫣素。嫣素解意，就將蘇御史并吳翰林二書送上白公看。白公看了，驚訝道：「原來北場聯捷的，就是這個蘇友白，就是蘇方回的姪兒繼以為子，故入籍河南。早知如此，這親事幾早成了，何待此時來求。只是如今，我已親

❶ 謝家玉樹：謝家，晉代名門謝安、謝石家族。玉樹，比喻有貌有才之人。

口許了柳生，他卻轉在後了。這怎麼處？」便以目視白小姐，白小姐低頭不語。白公又想一想道：「蘇生才美，人人稱羨，今又聯捷，想其為人亦自不群，但可惜我未曾見。」又想一想道：「人才十全者少，有才者未必有貌，有貌者未必有才，到得才貌相兼，可謂至矣。或者恃才淩物，舉止輕浮，則又非遠大之器。我看柳生才貌，自不必言。只說他氣宇溫和，言辭謙審，真是修身如玉。異日功名必在金馬玉堂之內。蘇生縱是可人，亦未必便壓倒柳生。況柳生我已許出，蘇生尚在講求，這也是無法奈何了。」盧夫人道：「柳生才貌，哥哥既是看得中意，斷然不差。女已許人，那有改移之理？蘇生縱好，也是徒然，只須回復他便了。」白公道：「也只得如此。這蘇生甚無緣分。當初吳瑞庵為我選他，他卻推辭；他和新柳詩來求我，卻又被調換；及我查明，到處尋他，他又不見；他今日中了，求得書來時，我又已許別人。大都是姻緣無分，故顛顛倒倒如此，不能遂心。」大家又說些閒話就走散了。

盧小姐忙偷空來見白小姐道：「姐姐當初只一蘇郎，如今又添一柳生，這件事卻如何區處？」白小姐歎一口氣道：「古人說：不如意事常八九，可與人言無二三。正你我今日之謂也。蘇郎之事，不知經了多少變更，到得今日，爹爹心已肯了，他又中了，蘇御史與吳翰林又來求了，此事已萬分無疑。況爹爹為我擇婿數年，並無一人可意，誰想今日，忽然之間得此柳生，把從前許多辛苦一旦付之流水，此心何能安乎！」盧小姐道：「姐姐與蘇郎雖彼此交慕，不過背他相思，卻從無半面相親，一言許可。小妹與他攜手交談，並肩而坐，說盟說誓，至再至三，今一旦而別事他人，則前為失節，後為負心矣。斷乎不可！」白小姐道：「我與蘇郎雖未會面，然心已許之，況新柳有和，送鴻迎燕之題，不為無因，亦難以路人視之。只是此等情事，你我閨中女子，如何說得出口。」盧小姐道：「姐姐的事，一時自難直說。

若是小妹之情，姐姐不妨略道一二。就是舅舅之意，原是為好，非故相抵梧。若知道小妹之委曲，或者別有商量。」白小姐道：「說是少不得要說，今且慢些。昨聞得吳舅舅已給假歸家，只在這幾日要來看我們，等他來時，再看機會與他說知。他既與蘇郎為媒，自肯盡言。」盧小姐道：「這也說得有理。」二小姐時刻將此事商議。正是：

自關兒女多情態，不是爹娘不諒人。
選得桃夭紅灼灼，誰知到戀葉蓁蓁。

過了三兩日，果然吳翰林打聽得白公回家，忙來探望。白公與吳翰林間別年餘，相見不勝歡喜，就留在夢草軒住下。

不多時白小姐也出來拜見舅舅，吳翰林因對白公說道：「吾兄今日得此佳婿，也不枉了從前費許多心機，也不負甥女這般才美，真可喜可賀！但不知蘇蓮仙曾行過聘否？」白公道：「多感吾兄厚情，這事可惜不成了。」吳翰林大驚道：「又來奇了，卻是為何？」白公道：「別無他故，只是吾兄與蘇年兄書來遲了，小弟已許別人矣。」吳翰林道：「小弟書來久了，為何說遲？」白公道：「小弟因病後在家悶甚，春初即出門去遊覽那兩浙之勝，偶在山陰遇一少年才子，遂將紅玉并盧家甥女都許了他。到前日回家，方見二書，豈不遲了。」吳翰林道：「這少年姓甚，想就是山陰人了？」白公道：「他姓柳，又妙在原是金陵人。」吳翰林道：「其人如何，為何就中了仁兄之意？」白公道：「言其貌，古稱潘安恐不及也。論其才，若方子建❷自謂過之。有婿如此，小弟敢不中意。」吳翰林道：「吾兄曾問他在金陵城中住，還是鄉間住？」白公道：「他說在城中住，又說也曾蒙仁兄賞鑒。」吳翰林道：「這又有些古怪。他若是山陰人，小弟不知，或者別有奇才也不見得。他若說是金陵鄉間人，小弟雖知，亦未必能盡，或者尚有遺才，也不可料。若說是城中人，曾為小弟賞鑒，則不但小弟從未交一姓柳之友，就是合學查來，也不見有一姓柳有才之人。莫非吾兄又為奸人愚了？」白公道：「小弟與他若是暫時相會，一面之間，或者看不仔細，他與小弟同寓一寺，朝夕不離，足足盤桓了半月有餘，看花分韻，對酒論文，或商量千古，或月旦❸一時，其風流淹貫，真令人心醉。故小弟慨然許婚，若有一毫狐疑，小弟安肯孟浪從事。」吳翰林道：「仁兄賞鑒，自然不差，只惜仁兄不曾見得蘇蓮仙耳。若是見過，則柳生之優劣自辨矣。」白公笑道：「只怕還是吾兄不曾見得柳生，若見柳生，吾兄定不更作此言。」吳翰林笑道：「不是小弟皮相，柳生縱佳，尚然一窮秀才耳。」白公道：「只言才美，已足超群。若論功名，決不是平常科甲，定為翰苑名流，不在吾兄之下。」吳翰林道：「就是翰林，亦不為貴。但只是吾兄眼睜睜將蘇友白一個現成翰林放了，卻指望那未定的翰林，亦似過情。」白公道：「前日吾兄書來，說蘇友白已授浙推，為何又說翰林？」吳翰林道：「蘇友白原是二甲第一，例該選館，只為陳王兩相公怪他座主，故改選有司。後來敝衙門不肯壞例，要出公疏，吏部慌了，故認罪，已奉聖旨改正了。想他見報自然離任，

❷子建：三國時曹植，字子建，曹操第三子，曹丕之弟。參見第一回注❿。

❸月旦：品評人物。典出後漢書許劭傳：「初，劭與靖（許劭從兄）俱有高名，好共覈論鄉黨人物，每月輒更其品題，故汝南俗有『月旦評』焉。」

也只在數日內定回矣。」白公道：「柳生與小弟有約，相會之期也不出數日。大家一會，涇渭自分矣。」吳翰林道：「如此最妙。」白小姐聽得吳翰林與白公爭論，便不好開口，只暗暗與盧小姐商議道：「二家俱未下聘，且待來下聘時，再作區處。」

白公與吳翰林盤桓了數日，忽管門報舊時做西賓的張相公要見。白公沉吟道：「他又來做甚麼？」吳翰林道：「他來必有事故，見見何妨？」白公隨出廳來叫請。不一時，張軌如進來相見。見畢，坐定，白公說道：「久違教了。」張軌如道：「晚生自去秋下第，就遊學浙中，故久失候問。」白公道：「幾時歸的？」張軌如道：「因有一事上瀆，昨日纔歸。」白公道：「不知有何事見教？」張軌如道：「晚生有一至契之友，今已發過，久聞老先生令愛賢淑，有關雎之美，故托晚生敬執斧柯，欲求老先生曲賜朱陳之好❹。」白公道：「貴友為誰？」張軌如道：「就是新科翰林蘇友白。」白公道：「原來正是蘇兄。昨日吳舍親也為此事而來，正在這裏躊躇。」張軌如道：「原來令親吳老先生也在此。蘇兄少年科甲，令愛閨閣名姝，正是天生一對，何必躊躇？」白公道：「躊躇不為別事，只為學生已許他人了。」張軌如道：「蘇蓮仙兄在考案首時，就蒙老先生青目許可矣，為何今日登了玉堂金馬，反又棄之。真所不解。」白公道：「兄且不必著急，容與舍親商議再復。」張軌如道：「此乃美事，還望老先生曲從。」白公留喫了茶，又說些閒話。張軌如因問道：「貴村人家甚多，不知都聚於此，還是四散居住？」白公道：「都聚於此，不甚散開。兄問為何？」張軌如道：「有一敝友托寄一書，晚生叫人村前村後尋遍，

❹朱陳之好：締結婚姻。朱陳原為一個村名，在今江蘇豐縣東南，一村唯有朱陳兩姓，兩姓世代聯姻。故用朱陳之好喻指聯姻。白居易朱陳村詩云：「徐州古豐縣，有村曰朱陳……一村唯兩姓，世世為婚姻。」

並不見有此人。」白公道：「兄尋那家？」張軌如道：「是皇甫員外家。」白公忙應道：「皇甫就是舍親，有甚書信，只消付與學生轉付就是了。」張軌如道：「原來是令親，晚生那裏不尋。」因叫跟隨人將書送上。白公接了看一看，就籠入袖中。二人又說些閒話，張軌如就辭出。

白公回到夢草軒見吳翰林道：「張軌如此來，也是為蘇兄之事。」吳翰林道：「他曾說蘇蓮仙幾時到此麼？」白公道：「這到不曾問得，他到與柳生帶得一封書來。」因在袖中取出，拆開與吳翰林同看。只見上寫著：

鄉眷晚生柳學詩頓首拜。

恭候

台禧。

副奏壹通。

微生末學，不意於山水之間得覩　仙人紫氣，日承提命。今雖違　顏匝月，而　父師風範未嘗去懷。復蒙不鄙，賜許朱陳，可謂有錫自天，使人感激無地。但前已面啟，曾聘二姓，其一人琴俱亡，其一避禍無耗。蒙　翁臺曲諭，死者已矣，生者如還，別當行權。晚生歸至杭，不意生者尚無踪影，而死者儼然猶在，蓋前傳言者之誣也。此婚家君主之，鄉貴作伐，晚生進退維谷，不知所出，只得直陳所以，上達　翁臺。　翁臺秉道義人倫之鑑，或經或權，必有以處此。先此瀆聞，晚生不數日即當匍匐階下，以聽　台命。茲緣鴻便，草草不宣。

學詩再頓首。

白公看罷，驚訝道：「這又奇了，何事情反覆如此！」吳翰林道：「他既已有聘來辭，吾兄正該借此回了，原成全了蘇友白之事，豈不兩便。」白公道：「事雖便，只是柳生佳婿，吾不忍棄。且等他來，再與吾兄決之。」吳翰林道：「這也使得。」正是：

已道無翻覆，忽然又變更。
不經千百轉，何以見人情。

按下白公等候柳生不題。卻說盧小姐在山東時，因要避禍江南，恐怕蘇友白來尋他不見，因寫了一封書，叫了一個老僕叫做王壽，與了他些盤纏，叫他進京送與蘇友白相公，如不在京，就一路尋到金陵，來白舅老爺家悄悄回話。又吩咐書要收好，須面見了蘇相公方可付與，萬萬不可錯與他人。王壽領諾而去。原來這王壽為人甚蠢，到了京中找尋時，蘇友白已出京了，他就一路趕了出來。他也不知蘇友白中了進士，選了官，一路上只問蘇友白相公，故無人知道。直直趕到金陵，在城中各處訪問。

事有湊巧，恰恰蘇有德正在城中。原來蘇有德自從在白公家出了醜，甚覺沒趣，後來又打聽得蘇友白聯捷了，甚是拗悔，道：「白白送了他二十兩銀子，一付行李，本是一段好情，如今到弄得不好相見。」不期這日正在城中，只因蘇友白與蘇有德聲音相近，王壽誤聽了，就尋到蘇有德寓處來。問他門上人道：「這可是蘇友白相公家？」門上人也誤聽了，答道：「正是蘇有德相公家。你是那裏來的？」王壽道：「我是山東盧相公差來送書的。」門上人就與蘇有德說了，蘇有德想道：「我從來不曾認得甚麼山東盧相公，必定有誤，且去看看。」因走了出來。王壽看見，忙說道：「小人奉主人之命，到京中去尋蘇相公，不期蘇相公又出來了。小人一路趕來，那裡不問到，不期卻在這裡。」蘇有德心下已疑是尋蘇友白的，卻不說破，糊塗應道：「這等難為你了。你相公的書何在？」王壽道：「我家相公為因避禍到江南來，恐怕相公出京尋不見，故叫小人送書知會。」因在懷中取出一封書來，雙手遞上。蘇有德接了在手，因說道：「你外面略坐坐，等我細看書中之意。」又吩咐家人收拾酒飯，管待來人。王壽應了出來。

蘇有德走進書房，將書一看，只見上下俱有花押，又雙鈐著小印，封得牢牢固固，中間寫著「蘇相公親手開拆」七個大字，下注著「台諱友白」四個小字，字畫甚是端楷精工。蘇有德心下想道：「這封書來的氣色有些古怪，莫非內中有甚緣故？且偷開一看。」遂將抿子腳兒輕輕拆開，取出書來。展開一看，只見滿紙上蠅頭小楷，寫道：

眷友弟盧夢梨頓首拜奉書於

蓮仙蘇兄行寓。前偶爾相逢，似有天幸，黯然別去，殊苦人心。記得石上深盟，花前密約，歷歷在耳。而奈形東影西，再會不易。每一回思，宛如夢寐中事。然終身所托，萬萬不可作夢寐視之也。去秋聞魁北榜，欣慰不勝，今春定看花上苑❺矣。本擬守候仁兄歸途奉賀，不意近遭家難，暫避於江南舅家，舊居塵鎖。恐仁兄尋訪，動桃源之疑，故遣老蒼持此相報。倘猶念小弟與舍妹之姻，幸至金陵錦石村白太玄工部處訪問，便知弟耗。千里片言，統祈心照不宣。

❺ 看花上苑：京師會試殿試中式。

蘇有德看罷道：「原來蘇蓮仙又在山東盧家結了這頭親事，我若再要去冒名頂替，恰恰又叫到白家去訪消息，白家已露過一番馬腳，如何再又去得？」又想想道：「我聞他已選杭州節推，今又改入翰林，目下也將回去了。莫若持此信相報，討他個好，掩飾前邊之事。他一個翰林，後來自有用他之處。」主意定了，等王壽喫完酒飯，就叫他進來，說道：「你回去拜上相公，說書中之事我都知道了，當一一如命。恐有差池，我連回書也不寫了。」又拿出一兩銀子來與王壽道：「遠勞你了。」王壽道：「盤纏家相公與的儘有，怎敢又受蘇相公的。」蘇有德道：「不多，只好買酒喫罷。」王壽謝了辭出，竟到錦石村去回復盧小姐不題。

卻說蘇有德得了此書，便回到鄉間，叫人打聽，蘇爺若到錦石村去，必先從此經過，須要邀住。家人領命去打聽。過了數日，果然打聽得蘇友白到了金陵城中，只在明日就要到錦石村去。蘇有德忙叫備酒伺候。

到了次日巳牌時候，家人來報說蘇爺將近到了，蘇有德遂自家走出市口來迎。不多時，蘇友白的轎子將到面前，蘇有德叫家人先拿了個名帖走到轎前禀道：「家相公在此候見。」蘇友白看見名帖是蘇有德，連忙叫住轎。蘇有德見住了轎，忙走到轎前一恭。蘇友白忙出轎答禮道：「正欲奉謁，何勞遠迎。」蘇有德道：「兄翁貴人，恐遺寒賤，特此奉邀。」二人說著話，就同步到蘇有德家裏來。

蘇友白叫跟隨拿了一個宗弟的名帖送上，到堂中從新見禮。禮畢坐下。蘇友白說道：「向承厚惠，銘感於心，因備員閒散，尚未圖報。」蘇有德道：「微末之事，何足掛齒。」一面說話，一面就擺上酒來。蘇友白道：「纔奉謁，怎就好相擾？」蘇有德道：「城中到此，僕馬皆飢，聊備粗糲之餐，少盡故人之意。」蘇友白道：「仁兄厚意諄諄，何愛我之無已也。」

二人對飲了半晌，蘇有德因問道：「兄翁此來，想是為白太老親事了。」蘇友白道：「正為此來，尚不知事體如何。」蘇有德笑道：「這段姻緣，前已有約，今日兄翁又是新貴，自然成的。只可惜山東盧家這件親事等的苦了。」蘇友白大驚道：「這件事，小弟從未告人，不識仁兄何以得知？」蘇有德又笑道：「這樣美事，兄翁行得，難道知也不容小弟知得。」蘇友白道：「仁兄既知此事，必知盧兄消息，萬望見教。」蘇有德又笑道：「消息雖有，豈是容易說的。」蘇友白亦笑道：「只望仁兄見教，其餘悉聽仁兄處置，小弟敢不惟命。」蘇有德道：「小弟怎好奈何兄翁，兄翁只喫三大杯酒罷。」蘇友白笑道：「小弟量雖淺，也說不得了，只望仁兄見教。」蘇有德叫家人斟上三大杯，蘇友白沒奈何，只得說說笑笑喫了，定要蘇有德說盧夢梨消息。只因這一說，有分教：道路才郎，堅持雅志；深閨艷質，露出奇心。正是：

壞事皆緣錯，敗謀只為差。

誰知差錯處，成就美如花。

不知蘇有德果肯說盧夢梨消息否，且聽下回分解。

第二十回　錦上錦大家如願

詩曰：

百魔魔盡見成功，到得山通水亦通。
蓮子蓮花甘苦共，桃根桃葉死生同。
志如火氣終炎上，情似流波必向東。
留得一番佳話在，始知兒女意無窮。

卻說蘇友白喫了三大杯酒，定要蘇有德說盧夢梨消息。蘇有德又取笑了一會，只得袖中取出原書，遞與蘇友白道：「這不是盧兄消息？」蘇友白接著細細看了，不覺喜動顏色，道：「盧兄真有心人也。」因問道：「此信吾兄何以得之？」蘇有德道：「送書人係一老僕，人甚蠢蠢，因賤名與尊諱音聲相近，故尋到小弟寓處。小弟知是兄翁要緊之物，恐其別處失誤，只得留下，轉致兄翁。不識兄翁何以謝弟？」蘇友白道：「感激不盡，雖百朋不足為報也。」蘇有德笑道：「報是不必，只挈帶小弟喫杯喜酒罷。」二人說笑了半晌，又飲了幾杯，蘇友白就告辭起身。

兩人別過，蘇友白依舊上轎，竟先到白石村觀音寺來拜望靜心。靜心見車馬簇擁，慌忙出來迎接。

蘇友白一見就說道：「老師還認得小弟麼？」靜心看了道：「原來是蘇爺，小僧怎麼不認得！」迎到禪堂中相見過，蘇友白就叫跟隨送上禮物。靜心謝了收過，因說道：「蘇爺幾時恭喜，小僧寄迹村野，全不知道，未及奉賀。」喫了茶，就叫備齋，蘇友白道：「齋且慢，小弟今日仍要借上剎下榻了。」靜心道：「蘇爺如今是貴人了，只恐草榻不堪。」二人扳談些閒話。

蘇友白因問道：「近日白太玄先生好麼？」靜心道：「好的。春間去遊玩西湖，去了兩三個月，回來還不滿一月。」蘇友白又問道：「他令愛小姐，曾有人家嫁了麼？」靜心道：「求是時常有人來求，嫁是尚未曾嫁。昨日聞得白老爺在浙江許了甚人家，吳老爺又來作媒，兩下爭爭講講，尚未曾定。」蘇友白又問道：「這錦石村中有一個皇甫員外，老師知道麼？」靜心想了半晌道：「這錦石村雖有千餘人家，小僧去化些月米，家家都是認得的，並不聞有個姓皇甫的。」蘇友白道：「他說是白太玄家親眷。」靜心道：「既是白老爺親眷，或者就住在白家莊上。只消到白老爺府中一問，便曉得了。」蘇友白喫了齋，借宿了一夜。

到次日起來，梳洗畢，喫過飯，吩咐車馬僕從都在寺中伺候，自家照舊服色，只帶小喜一人，慢慢步入錦石村來。到了村中，看那些山水樹木，宛然如故，不知婚姻如何，不勝感歎。正是：

桃花流水還如舊，前度劉郎今又來。
不識仙人仍在否，一思一感一徘徊。

蘇友白一頭走一頭想道：「不期兩家親事弄在一村。若是先到白家，說了姓蘇，皇甫家便不好去了。莫若只說姓柳，悄悄且尋見皇甫公，說明心事，再往白家去不遲。」立定主意，遂進村來，一路尋問皇甫員外家。

原來白公恐怕柳生來尋，早已吩咐跟去的家人在村口接應。這日蘇友白一進村來，這家人早已看見，慌忙出來迎著道：「柳相公來了麼？」蘇友白見了，歡喜道：「正是來了，員外在家麼？」家人道：「在家拱候相公。」就引蘇友白到東莊坐下，慌忙報知白公。白公歡喜道：「柳生信人也。」就吩咐家人備酒留飯。因與吳翰林說道：「小弟先去相見，就著人來請仁兄一會。」吳翰林笑道：「只怕所見不如所聞。」白公也笑道：「吾兄一見自知，決不劣於蘇生。」

白公說罷，竟到東莊來。見了蘇友白，再仔細定睛一看，原是一個風流俊秀的翩翩年少，滿心歡喜，因笑迎著說道：「柳兄為何今日纔到？我學生日夕盼望。」蘇友白忙忙打恭道：「晚生因在杭州被朋友留連了幾日，故此晉謁遲遲，不勝有罪。」二人一面說，一面見禮分坐。白公道：「前接手札，知向所說死者未死，皆傳言之誣，大是快事。但不知此是誰家之女？又見云鄉貴作伐，鄉貴卻是何人？前聞尊公亦已仙遊，為何云此婚尊公主之？」蘇友白道：「事已至此，料不能隱瞞，只得實告。先嚴雖久棄世，昨歲家叔又收繼為子。此女亦非他人，就是向日所云白太翁之女也。作伐鄉貴即吳瑞庵太史也。」白公聽了著驚道：「我聞得吳瑞庵作伐者，乃蘇友白之事，柳兄幾時也曾煩他？」蘇友白忙起身向白公深深打一恭道：「晚生有罪，晚生不姓柳，實實就是蘇友白也。」白公聽了又驚又喜，道：「這大奇了！兄請坐，我且問，蘇兄已薦賢書，選了杭州司李，為何又改姓名潛遊會稽？」蘇友白道：「只因楊撫臺有一令愛，要招贅晚生。晚生苦辭，觸了撫臺之怒，撫臺屢屢尋事加害晚生。晚生彼時是他屬官，違拗不得，故只得棄官改姓，暫遊山陰禹穴以避之，幸與老先生相遇。」白公道：「原來老楊還是這等作惡。且住，這白太玄令愛死信，又是誰傳的？」蘇友白道：「是張軌如說的。也因楊撫臺知晚生屬意白女，故令張軌如詐為此言，以絕晚生之念耳。」白公道：「小人播弄如此，可恨可恨。」又笑說道：「蘇兄新貴，既與白太玄有舊盟，又兼吳瑞庵作伐，這段姻緣自美如錦片矣，只是將置學生於何地？」蘇友白道：「晚生處孤貧逆旅中，外無貴介之緣，內乏鄉曲之譽，蒙老先生一顧而即慨許雙姻，真可謂相馬於牝牡驪黃之外❶，知己之感，雖沒齒難忘。故今日先叩墀前，以請台命。焉敢以塵世浮雲，誇詡於大君子之門，而取有識者之笑！」白公笑道：「蘇兄有此高誼，可謂不以富貴易其心矣。只是我學生怎好與他相爭，只得讓了白太玄罷。」蘇友白道：「若如此說，則老先生為盛德之事，晚生乃負心之人矣。尚望老先生委曲處之。」白公道：「這且再處。只是我學生也有一件事得罪要奉告。」蘇友白道：「豈敢，願得領教。」白公道：「我學生也不姓皇甫，蘇兄所說的白太玄，就是學生。」蘇友白聽了，不勝驚喜，道：「原來就是老先生遊戲，晚生真夢夢矣。」二人相視大笑。

白公忙叫請吳舅老爺來。不一時吳翰林來到。看見只有蘇友白在坐，并不見柳生，忙問道：「聞說

---

❶ 相馬於牝牡驪黃之外：典出淮南子道應：「（秦穆公）使之（九方堙）求馬，三月而反，報曰：『已得馬矣，在於沙丘。』穆公曰：『何馬也？』對曰：『牡而黃。』使人往取之，牝而驪。」此謂求駿馬不必拘泥於性別和毛色，後喻以判斷事物不要迷惑於表面現象。這裡指白公選婿不拘門第富貴，只看重品德才能。牝牡，雌性雄性。驪黃，黑色黃色。

是柳生來拜，為何轉是蓮仙兄？」蘇友白忙忙施禮，笑而不言。白公也笑道：「且見過再說。」吳翰林與蘇友白禮畢坐下。吳翰林見二人笑的有因，只管盤問。白公笑道：「吾兄要見柳生？」因以手指蘇友白道：「只此便是。」吳翰林驚訝道：「這是何說？」白公因將前後事細說了一遍，吳翰林大笑道：「原來有許多委曲。我就說金陵學中，不聞有個柳生。我就說天下少年，那裏更有勝于蘇兄者，原來仍是蘇兄。」又對著白公說道：「吾兄于逆旅中毫無巴臂，能一見就拔識蘇兄，許以姻盟不疑，亦可謂巨眼矣。吾所敬服。」白公笑道：「不是這番，則吾之愛才出於仁兄下矣。」蘇友白道：「蒲柳之姿，怎敢當二老先生藻鑑。」大家歡喜不盡。

不多時，家人備上酒來，三人序坐而飲。此時蘇友白就執子婿之禮，坐于橫首。大家說說笑笑，十分快暢。飲了半日，喫過飯，家人撤過。大家就起身閒話。蘇友白說了一會，就乘機說道：「小婿尚有一事上告。」白公道：「又有何事？」蘇友白道：「小婿前日所云避禍之人，昨日偶得一信，知他踪跡。」白公道：「知他踪跡在于何處？」蘇友白道：「說來又奇，他說叫小婿到岳父府上訪問便知。」白公笑道：「這果又奇了，怎麼要訪問于我。兄且說他是江南誰氏之女？」蘇友白道：「不是江南，乃山東盧宅。」白公道：「我聞得山東盧一泓物故久矣，他兒子又小，一個寡婦之家，蘇兄怎麼知道？又誰人為兄作伐？」蘇友白道：「小婿去歲進京時，行至山東，忽然被劫，棲于逆旅，進退不能。偶遇一個李中書要晚生代他作詩，許贈盤纏，因邀晚生至家，不期這李家就與盧宅緊隣。晚生偶在後園門首閒步，適值盧家公子也閒步出來，彼此相遇，偶爾談心，遂成密契。贈了小婿的路費，又說他有一妹，許結絲蘿。」白公道：「兄且說這盧家公子有多大年紀，人物如何？」蘇友白道：「若說盧家這公子，去年十六，今年十七。其人品之美，翩翩皎皎，真如玉樹臨風，小婿與之相對，實抱形穢之慚。」白公道：「兄出京時，路過山東，又曾相會麼？」蘇友白道：「小婿出京過山東時，滿望一會，不期盧宅前後門俱封鎖而閴無一人。再三訪問李中書，他只說他家止有寡母弱女，公子纔五六歲，今避禍江南去了，並無十六七歲的長公子。小婿又訪問一個錢孝廉，他亦如此說。故小婿一向如在夢中，茫然不知所以。昨在敝友處偶得盧兄一信，始知盧兄自有其人，而前訪問之不確也。但只是書中叫到府上訪問，又是何說？」白公道：「這盧生叫甚名字？」蘇友白道：「叫做盧夢梨。」白公道：「他既說在我家訪問，必然有因，容我與兄細查再復。」

吳翰林道：「蘇兄步來，車馬俱在何處？」蘇友白道：「就在前白石村觀音寺中，乃向日之舊寓也。」白公道：「寺中甚遠，何不移到此處，以便朝夕接談。」遂吩咐家人去取行李。到了傍晚，又重新上席，三人雄談快飲，直喫到二鼓方散。蘇友白就在東莊住下，白公與吳翰林仍舊回家，吳翰林就在夢草軒去睡。白公退入後廳，因有酒，也就睡了。

到次日，起來梳洗畢，方叫嫣素請小姐來說話。原來白小姐昨日已有人報知，柳生即是蘇生，與盧小姐不勝歡喜。今聞父命，忙來相見。白公見了就笑說道：「原來柳生即是蘇生。如今看來，你母舅為你作伐也不差，你父親為你擇婿也不差，考案首與科甲取人都不差矣，可見有真才者，處處見賞。」白小姐道：「總是一個人，不意有許多轉折，累爹爹費心。」白公道：「這都罷了，只是還有一件……」就將蘇友白所說盧家之事，說了一遍，道：「這分明是甥女之事，為何得有一個公子？」白小姐道：「夢梨妹子這事也曾對孩兒說過，他父親又亡過，兄弟又小，母親寡居，又不能擇婿，恐異日失身非偶，故行權改做男裝，與蘇郎相見，贈金、許盟、寄書，都是實情。如今還望爹爹與他成全。」白公聽了大喜道：「不意他小小年紀，到有許多作用。我原主意你姊妹二人同嫁柳生，今日同歸蘇郎也是一般。這等看來，他的願也遂了，我的心也盡了。此乃極快之事，有何不可？你可說與他知。姑娘面前，不必題了。」白小姐應諾。

白公就同吳翰林到東莊來，三人見過。白公就對蘇友白說道：「昨日兄所托盧夢梨之事，我細細一訪，果有其人。」蘇友白歡喜道：「盧兄今在何處，可能一會？」白公道：「盧夢梨因避禍一處，今尚未可相見。若要他令妹親事，都在學生身上。」蘇友白道：「非是晚生得隴望蜀，貪得無厭。只因小婿在窮途狼狽之際，蒙夢梨兄一言半面之間，即慨贈三十金，又加以金鐲明珠，又許以婚姻之約，情意殷殷，雖古之大俠不過是也。今小婿僥倖一第，即背前盟，真狗彘不食其餘矣。」吳翰林道：「難得難得，夢梨之贈可謂識人矣。」白公道：「此自義舉，我輩亦樂觀其成。但只是我前日所許甥女恐不能矣，再無三女同居之事。」蘇友白道：「夢梨快士，岳父何不以外甥女配之，亦良偶也。」白公道：「這且再議。」

大家閒談，又說起張軌如換新柳詩并蘇有德詐書假冒二事，大家笑了一回。蘇友白道：「如今蒙岳翁垂愛，事已大定，從前之態儘可相忘。況二人俱係故舊，尚望仍前優待，以示包容。」白公大笑道：「正我心也。」就叫家人發兩個名帖，一個去請張軌如相公，一個去請蘇有德相公，就說蘇爺在此，請去同坐。不多時，二人先後都到，相見甚是足恭，大家在東莊閒耍不題。

卻說蘇御史復命之後，見蘇友白改正了翰林，不勝歡喜。因後代有人，便無心做官，遂出疏告病，又出揭到都察院堂上，至再至三的說了，方准回籍調理，俟痊可日原官起用。蘇御史得了旨，即忙忙出京，先到河南家裏住了月餘，就起身到金陵來與蘇友白完親。

報到錦石村來，蘇友白忙辭了白公、吳翰林，就接到金陵城中舊屋裏來。恰恰這日蘇御史也到了，父子相見，不勝歡喜。蘇御史問及姻親之事，蘇友白就將楊巡撫招贅，及改姓遇皇甫，歸來對明，并盧夢梨之前前後後，細說了一遍。蘇御史滿心歡喜道：「世事奇奇怪怪，異日可成一段佳話矣。」府縣各官聞知，都來拜望請酒，鬧擾不休。蘇御史與蘇友白商量道：「城中喧雜難住，莫若就在錦石村卜一居，與白公為隣，一來結姻甚便，二來白公無子，彼此相依，使他無孤寂之悲，三來村中山水幽勝，又有白公往來，儘可娛我之老。」蘇友白道：「大人所見最善。」

到次日，父子竟到錦石村來。白公與吳翰林、張軌如、蘇有德彼此交拜過，蘇御史就將要卜居村中之意，與白公說了。白公大喜，遂選了村中一間大宅，叫蘇御史用千金買了。蘇御史移了入去，就治酒請吳翰林主婚，請張軌如與白小姐為媒，請蘇有德與盧小姐為媒，擇一個吉日，備了兩副聘禮，一時同送到白公家來。白公自受了一副，將一副交與盧夫人受了。治酒管待，眾人彼此歡喜無盡。行聘之後，蘇御史又擇了一個大吉之期，要行親迎之禮。這年蘇友白是二十一歲，一個簇新的翰林，人物風流，人才出眾，人人羨慕。白小姐是十八歲，盧小姐是十七歲，二小姐工容言貌，到處聞名。

到了臨娶這日，蘇御史大開喜筵，兩頂花籐大轎，花燈夾道，鼓樂頻吹，蘇友白騎了一匹高頭駿馬，烏紗帽，皂朝靴，大紅員領，翰林院與察院的執事兩邊擺列，蘇友白自來親迎。一路上火炮喧天，好不興頭鬧熱。二小姐金裝玉裹，打扮得如天仙帝女一般，拜辭白公與盧夫人，灑淚上轎。白公以彼此相知，不拘俗禮，穿了二品吉服，竟坐一乘四人現轎，擺列侍郎執事，自來送親。吳翰林也是吉服大轎。張軌如、蘇有德二人都是頭巾藍紗駿馬，簪花掛紅，兩頭贊禮。這一日之勝，真不減於登科。正是：

鐘鼓喧闐琴瑟調，關雎賦罷賦桃夭❷。
館甥在昔聞雙嫁，銅雀而今鎖二喬。
樓上紅絲留月繫，門前金犢倩花邀。
仙郎得意翻新樂，不擬周南❸擬舜韶❹。

不多時，轎到門前，下了轎，擁入中堂。蘇友白居中，二新人一左一右，參拜蘇御史及眾親。禮畢，鼓樂迎入洞房。外面是蘇御史陪著白公、吳翰林、張軌如、蘇有德飲酒。房裏是三席酒，蘇友白與二小姐同飲。花燭之下，蘇友白偷眼將白小姐一看，真個有沉魚落雁之容，閉月羞花之貌，可謂名不虛傳，滿心快暢。再將盧小姐一看，宛然與盧夢梨一個面龐相似，心下又驚又喜，暗想姊妹們有這等相像的。此時侍妾林立，不便交言，將無限歡喜都忍在肚中。只等眾人散去，方各各歸房。

❷ 桃夭：詩周南有桃夭篇，以桃花盛開，讚美男女嫁娶。
❸ 周南：詩周南，一說是周時南國的民歌，南國泛指洛陽以南至江漢一帶地區。
❹ 舜韶：傳說舜所作的樂，或稱韶樂、韶音。史記孔子世家：「（孔子）與齊太師語樂，聞韶音，學之，三月不知肉味。」

原來內裏廳樓二間，左右相對，左邊是白小姐，右邊是盧小姐。蘇友白先到白小姐房中，訴說從前相慕之心，并和新柳詩及送鴻迎燕二作之事，白小姐也不作閨中兒女之態，便一一應答，說了一回。蘇友白又到盧小姐房中問道：「令兄諱夢梨者，今在何處？」盧小姐答道：「賤妾從無家兄，夢梨就是賤妾之名。」蘇友白大驚道：「向日石上所遇者，難道就是夫人！」盧小姐微笑道：「是與不是，郎君請自辨，賤妾不知也。」蘇友白大笑道：「半年之夢，今日方醒。我向日就有此疑心，天下那有這等美少年！」蘇友白說罷，又走到白小姐房中，與白小姐說知，笑了一會。因白小姐長一歲，這一夜就先在白小姐房中成親。真是少年才子佳人，你貪我愛，好不受用。

到次日蘇友白又到白公家謝親，眾人又喫了一日酒。回來又備酒同白盧二小姐共飲。因取出向日唱和的新柳詩并送鴻迎燕二詩，與盧小姐大家賞鑒。蘇友白又取出盧小姐所贈的金鐲明珠，與白小姐看。盧小姐道：「當時一念之動，不意借此遂成終身之好。」這一夜就在盧小姐房中成親，枕上細說改男裝之事，愈覺情親。三人從此之後，相敬相愛，百分和美。蘇友白又感嫣素昔日傳言之情，與二小姐說明，又就收用❺了。

蘇御史決意不出去做官，日夕與白公盤桓，後來竟將河南的事業仍收拾歸金陵來。吳翰林雖不辭官，然翰林事簡，忙日少，閒日多，也時常來與二人遊賞。楊巡撫聞知此事，也差人送禮來賀。

蘇友白過了些時，只得進京到任。住不上一二月，因記掛二夫人，就討差回來。順路到山東，就與盧夫人料理家事，只等公子大了，方纔送回。此時錢舉人已選了知縣去做官了，止李中書在家，又請了

❺ 收用：這裡指納以為妾。

兩席酒。

蘇友白回家，只願與二小姐做詩做文耍子，不願出門。後一科就分房❻，又後一科浙江主試❼，收了許多門生。後來直做到詹事府正詹❽。因他無意做官，故不曾入閣。張軌如與蘇有德都虧他之力，借貢生名色，張軌如選了二尹❾，蘇有德選了經歷❿。白公有蘇御史作伴，又有蘇友白與白盧二小姐，三人時時往來，頗不寂寞。

後來白小姐生了二子，盧小姐也生一子。後穎郎死了，蘇友白即將白小姐所生次子承繼了白公之後。後來三子都成了科甲。蘇友白為二小姐雖費了許多心機，然事成之後，他夫妻三人卻受享了人間三四十年風流之福，豈非千古的一段佳話。有詩一首，單道白公好處：

忤權使虜見孤忠，詩酒香山流素風。
莫道琴書傳不去，丈人峰上錦叢叢。

❻ 分房：任鄉試的同考官。主持鄉試的官員有正副主考、若干同考等，同考官的職責是分房閱卷，故稱分房，又稱房官、房師。
❼ 主試：鄉試主考官。
❽ 詹事府正詹：明制，詹事府掌管輔導太子等事務，明中期以後成為翰林官員遷轉之階。正詹是詹事府的首長，官居正三品。
❾ 二尹：明代知縣稱令尹，縣丞是知縣的副職，也稱二尹。
❿ 經歷：明代都察院、通政使司、布政使司、按察使司等衙門職掌出納文書的官員。

又有詩一首，單道蘇友白之妙：

少年才品李青蓮，只慕佳人不問緣。
死死生生心力盡，天憐忽付兩嬋娟。

又有詩一首，單道白小姐之妙：

閨中兒女解憐才，詩唱詩酬詩作媒。
漫說謝家傳白雪⓫，白家新柳亦奇哉。

又有詩一首，單道盧小姐之妙：

樓頭一眼識人深，喜托終身暗贈金。
莫作尋常花貌看，千秋慧俠結為心。

⓫ 謝家傳白雪：晉代謝安姪女謝道韞有詠雪詩句「未若柳絮因風起」。這裡是把謝道韞的詠雪詩句與白紅玉的新柳詩相提並論。

中國古典名著

專家校注考訂　古典小說戲曲大觀

世俗人情類

紅樓夢
脂評本紅樓夢
金瓶梅
老殘遊記
平山冷燕
品花寶鑑
野叟曝言
綠野仙踪
禪真逸史
海上花列傳
九尾龜
醒世姻緣傳
三門街
花月痕
孽海花
魯男子
遊仙窟　玉梨魂（合刊）
筆生花
浮生六記
玉嬌梨
好逑傳
啼笑因緣
歧路燈

公案俠義類

水滸傳
兒女英雄傳
三俠五義
七俠五義
小五義
續小五義
蕩寇志
綠牡丹
羅通掃北
楊家將演義
萬花樓演義
粉妝樓全傳
七劍十三俠
包公案
海公大紅袍全傳
施公案
乾隆下江南

歷史演義類

三國演義
東周列國志
東西漢演義
隋唐演義
說岳全傳
大明英烈傳

神魔志怪類

西遊記
封神演義
濟公傳
三遂平妖傳
南海觀音全傳　達磨出身傳燈傳（合刊）

諷刺譴責類

儒林外史
官場現形記
文明小史
鏡花緣
二十年目睹之怪現狀
何典　斬鬼傳　唐鍾馗平鬼傳（合刊）

擬話本類

拍案驚奇
二刻拍案驚奇
喻世明言
警世通言
醒世恒言
今古奇觀
豆棚閒話　照世盃（合刊）
石點頭
十二樓
西湖佳話
西湖二集
型世言

著名戲曲選

竇娥冤
漢宮秋
梧桐雨
琵琶記
第六才子書西廂記
牡丹亭
荊釵記
荔鏡記
長生殿
桃花扇
雷峰塔
倩女離魂

平山冷燕

天花藏主人／編次　張國風／校注　謝德瑩／校閱

本書為清初才子佳人小說代表作之一，書名取四位主角之名：「平」如衡、「山」黛、「冷」絳雪、「燕」白頷合稱之。敘述這四位才貌兼具的青年男女，歷經風波曲折，終成良緣的故事。作者除對女子才華著墨甚多外，更強化了婚姻自主的觀念，二位才女山黛、冷絳雪皆是出於自己心意，選擇了心屬的佳偶良婿。本書標示出當時愛情題材的新動向，而廣受歡迎。在十八、十九世紀時更被翻譯成英、法文，成為繼《今古奇觀》後較早引起西方注目之中國小說。

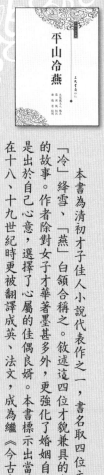

國家圖書館出版品預行編目資料

玉嬌梨／天花藏主人編撰；石昌渝校注.——初版一刷.——臺北市：三民，2020
　面；　公分

ISBN 978-957-14-6733-7（平裝）

857.44　　108017229

中國古典名著

玉嬌梨

編 撰 者	天花藏主人
校 注 者	石昌渝
責任編輯	邱文琪
美術編輯	郭雅萍
發 行 人	劉振強
出 版 者	三民書局股份有限公司
地　　址	臺北市復興北路 386 號 (復北門市) 臺北市重慶南路一段 61 號 (重南門市)
電　　話	(02)25006600
網　　址	三民網路書店 https://www.sanmin.com.tw
出版日期	初版一刷 2020 年 1 月
書籍編號	S858300
I S B N	978-957-14-6733-7